殺人の門

——— 살인의 문

SATSUJIN NO MON

ⓒ Keigo HIGASHINO 2003

First published in Japan in 2003 by KADOKAWA CORPORATION, Tokyo.

Korean translation rights arranged with KADOKAWA CORPORATION, Tokyo

through TUTTLE-MORI AGENCY, INC., Tokyo in association with EntersKorea Co., Ltd., Seoul.

살인의 문 1

초판 1쇄 펴낸 날 2018년 8월 31일 6쇄 펴낸 날 2024년 11월 15일

지은이 히가시노 게이고 **옮긴이** 이혁재 **펴낸이** 박설림 **펴낸곳** 도서출판 재인 **디자인** 오필민디자인

등록 2003. 7. 2. 제300-2003-119 **주소** 서울시 강남구 언주로30길 13 대림아크로텔 1812호

전화 02-571-6858 **팩스** 02-571-6857

ISBN 978-89-90982-72-8 04830 Copyright ⓒ 재인, 2018 Printed in Korea.

살인의 문

1

히가시노 게이고

이혁재 옮김

재인

殺人の門

1

죽음을 맨 처음 의식한 건 초등학교 5학년 때다. 1월이 지나고 봄 학기가 갓 시작됐을 무렵이라고 기억한다. 나에게 죽음의 체험을 안겨 준 사람은 할머니였다. 그때는 할머니 나이를 정확히 몰랐지만 후일 부모님에게 들은 바로는 70세였다고 한다.

내가 태어난 집은 당시에도 이미 낡은 축에 속했던 전통 일본 가옥이었다. 현관에 들어서면 정면에 긴 복도가 있고, 복도 양쪽으로 방이 줄지어 있었다. 맨 안쪽이 부엌으로, 그때는 부엌이 흙바닥이어서 음식을 만들 때면 신발을 신어야 했다. 싱크대 옆으로 쪽문이 나 있어 인근 양조장이나 쌀집에서 물건을 배달하러 드나들곤 했다.

부엌 입구에서 오른쪽으로 돌면 별채로 이어지는 복도가 있었다. 그 별채에서 할머니가 지냈다. 꽤 넓었던 것으로 기억하는데, 그건 내가 어렸기 때문일 것이다. 조그만 옷장 하나가 놓여 있을 뿐인데 바닥에 이불을 깔면 빈 공간이 없었으니 기껏해야 두세 평 정도였을 텐데 말이다. 원래는 더 좁은 다실이었던 것을 개축해서 할머니가 요양할 수 있도록 만들었다고 들었다.

내 기억 속 할머니는 대개 잠을 잤다. 눈을 뜨고 있었던 적은 있어도, 이불에서 나와 있는 모습을 본 기억은 없다. 식사 때 힘겹게 상반신을 일으키는 모습만 몇 번 봤을 뿐이다. 다리가 불편하시다는 말을 아버지에게 들은 것 같기도 한데 확실치는 않다. 할머니가 누워 계시는 것을 특별한 일로 여긴 적이 없기 때문에 그 이유를 자세히 알려고 하지 않았다. 내가 철이 들 무렵 할머니는 이미 그런 상태였다. 나중에 친구 집에 놀러 가서 친구 할머니가 활발히 돌아다니는 걸 보고 오히려 이상하다고 느꼈을 정도였다.

식사를 비롯해 할머니를 시중드는 일은 도미 상이 맡았다. 도미 상은 우리 집 근처에 사는 여자였는데 그녀가 언제부터 우리 집에 드나들게 되었는지는 기억나지 않는다. 할머니가 누워서 지내게 되자 부모님이 할머니를 돌보게 할 목적으로 그녀를 가정부로 고용했을 것이다.

아버지 겐스케는 치과 의사로, 집 옆에서 조그만 병원을 운영했다. 우리 집안은 원래 목재상을 했는데 외아들이던 아버지가 가업 잇기를 완강히 거부하고 스스로 치과를 열었다고 한다.

"물건을 파는 장사는 경기에 좌우되잖니."

할머니가 돌아가시기 직전의 여름이었던 것으로 기억한다. 아버지는 당신이 왜 치과 의사의 길을 택했는지 설명해 주었다. 그날, 저녁 식사를 마친 아버지는 절인 채소를 안주 삼아 맥주를 마시고 있었다. 무슨 얘기를 하다가 그런 말이 나왔는지는 잘 모르겠다. 아마도 내 장래 희망에 대해 얘기했을 것이다.

"하지만 의사는 불경기라는 게 없단 말이지. 아무리 경기가 나빠도 병은 걸리니까. 아니, 불경기일수록 사람들이 무리해서 일을 하니까 오히려 병에 걸리기 쉽지. 병에 걸리면 일을 못하니까 다른 지출을 줄여서라도 일단 의사를 찾는 거란다."

그런데 왜 하필이면 치과 의사냐고 물었다. 헐렁한 속바지 차림으로 책상다리를 하고 앉아 있던 아버지는 좋은 질문이라는 듯이 당신의 무릎을 탁 쳤다.

"그럼 너는 어떤 의사가 좋다고 생각하니?"

아버지가 반문했다.

"내과라든지 외과라든지, 좋은 게 많지 않나요?"

내 말에 아버지는 빙긋 웃었다. 낚시가 취미인 아버지는 볕에 그을려 얼굴이 늘 까맸고, 그래서인지 나이에 비해 주름도 많았다. 웃으면 눈이 주름에 파묻힐 정도였다.

"왜 내과나 외과 의사가 좋다고 생각하지?"

"그야 감기 같은 병이 유행하면 환자가 잔뜩 몰려들어서 돈을 많이 벌잖아요."

내 말에 아버지가 이번에는 입을 벌리고 웃었다. 마치 연기를 하듯 하하하, 소리를 내며 웃고 나서 아버지는 맥주를 한 모금 마시고 부채로 얼굴을 부쳤다.

"물론 감기가 유행하면 환자가 느는 건 맞지. 하지만 그러면 의사도 환자한테 감기가 옮을 수 있잖니."

"아아, 그렇구나."

"감기만이라면 그래도 괜찮다. 그런데 개중에는 나쁜 병도 많거든. 그런 병에 감염되기라도 하면 병원 문을 닫아야 하는데, 그렇게 되면 보통 손해가 아니란 말이지. 그렇지만 치과 질환은 전염되지 않잖니. 충치가 전염됐다는 얘기, 들은 적 없지? 그런 점에서 보면 안과나 피부과도 별로다. 눈병이나 피부 질환은 전염되니까 말이야."

"하지만 환자가 감기에 걸린 채로 치과에 올 수도 있잖아요."

"감기에 걸린 사람은 이가 좀 아파도 참고 집에서 쉬게 마련이야. 치과에는 감기가 나은 다음에 오지. 게다가 감기나 복통 같은 건 약이 흔해서 병원에 가지 않아도 치료할 수 있는 데 반해 치아는 자연적으로 낫는 법이 절대 없어. 치료하려면 의사를 찾아가야 한단 말이지."

"그래도 병에 걸리거나 상처를 입어서 수술을 받으려면 돈이 굉장히 많이 들잖아요. 그건 의사가 돈을 많이 벌 수 있다는 뜻도 되는 거 아닌가요?"

"수술하는 사람은 외과 의사야."

아버지는 맥주잔을 식탁에 내려놓더니 나를 향해 자세를 고쳐 앉았다.

"잘 들어라. 아버지가 치과 의사를 선택한 이유에는 여러 가지가 있고, 지금까지 말한 것들도 거기 속한다. 하지만 가장 큰 이유는 다른 데 있어."

아버지의 표정이 평소와 달리 진지해 보여 나 또한 자세를 약간 바르게 고쳐 앉고 귀를 기울였다.

"그건 말이지, 치과는 죽음과 무관하기 때문이야. 충치로 사람이 죽는 경우는 상상하기 힘들잖니. 하지만 중병에 걸린 환자의 배를 갈라 병든 부분을 잘라 내는 엄청난 수술을 한다고 치자. 환자가 살아나면 다행이지만, 만약 죽기라도 한다면 의사의 심정이 얼마나 괴롭겠니. 그리고 자칫하면 환자의 가족에게 크게 원망을 들을 수도 있고 말이야."

"하지만 최선을 다해도 살려 내지 못하는 건 어쩔 수 없지 않나요?"

아버지는 천천히 고개를 저었다.

"사람이 죽는다는 건 그렇게 간단한 논리로 결론지을 수 있는 문제가 아니란다. 어쨌든 사람의 죽음에는 관여하지 않는 편이 좋아. 자기 탓이 아니라는 걸 알아도 마음의 고통에서 벗어나기는 쉽지 않으니까."

그래서 치과 의사가 좋은 거라고 아버지는 이야기를 마무리했다. 나는 끄덕였지만 내심으로는 완전히 납득할 수 없었다. 사람이 죽는다는 게 어떤 것인지 몰랐기 때문일 것이다.

엄마 미네코는 활동적이고 승부욕이 강한 편이었다. 적어도 내 눈에는 그렇게 보였다. 숫자에 강한 엄마는 매일 밤 식탁 위에 서류들을 늘어놓고 주판알을 튕겼다. 아마도 병원의 수입과 지출이나 계산했을 것이다. 가끔 아버지가 옆에 앉아 간섭을 했지만, 대개는 엄마가 경리를 관장했던 것 같다. 매달 한 번은 세무사가 찾아와 엄마와 상담을 했다. 얼굴이 홀쭉한 세무사는 늘 회색 양복 차림이었다.

엄마가 병원 일을 돕는 관계로 학교에서 돌아오면 집에는 도미 상과 할머니뿐이었다. 학교 급식이 맛이 없어 거의 먹지 않았던 나는 집에 돌아올 때쯤이면 배에서 꼬르륵 소리가 났다. 그런 나를 위해 식탁에는 늘 주먹밥이 준비되어 있었다. 그게 엄마가 아니라 도미 상이 만든 거라는 사실은 할머니가 돌아가시고 나서야 알았다. 도미 상이 집에 오지 않게 된 이후 식탁에서 주먹밥이 사라졌던 것이다. 그럼에도 어른이 된 내게 엄마의 손맛이란 바로 그 주먹밥이었다. 그 맛을 떠올리면 그립고도 안타까운 기분이 들었다.

부모님과 함께 여행한 적은 거의 없었다. 일요일이면 아버지는 낚시하러 가고 엄마는 친구들과 놀러 가는 일이 많았다. 흑백 텔레비전을 보며 도미 상이 차려 준 점심을 먹는 것이 내가 일요일을 보내는 방식이었다.

그때는 도미 상이 노인이라고 생각했는데 그건 아마도 내가 너무 어려서 그랬던 것 같다. 실제로는 30세 전후였을 것이다. 엄마가 그녀를 '남편에게 쫓겨난 여자'라고 누군가에게 험담했던 기억이 난다. 운 좋게도 좋은 집에 시집갔지만 2년 만에 쫓겨났고, 집에서 계속 빈둥거리기도 뭣해 우리 집에서 일하고 있다는 것이었다.

도미 상은 내가 혼자 있을 때면 "가즈 짱, 심심해 보이네."라며

곧잘 말을 걸었다. 그리고 게임 상대가 되어 주거나 새로운 실뜨
기 방법을 가르쳐 주기도 했다. "아버지나 어머니에게는 비밀."
이라며 핫케이크를 구워 준 적도 있다. 밀가루를 물에 풀어 구운
것에 불과했지만 당시 내게는 엄청난 별미였다. 불에 녹인 마가
린 냄새조차 평소와 달리 매혹적인 고소함이 느껴졌다.

도미 상의 얼굴은 정확히 기억나지 않는다. 긴 머리를 적당히
뒤로 묶었다는 것과 얼굴이 동그랬다는 것 정도만 어슴푸레 떠
오를 뿐이다. 다만 그 하얀 피부는 선명히 기억한다. 아니, 엄밀
히 말하자면 피부라는 표현은 적당치 않다. 실은 엉덩이 색이다.

토요일이었을 것이다. 그날 나는 평소와 달리 부엌 쪽문으로
집에 들어가려고 했다. 부엌에서 점심을 준비하고 있을 도미 상
을 놀래 주려는 것이었다. 쪽문으로 들어가려면 뒷문을 통하는
편이 가까운데 그 뒷문이 잠겨 있었다. 하지만 담벼락 일부가 무
너져 있다는 걸 알았던 나는 그 구멍을 통해 쉽게 집 안으로 들
어갔다. 그리고 살그머니 쪽문을 열었다.

싱크대 쪽에는 도미 상이 없었다. 가스레인지 근처에도 보이
지 않았다. 나는 쪽문을 활짝 열고 부엌 안을 두리번거렸다. 처
음에는 그녀가 없는 줄 알았다. 그런데 부엌 바로 옆 다다미방에
쭈그려 앉은 도미 상의 뒷모습이 보였다.

살금살금 다가가려던 나는 그녀의 말려 올라간 치마 아래로
하반신이 그대로 드러나 있는 것을 보고 결박이라도 당한 듯 몸
이 굳어 버렸다.

누군가 그녀 밑에 있었다. 감색 양말을 신은 남자 발바닥 두 개가 나를 향해 있었고, 그 발바닥 위로 회색 양복바지가 발목까지 내려와 있었다.

다다미방 한구석에 놓인 가방으로 눈길이 쏠렸다. 그건 분명 세무사의 가방이었다.

천장을 보고 누운 세무사 위에 걸터앉은 도미 상의 엉덩이가 위아래로 움직였다. 그제야 두 사람이 심하게 헐떡이고 있다는 것을 알았다. 세무사의 입에서 신음 비슷한 소리가 흘러나왔다.

봐서는 안 될 것을 봤다는 생각에 몸이 뻣뻣하게 굳은 나는 겨우 몸을 움직여 조용히 쪽문을 닫고 부엌을 나왔다. 그리고 들어갈 때와 마찬가지로 무너진 담벼락 구멍을 통해 집 밖으로 나왔다.

그러고는 정신없이 내달렸다. 방금 본 광경을 머리에서 떨쳐내기 위해서였다. 그러나 도미 상의 그 하얗던 엉덩이는 그로부터 수십 년이 지난 지금도 선명히 떠오른다.

요즘은 초등학생도 남녀의 성행위에 관해 어느 정도 지식이 있지만 당시의 나는 전혀 그렇지 못했다. 그럼에도 내가 본 것이 어른들의 은밀한 행위라는 사실만은 직감적으로 알 수 있었다. 나는 그 일을 부모님에게 얘기하지 않았다. 부모님뿐 아니라 그 누구에게도 말하지 않았다.

그 일이 있은 후 도미 상에 대한 내 태도는 확연히 변했던 것 같다. 절대 먼저 말을 거는 법이 없었을뿐더러 가까이 가려고도 하지 않았다. 그러나 그녀가 싫었냐고 묻는다면 그런 감정과는 조금 달랐다고 하겠다. 어쩌면 그녀에게서 여자를 느꼈던 것 아닐까. 그래서 그녀의 본성이 나와는 동떨어진 곳에 있다는 걸 알고 기가 죽었는지도 모른다.

도미 상과 세무사의 관계가 얼마나 깊었고 언제까지 지속되었는지는 알지 못한다. 그날 이후 다시는 두 사람의 관계를 암시하는 사건을 접하지 못했기 때문이다. 대신 그녀와 또 다른 남자의 관계를 알아 버리고 말았다. 다른 남자란 말할 것도 없이 아버지다.

그날은 경축일이라 병원 문을 닫았다. 아버지는 평소처럼 낚시하러 나갔고, 엄마와 극장에 가기로 한 나는 한껏 들떠 있었다.

그런데 극장에 가려고 집을 나서는 참에 전화가 걸려 왔다. 엄마 친구였다. 전화를 끊은 엄마가 미안하다는 듯이 내게 말했다.

"어떡하지, 엄마한테 중요한 일이 생겼어. 극장에는 다음에 데려갈 테니 오늘은 네가 양보 좀 하렴."

나는 울먹이며 항의했다.

"싫어. 약속했잖아. 엄마 순 거짓말쟁이야."

그럴 경우 엄마는 잠깐 동안은 곤혹스런 표정으로 미안해했지만, 내 투정이 어느 선을 넘으면 토리어 화를 냈다. 그날도 계속해서 징징거리는 내게 엄마는 끝내 무서운 얼굴을 했다.

"조용히 해! 중요한 일이 생겼는데 어쩌란 말이니. 다음에 데려간다고 했잖아. 너 숙제 다 했어? 놀 생각만 하지 말고 가서 공부나 해!"

나는 훌쩍이며 계단을 올라갔다. 2층에 내 방이 있는 것은 아니었다. 당시에 내 방 같은 건 없었다. 대신 2층에는 손님용 이불이나 옷장 같은 것이 놓여 있는 방이 하나 있었다. 괴로운 일이 있을 때면 나는 곧잘 그 방에 들어가서 울곤 했다.

엄마는 우는 나를 그대로 내버려 둔 채 외출해 버렸다.

나중에 생각해 보니 그때 도미 상은 엄마와 내가 나누는 얘기를 못 들었던 것 같다. 엄마가 나를 남겨 둔 채 외출했다는 사실조차 몰랐던 것으로 짐작된다.

엄마가 나가고 얼마 지나지 않아 계단 밑에서 소리가 들렸다. 그게 아버지 목소리라는 걸 안 나는 깜짝 놀랐다. 낚시하러 가는 날이면 아버지는 밤이 늦어서야 돌아왔기 때문이다.

도미 상의 목소리도 들렸다. 둘이서 뭔가 얘기를 나누고 있었지만 내용은 알 수 없었다.

잠시 후 두 사람이 계단을 올라오는 기척이 났다. 언젠가 그 방에서 울고 있다가 아버지에게 들켜 크게 혼난 적이 있던 나는 적이 당황스러웠다. 잽싸게 벽장 속으로 들어가 숨을 죽였다. 다음 순간 장지문이 열리고 누군가 방으로 들어왔다.

"어머니는?"

아버지였다. 평소보다 낮은 목소리다.

"좀 전에 식사하셨어요. 지금은 주무실 거예요."

상대는 도미 상이다.

다음 순간 옷 벗는 기척이 나더니 도미 상이 뭔가 소리를 냈다. 응석을 부리는 느낌이었다.

그 후로 벌어진 일은 잘 기억나지 않는다. 두 사람이 내는 소리를 내가 필사적으로 거부했기 때문인지도 모른다. 벽장 밖에서 무슨 일이 일어나고 있는지 나는 알 수 있었다. 전에 목격했던 도미 상과 세무사의 모습이 떠올랐다. 도미 상의 하얀 엉덩이도 선명하게 기억났다.

얼마나 그러고 있었을까. 아마 30분 정도였을 것이다. 볼일을 마친 두 사람이 방을 나갔다. 그래도 나는 한동안 벽장 속에서 무릎을 껴안은 채 꼼짝 않고 있었다.

잠시 후 틈을 보아 1층으로 내려간 나는 살그머니 현관 밖으로 나갔다. 그리고 일부러 큰 소리를 내며 다시 현관으로 들어왔다. 안에서 도미 상이 나오더니 의아한 듯이 물었다.

"아니, 벌써 돌아왔어? 어머니는?"

나는 영화를 보러 가지 않았다고 대답했다. 도미 상이 깜짝 놀라는 표정을 지었다.

"그럼 지금까지 어디 있었는데?"

"공원에."

"공원, 혼자서?"

"응."

나는 도미 상을 지나쳐 텔레비전이 있는 거실로 갔다. 그녀의 얼굴을 똑바로 바라볼 수 없었다.

밤이 되어 아버지와 엄마가 잇달아 들어왔다. 아버지는 물고기를 보여 주며 오늘 잡은 거라고 했지만 나는 어딘가에 있는 생선 가게에서 사 왔을 거라고 짐작했다. 그 물고기를 도미 상이 요리했다.

나는 생선을 좋아했지만 그날은 생선회에 손도 대지 않았다. 다들 왜 그러냐고 물었지만 대답하지 않았다. 엄마는 나를 극장에 데려가지 않아서 삐쳤을 거라고 아버지에게 말했다. 그 넓은 집에서 나는 서서히 머물 곳을 잃어 가고 있었다.

구라모치 오사무와 친해지기 시작한 건 바로 그 무렵이다. 그와는 5학년에 올라와 처음으로 같은 반이 되었다. 하지만 그때는 그가 내 인생을 바꿔 놓을 존재일 거라고 상상도 할 수 없었다.

구라모치는 특별히 눈에 띄는 아이가 아니었다. 어느 쪽인가 하면 반에서 외톨이였다고 할 수 있다. 반 아이들이 모두 모여 피구를 해도 관심 없는 얼굴로 멀찍이서 바라볼 뿐 함께하는 법이 없었다.

나 역시 친구를 사귀는 데 서툰 편이어서 항상 무리에서 살짝 떨어져 있었다.

그렇게 같은 처지라서 친해졌을 것이다. 물론 구라모치 입장에서 보면 내가 자신과 같은 부류로 여겨지는 게 어처구니없었을지도 모른다. 그는 늘 말했다.

"나는 애들이 모여서 즐거운 척 지껄이고 떠드는 게 정말 싫어. 어차피 일이 닥치면 자기 자신만 챙길 놈들이 서로 소중한 척하는 게 역겹단 말이야. 애송이들 같으니라고."

5학년짜리가 동급생을 애송이로 취급한다는 게 우습긴 했지만 사실 구라모치에게는 꽤 어른스러운 면이 있었다. 그리고 주목받지는 못했지만 성적도 꽤 우수했다. 나는 그에게서 학교에서는 가르쳐 주지 않는 것들을 배웠다. 예를 들면 학교 근처에는 야바위꾼이 수시로 출몰했는데, 그들이 어떤 수법을 쓰는지 알려 준 사람도 구라모치였다.

그중 10엔을 내면 뽑기를 한 번 할 수 있는 좌판이 있었다. 1등에게 무전기, 2등에게 카메라, 하는 식으로 경품을 걸고 아이들을 유혹했다. 그런데 뽑기를 하는 아이가 그토록 많은데도 누구 하나 당첨되는 법이 없었다. 그걸 항의하면 야바위꾼은 간혹 한 번씩 직접 상자에 손을 넣어 뽑기를 했는데, 펼쳐 보면 늘 보란 듯이 당첨이었다.

"사기야."

그럴 때마다 구라모치가 내 귀에 대고 소곤거렸다.

"저 아저씨, 상자에 손을 넣기 전에 당첨 제비를 손가락 사이에 감추거든. 상자 안에 당첨 제비가 있을 턱이 없지."

"그럼 애들한테도 알려 줘야지."

그러면 구라모치는 얼굴을 찡그렸다.

"그럴 필요 없어. 그 멍청한 녀석들이야 돈이 남아돌아서 그러는 거니까 제멋대로 쓰게 내버려 두란 말이야."

구라모치가 야바위꾼 자체를 혐오했던 것 같지는 않다. 그 증거로 구라모치는 야바위꾼이 사라질 때까지 서서 그들을 지켜보았다. 물론 구라모치 자신은 돈을 거는 법이 절대 없었다. 이제 와서 생각해 보면 그건 그에게 일종의 수업이었을지도 모른다. 사람을 속여 돈을 버는 기술을 가르치는 수업 말이다.

구라모치의 집은 두부 가게를 했다. 그는 장남이었으므로 순리대로라면 가게를 물려받게 되어 있었다. 하지만 자신은 절대로 두부 가게를 하지 않겠다고 했다.

"여름에는 그래도 괜찮아. 물에 손을 넣으면 기분이 좋아지니까. 문제는 겨울이야. 가만히 있어도 동상에 걸릴 판에 물에 손을 집어넣다니, 그런 일은 하고 싶지 않아."

게다가, 하고 그는 덧붙였다.

"한 모에 몇십 엔짜리 장사를 답답해서 어떻게 하나. 한 방에 벌 수 있는 장사를 해야지."

"큰 걸 판다는 말이야, 집이나 비행기 같은 거?"

"그런 것도 좋지만, 작은 걸 한 번에 많이 파는 방법도 있지. 형체가 없는 걸 파는 방법도 있고."

"형체가 없는 거? 그게 무슨 말이야, 그런 걸 사람들이 사겠어?"

내가 웃자 구라모치는 한심하다는 표정을 지었다.

"너 정말 아무것도 모르는구나. 이 세상에 형체가 없는 걸 파는 사람이 얼마나 많은지 알아?"

그가 어떻게 그런 생각을 하게 되었는지 알아챈 것은 조금 나중의 일이다. 당시에는 그저 좀 이상한 녀석이라고 생각했다.

나를 처음으로 게임장에 데려간 사람도 구라모치였다. 그 무렵에는 오락실 같은 건 거의 없었고 백화점 옥상의 놀이터 한쪽에 게임기가 놓여 있었다. 물론 요즘의 컴퓨터 게임 같은 건 아니고, 당시에는 핀볼 머신과 사격 게임이 유행했다.

구라모치는 우선 나를 게임기로 데려가서 그게 얼마나 재미있는 게임인지 설명했다. 그럴 때면 그의 혀는 실로 매끄럽게 움직였다. 또한 그의 말에는 사람의 마음을 끄는 힘이 있었다.

내게 할 마음이 생겼을 거라고 판단되면 그는 말했다.

"어때, 한번 해 볼래?"

"알았어."

나는 늘 그렇게 대답하고 지갑을 꺼냈다.

하지만 내가 돈을 기계에 넣으려는 순간 그는 또 말했다.

"우선 내가 시범을 보일까?"

나도 어떻게 하는 건지 보고 싶은 마음이 있었기에 "그래, 그럼." 하고 대답했다. 그렇게 해서 첫 번째 게임은 늘 그가 하게 되었다.

높은 점수를 기록할 경우 한 번 더 할 수 있는 게임에는 반드시라고 해도 좋을 만큼 그가 먼저 나섰다. 그리고 그럴 때도 동전을 기계에 넣는 일은 내 몫이었다. 그는 고득점을 기록하는 일이 많아 대개는 추가로 동전을 넣지 않더라도 나까지 게임을 할 차례가 왔다. 하지만 실수를 해서 고득점을 올리지 못하더라도 그는 돈을 돌려주지 않았다. 그 대신 화를 내며 애꿎은 기계에 분풀이를 해 댔다. 그러면 나도 돈을 돌려 달라고 하지 못했다.

금붕어 건지기나 스마트 볼 게임장에도 곧잘 나를 데려갔다. 축제 때를 빼고는 그런 가게를 가 본 적이 없던 나는 처음 갔을 때 조금 어리둥절했다.

그런 곳에서도 구라모치는 제 돈을 쓰는 일이 절대 없었다. 다만 내 돈으로도 놀려고 하지 않는 점이 다른 곳에서와 달랐다. 그는 내가 노는 모습을 옆에서 지켜보며 가끔씩 이렇게 해라 저렇게 해라 지시했을 뿐이다. 넌 안 하냐고 물으면 대답은 항상 똑같았다.

"난 됐어. 너무 많이 해서 질렸거든. 그리고 다른 사람 하는 걸 보는 게 더 좋아."

구라모치와 놀다 보면 용돈이 빠르게 줄어들었다. 하지만 그와 노는 일을 그만둘 생각은 없었다. 함께 있으면 끊임없이 신선한 경험을 할 수 있기 때문이었다. 그 신선함은 집에서 머물 자리가 없던 내게 위로가 되었다.

구라모치와 약속이 없을 때면 나는 곧잘 별채에 갔다. 할머니는 내 손을 잡거나 머리를 쓰다듬으며 즐거운 표정으로 나의 학교 얘기를 들었다.

하지만 사실 나는 할머니가 싫었다.

제일 싫었던 건 할머니 몸에서 나는 냄새였다. 쉰내에 먼지와 곰팡이 냄새, 거기다 고약과 나프탈렌 냄새까지 섞여 있었다. 할머니는 욕실에서 목욕을 하는 법이 없었다. 할머니 몸을 닦는 것도 도미 상의 일이었지만 나는 그녀가 그 일을 하는 걸 본 적이 없다.

할머니 피부에서 느껴지는 감촉도 내게는 우울한 것이었다. 주름투성이의 메마른 손이 내 몸에 닿을 때면 등이 오싹했다. 할머니 얼굴을 보는 것도 솔직히 말해 그다지 즐거운 일은 아니었다. 눈과 뺨이 움푹 파이고, 머리는 다 빠져서 넓은 이마가 그대로 드러나 있었다. 해골이 얇고 축 처진 피부에 덮인 것처럼 보일 뿐이었다.

그렇게 싫은데도 왜 할머니 방에 갔느냐면, 딴 속셈이 있기 때문이었다. 학교에서 있었던 일을 한 차례 얘기하고 나면 할머니는 어김없이 말했다.

"아아, 맞아! 용돈을 줘야지."

그리고 이불 속에서 부스럭거리며 천으로 된 지갑을 꺼냈다. 그 속에서 동전을 꺼낸 뒤 "아버지 엄마한테는 비밀이다." 하고 내게 건넸다.

그러면 나는 공손하게 받아 들고 "고맙습니다."라고 인사했다. 누워만 있는데 어떻게 돈이 있는지 어린 마음에도 의아했다. 물론 그 사실을 부모님에게 말한 적은 없다. 우리 집은 다른 집에 비해 부유했지만 엄마도 아버지도 돈에 깐깐해서 사용처가 확실치 않으면 땡전 한 푼 주지 않았다. 할머니에게 용돈을 받았다고 말하면 그 자리에서 모두 빼앗겼을 것이다.

엄마가 할머니를 싫어하는 건 확실했다. 엄마가 전화로 할머니를 험담하는 모습을 여러 차례 보았다.

"설마 저 나이에 자리보전할 거라고는 상상도 못했어. 물론 귀찮지. 하지만 그 덕분에 얼굴을 마주칠 필요도 없고, 돌보는 건 가정부를 시키면 되니까 오히려 이편이 낫다 싶기도 해. 전처럼 기운이 펄펄 난다고 생각해 봐, 얼마나 시끄럽게 잔소리를 해 댔겠어. 생각만 해도 끔찍하다, 애. 뭐라고? 아아, 빨리 그렇게만 되어 준다면야 바랄 게 없지, 호호."

중간 중간 소리를 낮춘다든가 때때로 의미심장하게 웃는 데서 할머니에 대한 엄마의 깊은 증오를 읽을 수 있었다. '빨리 그렇게만 되어 준다면'이라는 말의 의미는 어린 나도 충분히 짐작할 수 있었다. 할머니의 호된 시집살이 때문에 엄마가 오래도록 고생했다는 얘기는 나중에 친척에게 들었다.

아버지가 할머니를 어떻게 생각했는지는 잘 모른다. 아버지가 할머니에 대해 얘기하는 걸 들은 기억이 거의 없다. 하지만 늙은 할머니와 대가 센 엄마 사이에 끼어 나름 괴로웠을 거라는 짐작은 간다. 아버지가 엄마 눈을 피해 별채에 드나드는 걸 나는 여러 번 보았다. 그럴 때 아버지의 뒷모습은 무척 작고 초라해 보였다.

다만 그날 벽장 속에서 들었던 도미 상의 헐떡거리는 소리를 떠올리면 나는 좀 혼란스러웠다. 아버지가 당신의 애인을 집에 데려다 놓고 그 애인에게 할머니를 돌보도록 한 꼴이기 때문이었다. 무슨 생각으로 그렇게 했는지는 지금도 수수께끼다.

하여간 우리 집 사람들의 마음은 별채에 누워 있는 할머니를 축으로 왜곡되고 일그러져 있었다고 생각한다. 그리고 그 왜곡과 일그러짐은 그때 이미 한계에 도달해 있었는지도 모른다. 할머니가 돌아가신 건 겨울 이른 아침의 일이다. 맨 처음 발견한 사람은 나였다.

2

그 무렵 나는 돈 때문에 곤란을 겪었다.

돈 때문에 곤란을 겪는다는 것이 초등학생에게 어울리지 않지만, 농담이나 과장이 아니라 정말로 그랬다. 실은 어떤 일에 푹 빠지는 바람에 그러잖아도 부족한 용돈이 대부분 그 일에 들어갔기 때문이다.

어떤 일이란 오목이다. 그것 역시 구라모치의 속살거림에 의해 눈뜨게 된 놀이였다. 물론 그러기 전에도 오목을 두는 방법쯤은 알고 있었다. 하지만 구라모치는 내게 오목으로 돈을 벌 수 있다는 사실을 가르쳐 주었다.

어느 날 나는 그에게 이끌려 하천 변에 있는 주택가에 갔다.

함석지붕을 얹은 조그만 집들이 다닥다닥 붙어 있는 곳이었고 구라모치는 그중 한 집으로 나를 데리고 들어갔다. 현관이라고 부르기에는 너무 허술한 그 집 입구에는 경첩이 망가진 문이 붙어 있었고, 안으로 들어가려면 초등학생인 우리조차 머리를 조심해야 할 정도로 입구가 좁고 낮았다.

안으로 들어가니 시멘트 바닥에 조그만 책상이 하나 있고 그 책상을 가운데 두고 양쪽으로 의자가 놓여 있었다. 책상 위에는 바둑판이 놓여 있고 한쪽 벽에 오목의 규칙을 적은 종이가 붙어 있었다.

구라모치가 신호를 보내자 옆에 있는 문이 열리더니 작업복 바지와 셔츠 위에 꾀죄죄한 겉옷을 걸친 남자가 나타났다. 그때는 아주 늙은 남자로 보였지만 지금 생각해 보면 아마도 30대 중반 정도밖에 안 되었을 것이다.

구라모치가 백 엔짜리 동전 두 개를 내밀자 남자는 그 동전을 책상 위에 놓고 의자에 앉은 다음 책상 밑에서 바둑알을 꺼냈다. 구라모치는 그의 맞은편 의자에 앉았다.

아무런 말도 나누지 않은 채 일전이 시작됐다. 구라모치가 먼저 수를 두었다. 나는 비스듬히 뒤쪽에 서서 전황을 구경했다.

첫판은 남자가 쉽사리 이겼다. 구라모치가 중간에 큰 실수를 저질렀기 때문이다. 나는 그의 실수를 눈치챘지만 귀띔해 줄 수 없었다. 벽에 붙은 종이에 '훈수—벌금 백 엔'이라고 적혀 있기 때문이다.

두 번째 판은 팽팽했다. 구라모치도 남자도 전혀 실수가 없었다. 막판에 구라모치가 묘수를 둔 덕분에 승리를 거뒀다. "당했군."이라고 남자가 중얼거렸다. 그가 오목을 두면서 말을 한 건 그때뿐이었다.

이어서 세 번째 판이 시작됐다. 역시 치열한 게임이 펼쳐졌다. 그러나 승리한 건 남자 쪽이었다. 구라모치가 혀를 찼다.

"다지마, 너도 해 봐. 너라면 이길 수 있을 거야."

그의 말에 따르면, 2백 엔을 내고 남자와 세 판을 두어 그중 두 판을 이기면 5백 엔을 받는다고 했다. 그리고 그런 식으로 내리 두 번을 이기면 두 번째는 5백 엔이 아니라 천 엔을 받는다는 것이다. 당시의 초등학생에게 천 엔은 거금이었다.

잠시 망설이다가 도전하기로 했다. 2백 엔을 남자에게 내고 의자에 앉았다. 나는 오목에 자신이 있었다. 구라모치가 두는 걸 구경하면서 남자의 실력이 대단치 않다고 생각했었다.

첫판은 내가 이겼다. 의외로 싱겁게 이겨 맥이 빠질 정도였다. 구라모치가 손뼉을 쳤다.

"잘했어! 천 엔까지 가는 거야."

나도 거기까지 생각하고 있었다. 이 정도라면 충분히 이길 수 있을 거라 여겼다. 벌써부터 천 엔을 어디다 쓸지 궁리하고 있었다.

하지만 두 번째 판에서는 남자가 전술을 살짝 바꾸어 덤벼들었다. 당황하는 바람에 그만 실수를 저지른 나는 남자를 이기는

데 실패했다. 구라모치가 발을 구르며 안타까워했다.

"어유, 아까워. 조심해야지."

신중하게 세 번째 판에 도전했다. 여기서 지면 천 엔은커녕 2백 엔도 돌려받지 못한다.

하지만 약간의 판단 미스로 이번에도 이기지 못했다. 남자의 실력이 별것 아니라고 생각했기에 더욱더 분했다.

결국 그날 나는 6백 엔을 날렸다. 즉, 두 번 더 도전한 것이다. 그러나 결과는 매번 같았다. 유리한 국면까지 끌고 가기는 했지만 결국에는 형세가 역전되는 것이었다. 왜 이기지 못하는지 알 수 없었다.

그날 이후로 2, 3일마다 한 번씩 내기 오목을 두러 갔다. 전혀 적수가 안 된다면 모를까, 이길 법한 국면도 몇 번 있었던 데다 내리 두 판을 진 적도 거의 없었던 터라 언젠가는 이기지 않을까 생각했던 것이다. 2연승을 할 경우 천 엔을 벌 수 있다는 점도 매력적이었다. 게임장이나 금붕어 건지기도 재미있긴 했지만 그런 건 아무리 잘해도 돈벌이가 안 되는 데다 게임의 매력이 오목과 비교도 되지 않았다.

이상과 같은 연유로 나는 용돈이 필요했다. 그렇다고 도박에 필요하다고 말할 수는 없는 노릇이어서 부모님에게 돈을 달라고 조를 수도 없었다. 그러니 믿을 곳은 한 곳밖에 없었다. 그날 도 나는 다들 잠든 사이에 할머니가 누워 있는 별채로 갔다.

장지문을 살며시 열며 "할머니." 하고 노래하듯 할머니를 불러

보았다. 할머니는 눈을 감은 채 입은 반쯤 벌리고 있었다. 방 안에서는 여느 때처럼 희미하게 악취가 풍겼고, 공기는 평소보다 더 싸늘했다. 내가 장지문을 열기 전에는 공기가 완전히 정지되어 있었을 것 같은 느낌이었다.

"할머니."

다시 한 번 조그만 소리로 불렀다. 큰 소리는 낼 수 없었다. 누가 듣기라도 하면 곤란하니까. 그 누구보다도 엄마에게 들키지 않아야 했다.

할머니는 반응이 없었다. 눈꺼풀이 움직이는 기미조차 없었다. 장지문을 닫고 몸을 낮춘 나는 기듯이 할머니에게 다가갔다.

자고 있겠지 싶어 이불 위로 할머니 몸을 흔들어 봤다. 인형처럼 살짝 흔들릴 뿐이었다. 몸이 돌처럼 차갑고 딱딱했다.

할머니는 잘 때면 큰 소리로 코를 고는데, 어찌 된 일인지 반쯤 열린 입에서 코 고는 소리는커녕 숨 쉬는 소리도 새어 나오지 않았다.

죽었을지도 몰라, 그렇게 생각했다.

그때까지 사람의 시체를 본 적이 없어서 할머니가 과연 죽은 상태인지 아닌지 알 수 없었다. 개나 고양이, 벌레의 시체는 많이 봤지만 그런 것들의 죽음은 나에게 장난감이 망가진 정도의 사건에 불과했다. 똑같은 일이 사람에게도 일어난다는 사실을 이론적으로는 알았지만 감각적으로 느낀 적은 없었다.

할머니가 죽은 건지 아닌지 더는 생각하지 않기로 했다. 중요한 건 할머니가 움직일 기미가 없다는 사실이었다. 즉, 용돈을 훔칠 절호의 기회인 것이다.

서두르지 않으면 엄마에게 들키고 만다.

조심조심 이불을 걷어 냈다. 할머니의 야윈 몸이 드러났다. 잠옷의 앞섶이 벌어져 있고 그 사이로 불룩 튀어나온 갈비뼈가 보였다. 역겨운 냄새가 한층 강하게 풍겼다.

찾던 것은 금세 발견됐다. 할머니 배 위에 놓인 손에 쥐어 있었다. 지갑에 달린 조그만 망치 모양의 장식이 마른 가지 같은 손가락 사이로 보였다.

할머니 얼굴을 외면한 채 지갑을 꺼내려 했다. 그런데 양손의 손가락들이 지갑을 단단히 쥐고 있어 아무리 힘을 주어도 빠지지 않았다. 어찌나 꿈쩍도 안 하는지 할머니가 지갑을 빼앗기지 않으려고 힘을 주고 있다는 생각마저 들었다.

그러나 포기할 수는 없었다. 억지로라도 빼내야 한다. 지갑을 움켜쥔 할머니 손가락을 하나하나 펴서 지갑에서 떼어 냈다. 손가락은 탄력이 없고 차가웠다. 덜 마른 점토 조각품을 주무르는 감촉이었다.

가까스로 지갑을 빼내어 열었다. 이토 히로부미가 그려진 천 엔짜리 지폐와 이와쿠라 도모미가 그려진 5백 엔짜리가 몇 장씩 들어 있었다. 쇼토쿠 태자의 초상이 담긴 만 엔짜리도 있었다. 속으로 환호성을 질렀다. 그런 뭉칫돈을 손에 쥐어 본 적은 설날 친척들에게서 세뱃돈을 받았을 때 빼고는 없었다.

목적을 달성했으니 더는 할머니 방에 볼일이 없었다. 이불을
원래대로 해 놓고 일어섰다. 할머니 얼굴을 보지 않으려 했지만
순간적으로 시야 한끝에 들어왔다. 그리고 움찔했다.

할머니가 눈을 뜨고 있는 것처럼 보였다. 그저 뜨고만 있는 것
이 아니라 지갑을 빼앗은 나쁜 손자를 노려보는 것 같았다.

그러나 할머니 상태를 확인할 용기가 없었다. 돌연 공포가 엄
습했다. 고장 난 기계 인형마냥 어색한 동작으로 이불을 벗어났
다. 금방이라도 할머니가 부를 것만 같았다. 소리가 나지 않도록
조심조심 방을 나온 후 도망치듯 그곳을 벗어났다.

할머니가 죽은 걸 누군가 발견해 큰 소동이 벌어진 건 그로부
터 한 시간도 채 지나지 않아서였다.

아버지의 마작 동료이기도 한 니시야마라는 동네 의사가 와서
할머니 시신을 살폈다. 나도 가서 보고 싶었지만 도미 상이 막는
바람에 할머니 방에 들어가지 못했다.

할머니가 돌아가신 사실이 확인된 후에도 니시야마는 좀처럼
방에서 나오지 않았다. 부모님과 무언가 의논하고 있는 듯했다.

그날 밤 곧바로 장례 절차가 시작됐다. 몹시 정신없는 하루였
다. 오후부터는 친척뿐 아니라 마을 사람들도 찾아와 장례 준비
를 도왔다. 제단이 만들어지고 관이 놓였다.

할머니의 사인이 무엇인지 내게는 끝까지 알려 주지 않았다.
그러나 친척들의 대화에서 '노쇠'라는 단어를 엿들을 수 있었다.

노쇠가 뭐냐고 묻자 외삼촌이 자상한 말투로 가르쳐 주었다.

"가즈유키 너도 모터로 움직이는 장난감 가지고 있지? 선더버드 자동차 모형 같은 거 말이야. 그런 것들은 안에 배터리가 들어 있어서 그걸로 모터가 돌아가거든. 그런데 계속 갖고 놀다 보면 어떻게 되지? 결국은 멈춰 버리고 말잖아. 왜 그런지 알아?"

"배터리가 떨어지니까요."

"맞아. 사람도 마찬가지야. 고장 나지 않아도 언젠가는 배터리가 떨어져서 멈추는 거야. 그게 바로 노쇠란다. 사람이 장난감과 다른 점은 배터리를 교체할 수 없다는 거야."

그 말을 듣고 사람도 결국 기계와 마찬가지구나 하는 생각이 들었다. 의사의 치료는 기계를 수리하는 것과 마찬가지인 것이다. 그렇게 생각하니 죽음도 별게 아니구나 싶었다. 망가져서 원래 상태로 돌아가지 못하는 것일 뿐이다.

장례는 고인의 죽음을 애도하는 의식이라기보다 잔치 비슷했다. 어디서 가져왔는지 기다란 앉은뱅이 탁자가 줄줄이 놓였고 그 위에 배달된 음식들이 차려졌다. 사람들이 끊임없이 찾아와서 음식을 먹어 댔다. 술도 여러 병 준비돼 있어서 조문객 중에는 거실에 자리를 차지하고 앉아 혀가 꼬일 정도로 마시는 사람도 있었다.

상주인 아버지는 물론이고 엄마도 조문객 응대로 분주했다. 손님들이 슬픈 표정으로 위로의 말을 건네면 부모님은 침통한 얼굴로 답례했다. 그런데 그러던 엄마가 친정 쪽 친척에게는

"이제야 한숨 돌렸어."라며 한쪽 눈을 찡긋해 보였다. 상대도 그 심정을 알겠다는 듯이 고개를 끄덕였다.

그다음 날이 발인이었다. 그간 왔던 문상객보다 더 많은 손님이 왔다.

나로서는 지루하기 짝이 없는 의식이었다. 학교를 안 가도 되는 건 좋았지만, 스님이 경을 읽는 동안 하품을 참으며 듣고 있자니 이럴 거면 수업을 듣는 편이 낫겠다는 생각도 들었다.

출관에 앞서 마지막 작별 인사를 하라고 검은 양복을 입은 남자가 말했다. 모르는 남자였다. 장례 회사 직원이었을 것이다.

모두들 줄지어 관 속에 꽃을 넣었다. 눈물을 흘리는 사람도 있었다.

"가즈유키, 너도 할머니에게 작별 인사를 해야지."

아버지가 말했다. 나는 한 걸음 두 걸음 관으로 다가갔다. 할머니의 코끝이 언뜻 보였다.

그 순간 형언할 수 없는 공포와 혐오감이 몰려왔다. 잠시 그 자리에 얼어붙었다가 간신히 뒷걸음질하기 시작했다. 그런 내 등을 뒤에서 누군가 밀었다.

"싫어!"

나는 외쳤다.

"싫어, 싫어, 싫단 말이야."

예상치 못한 나의 반응에 주위에 있던 사람들이 당황스러워했다. 특히 당황한 사람은 부모님이었다. 둘은 양쪽에서 내 팔을 잡고 나를 관 앞에 세웠다.

"싫어. 기분 나쁘단 말이에요!"

나는 부모님 손을 뿌리치려 했다. 다음 순간 아버지 손바닥이 내 뺨에 날아들었다.

"멍청한 소리를 하고 있어. 어서 꽃을 드리지 못하겠니!"

아버지는 억지로 내 손에 꽃을 쥐어 주며 관 속에 넣으라고 했다. 그때 할머니 얼굴이 보였다. 해골 같은 얼굴에 옅은 미소 같은 것이 떠올라 있었다. 그 미소가 나를 더 떨게 만들었다. 할머니 주위에는 내가 그토록 싫어하던 악취 대신 꽃향기가 감돌았다. 그런데 그 향기를 맡은 순간 맹렬한 구토기가 찾아왔다.

나는 황급히 관에서 떨어졌다. 아버지가 뭐라고 소리를 질렀지만 귀에 들어오지 않았다. 그 자리에서 정신없이 토했다. 그 전까지 마시고 있던 오렌지 주스가 순식간에 바닥을 물들였다.

마음이 좀 가라앉은 것은 화장장에서 대기하고 있을 때였다. 또래의 사촌이 없던 나는 혼자서 멍하니 어른들을 바라보고 있었다. 아버지가 집에 돌아갈 때까지 내게 먹을 것이나 마실 것을 일절 주지 말라고 했기 때문에 과자 한 조각 먹지 못했다. 물론 먹을 생각도 없었지만 말이다.

왜 그렇게 패닉에 빠졌었는지는 나 자신도 알 수 없다. 전날 외삼촌 얘기를 듣고 사람도 결국은 기계와 마찬가지이며 죽음 이란 기계가 망가지는 것에 불과하다고 이해했다. 즉 시체는 물질에 지나지 않는다. 그런데 왜……

어른들은 술이나 차를 마시며 이야기를 나누고 있었다. 의아했던 건 웃고 떠드는 사람이 많다는 사실이었다. 엄마도 웃지는 않았지만 평소보다 표정에 생기가 돌았다. 아버지마저 어딘가 모르게 안도하는 느낌이었다. 그런 모습을 보며 역시 어른들은 시체라는 게 망가진 기계에 불과하다는 사실을 아는 거라고 생각했다.

화장은 한 시간 정도 걸렸던 것 같다. 유골을 거두는 자리에 나도 가야 했다. 부모님은 내가 또 소동을 부리지 않을까 걱정했지만 그건 기우였다. 쓰레기 부스러기 같은 뼛조각을 본 나의 느낌은 '뭐야, 이게 전부야?' 하는 것이었다. 보기 흉하고 두려웠던 시체도 불에 타고 나니 아무것도 아니었다. 내가 할머니 지갑에 손을 댔다는 사실도 이제는 아무도 모를 터였다.

사람이 죽는다는 건 별게 아니다.

그것이 할머니 죽음에 대한 내 감상이었다.

도미 상은 장례식 다음 날부터 오지 않았다. 할머니 간병인으로 고용된 사람이니 당연한 일이다.

도미 상이 자신이 사용하기 편리하도록 부엌의 조미료와 조리 기구를 정리해 놓은 것을 엄마는 마음에 들어 하지 않았던 모양이다. 어느 날 혼자서 그것들을 다시 정리하고 있었다. 모든 걸 새로이 하고 싶은 마음이 간절했는지 아직 내용물이 남아 있는 설탕 병과 소금 병을 그대로 쓰레기통에 던져 넣었다.

초칠일 제사 때는 다시 친척들이 몰려왔다. 그날은 그야말로 잔치 분위기였다. 서로 속속들이 아는 사람들끼리 모였다는 안도감이 작용했는지 흥겨움이 도를 넘는 사람도 적지 않았다. 아버지 쪽 사람들과 엄마 쪽 사람들은 겉으로는 서로 친한 척했지만 실은 별로 사이가 좋지 않다는 게 어린 내 눈에도 확연해 보였다. 특히 아버지의 숙모들은 집안의 재산을 엄마가 좌지우지하게 될 거라며 탐탁해하지 않았다.

"이제 미네코 마음대로 집을 고칠 수 있겠네. 걸핏하면 집이 낡아서 싫다고 불평하더니 드디어 소원을 이루게 됐지 뭐야."

작은할머니가 입을 비죽거리며 말했다. 어찌 된 영문인지 다지마 가문은 여자가 압도적으로 많았다.

"그럼 싫은 걸 여태까지 참아 온 거예요?"

"응. 제 시어머니가 반대했거든. 아무리 자리에 누웠다지만 집이 시어머니 명의로 되어 있었으니까 어쩔 도리가 없었지."

어머, 그래요? 하며 여자들이 고개를 주억거렸다.

내가 그녀들의 대화를 엿들을 수 있었던 건 미닫이문을 사이에 두고 툇마루 쪽에 앉아 만화 잡지를 읽고 있었기 때문이다. 그녀들은 내가 거기 있다는 사실을 몰랐다.

"그런데 집수리 문제뿐 아니라 미네코가 엄마랑 이런저런 일이 많았던 모양이에요."

고모 하나가 말했다.

"맞아, 그랬다더라."

"큰어머니가 정정했을 때는 미네코를 상당히 엄하게 대했다던데."

"엄하기는 무슨. 그 정도도 안 겪은 사람이 어디 있어. 미네코를 보면서, 며느리를 맞을 때는 잘 알아보고 데려와야 한다고 생각했다니까. 언니도 좀 더 좋은 집안의 규수를 맞았다면 더 오래 사셨을 거야. 미네코 때문에 명이 짧아진 게 틀림없다니까."

"그럴지도 모르지. 큰어머니가 별채에 갇혀 지내다시피 하셨잖아요. 햇볕도 들지 않는 데서 허구한 날 지냈으니 병이 나을 턱이 있나."

"게다가 최근에는 가정부를 고용해서 맡겨 버리고 자기는 보살피지도 않았대."

"그런데 그 가정부도 말이야,"

다시 작은할머니가 말했다.

"눈치가 없고 칠칠치 못했나 봐. 음식 솜씨도 형편없어서 먹기 괴로울 정도였다는 거야."

여자들이 일제히 한숨을 쉬었다.

"그럼 미네코가 큰어머니를 살해한 거나 마찬가지네요."

누군가 내뱉은 이 한마디에 모두가 순간적으로 입을 다물었다.

"아이, 아무리 그래도 그 말은 지나치지."

이번에는 누군가 주의를 줬다. 하지만 그 말투에는 왠지 즐기는 듯한 느낌이 묻어 있었다.

"아니야. 나는 사실이라고 생각해."

작은할머니가 정색하고 말했다.

"사실상 미네코가 살해한 거야. 고의인지 아닌지는 모르겠지만 말이지."

그 말 역시 선뜻 맞장구치기 어려웠는지 아무도 입을 떼는 사람이 없었다.

살해했느니 어쨌느니 하는 무시무시한 말이 나와서인지 나는 그 당시 오간 대화들이 아직도 기억에 생생하다. 텔레비전 드라마 같은 데서 살인하는 장면을 종종 보기는 했어도 현실 생활에서 보거나 들은 건 처음이었다.

할머니가 빨리 돌아가시기를 엄마가 바랐다는 건 나도 아는 사실이었다. 하지만 그래서 엄마가 할머니를 별채에 가둬 뒀다거나 일부러 형편없는 가정부를 두었다고 생각해 본 적은 그때까지 없었다.

그 이후로 엄마를 보는 시각이 조금씩 변해 갔다.

다들 바쁜 탓도 있고 해서 할머니가 돌아가신 후로는 가족이 다 같이 모여 차분히 식사하는 일이 좀처럼 없었다. 부모님이 나누는 대화래야 누가 조의금을 얼마 냈다든가 답례를 어떻게 하면 좋겠느냐 하는 정도였다. 두 사람의 입에서 할머니의 죽음에 대한 감상 어린 말 따위는 한마디도 들을 수 없었다.

일련의 의식이 모두 끝난 후에도 우리 집 상황에는 큰 변화가 없었다. 잠시 휴업했던 치과는 다시 문을 열었고, 엄마도 아버지도 다시 전처럼 일에 쫓기게 되었다.

식사 준비는 엄마가 했지만 도미 상의 요리만큼 맛있지 않았다. 한마디로 음식에 성의가 없었다. 하지만 아버지가 불만을 표시하지 않으니 나 역시 불평할 수 없었다. 음식을 두고 불평하는 건 사치라는 게 아버지의 평소 지론이었다. 당시에는 아마도 대개의 가정이 그랬을 것이다.

엄마가 만든 음식을 먹을 때마다 의아한 점이 있었다. 작은할머니 말에 따르면 도미 상의 요리가 형편없어서 할머니가 식사하기가 괴롭다고 했다는데 나는 한 번도 그렇게 느낀 적이 없었다. 아버지도 언제나 도미 상의 음식이 맛있다고 칭찬했다.

그렇다면 할머니야말로 사치스러운 생각을 했던 것이 아닐까.

식사 중에도 부모님은 별로 대화를 나누지 않았다. 병원 회계와 관련해 짤막한 얘기를 주고받는 게 고작이었다. 특히 아버지는 할머니가 돌아가신 뒤로 좀처럼 웃는 일이 없었다. 내 대화 상대가 되어 주지도 않았다. 늘 뭔가 골똘히 생각하는 것처럼 보였다.

묘한 소문이 나돌기 시작한 건 바로 그 무렵이었다.

학교에서 돌아오는 길에 혼자 걷고 있는데 뒤에서 부르는 소리가 들렸다. 돌아보니 6학년생 세 명이 다가오고 있었다. 그중 한 녀석은 철공소 집 아들로, 몸집이 크고 얼굴 생김도 어른 같아서 학교에서도 우두머리 같은 존재였다. 그 아이가 히죽거리며 내 앞에 서더니 나를 훑듯이 내려다봤다.

"너희 할머니 살해당했다면서?"

다른 두 녀석도 흥미진진한 얼굴로 나를 바라보며 실실 웃었다.

"아닌데."

내가 대답했다. 그 6학년은 화가 나면 하급생을 팬다는 얘기를 들은 터라 꼴사납게도 목소리가 떨렸다.

"거짓말 마. 다 들었어. 치과 집 할머니에게 매일 조금씩 독을 먹여서 죽였다고 말이야."

"그런 거 아니야!"

내가 성을 내자 세 녀석은 웃겨 죽겠다는 듯이 깔깔댔다.

"아이고, 무서워라. 몇 마디 더 했다가는 급식에 독이라도 넣겠는걸."

똘마니 중 하나가 비아냥거렸다.

"그럼 큰일이지. 그럼 그럼."

그러고서 철공소 집 아이와 두 똘마니는 다시 가던 길을 갔다. 가면서도 몇 번이나 나를 돌아보며 자기네들끼리 귓속말로 뭔가를 소곤거렸다.

다음 날이 되자 반 아이들도 소문을 들은 눈치였다. 다른 아이들은 아무 말도 안 했지만 구라모치 오사무가 말해 주었다.

"하지만 거짓말이지?"

구라모치는 목소리를 낮추며 확인하려 들었다.

"당연하지. 할머니는 노쇠해서 돌아가신 거야."

"그래? 하지만 노쇠라는 건 딱히 원인이 밝혀지지 않았을 때

쓰는 말 아닌가?"

"수명과 관련된 얘기야. 배터리가 떨어진 거랑 같은 원리란 말이야."

"하지만 말이지."

그가 내 귀에 입을 갖다 댔다.

"나이 든 사람이 죽었을 때 원인을 잘 모르겠으면 의사들은 귀찮으니까 그냥 노쇠라고 해 버린대."

"독살이라면 의사가 모를 리 없잖아."

"그게 말이지, 의외로 잘 모른다는 거야. 독살당하는 사람이 별로 많지 않기 때문에 의사도 제대로 알기 힘들대."

"글쎄 그런 거 아니라니까."

내가 정색하고 화를 내자 구라모치도 더는 따지지 않았다.

그때까지는 그 소문이 아이들 사이에만 도는 거라고 생각했다. 그런데 소문은 예상외로 널리 퍼져 있었다.

친절하기로 유명한 동네 빵집 아줌마가 내가 진열장 앞에만 서면 갑자기 난감한 표정을 짓는 것이었다. 그리고 어색한 미소를 지으며 "오늘은 가즈유키 짱이 좋아하는 빵이 없는 것 같네." 따위의 말을 했다. 빨리 가 줬으면 하는 눈치가 확연했다.

빵집 아줌마뿐이 아니라 다들 나와 얼굴을 마주치면 하나같이 어색한 표정을 지었다. 처음에는 기분 탓이라고 생각했는데 그게 아니라는 걸 확인시켜 준 사람 역시 구라모치였다.

"우리 엄마도 그 소문 알더라."

도대체 왜 그런 소문이 퍼졌는지 이해할 수 없었다. 대체 누가 그런 소문을 냈을까.

　"나는 다른 반 녀석한테 들었어. 우리 엄마는 손님에게 들은 모양이고."

　구라모치의 말은 나를 한층 우울하게 만들었다. 동네에서 말 많기로 유명한 아줌마가 눈동자를 반짝거리며 이 가게 저 가게 떠벌리고 다니는 모습이 눈에 선했다.

　당연히 부모님도 소문을 들었겠지만 그 얘기를 꺼내는 일은 없었다. 내 앞에서만 피했던 것인지도 모른다. 두 사람이 초조해하는 느낌이 어렴풋이 있었기 때문이다. 치과를 찾는 환자도 눈에 띄게 줄었다. 소문과 무관하지 않았을 것이다.

　그로부터 얼마 지나지 않아 집에 경찰이 찾아왔다. 학교에서 돌아와 보니 현관에 낯선 구두가 두 켤레 놓여 있었다. 복도를 지나는데 거실에서 남자 둘이 부모님과 얘기를 나누고 있었다. 한 사람은 제복 차림이고 나머지 한 사람은 사복 차림이었다. 제복을 입은 쪽은 역전 파출소 앞에 서 있는 모습을 몇 번인가 본 기억이 있었다.

　"아니요, 이 댁을 의심해서가 아니라 그런 소문이 나도는 이유에 대해 뭔가 짐작 가는 데가 있는지 알고 싶은 거죠."

　제복 경찰이 말했다.

　"물론 소문 정도로 경찰이 움직이지는 않지만, 소문의 내용이 너무 심각해서 이렇게 형사와 함께 온 겁니다."

"짐작 가는 일이 있을 리 있습니까? 아무 근거 없는 소문이에요. 대체 어떤 놈이 그런 소문을 퍼뜨리고 다니는지 제가 먼저 알고 싶은 심정입니다."

아버지가 보기 드물게 거친 투로 얘기했다.

정말 말도 안 돼요, 라고 엄마도 옆에서 거들었다.

"그러니까 단지 악의적인 헛소문일 가능성도 있다고 제가……."

"네, 헛소문입니다."

아버지가 경찰의 말을 중간에서 잘랐다.

"그것도 아주 악질적인 헛소문이에요."

"그럼 그런 헛소문을 퍼뜨릴 만한 사람은 혹시 짐작이 가시는지요?"

"글쎄요, 인간이란 생각지도 못한 일로 남을 질시하거나 원한을 품을 수도 있는 동물이니까요. 저놈의 치과 의사를 한번 망가뜨려 보자, 그렇게 생각하는 사람이 있을지도 모르죠."

"절대 얘기가 바깥으로 새지 않도록 할 테니 그럴 만한 사람이 있으면 가르쳐 주세요."

"아니요, 그건 좀……."

아버지는 주저했다.

"비밀이라는 게 아무리 함구한다고 해도 어디서 새어 나갈지 모르는 일이고……."

"그건 염려 마십시오."

"그보다는 소문을 들었다는 사람을 하나하나 만나 보시면 어떨까요? 그러다 보면 소문을 낸 장본인을 찾을 수도 있지 않겠습니까?"

"그게 말입니다, 정보들이 복잡하게 뒤얽혀 있어서 발원지를 찾아내기가 힘들더군요. 개중에는 누구한테 들었는지조차 밝히지 않는 사람도 있고요."

"내 참, 이런 날벼락이 없군요. 도대체 그런 말도 안 되는 소리를 하고 다니는 놈이 누군지……."

아버지가 크게 한숨을 쉬었다.

"댁들이 여기 온 걸 누가 보기라도 하면 이번에는 드디어 경찰이 수사하러 왔다고 떠들어 대겠죠."

"나갈 때 최대한 주의하겠습니다."

제복 경찰이 당황해하며 말했다.

그때까지 입을 다물고 있던 형사가 처음으로 질문을 던졌다.

"혹시 비소와 관련해서 생각나는 건 없습니까?"

"비소는 왜요?"

"아, 그러니까, 이 댁에서는…… 아니, 병원에서라도 좋습니다만, 비소를 사용하지 않습니까?"

"사용하지 않습니다."

아버지가 딱 잘라 말했다.

"그건 독극물이잖습니까."

"비소 자체가 아니더라도 비소가 든 약품 같은 것 안 가지고 계십니까?"

"없습니다. 그런 걸 왜 묻죠? 어머니에게 비소를 먹여서 죽였다는 소문이라도 났나요?"

"실은 그렇습니다. 음식에 매일 조금씩 비소를 넣어 먹이는 바람에 다지마 씨네 할머니가 죽었다, 이게 현재 나돌고 있는 소문의 내용입니다."

"어처구니가 없군요. 터무니없는 얘깁니다. 소문을 퍼뜨린 사람이 밝혀지면 고소하겠어요."

아버지가 소리를 질렀다.

3

그날 이후로는 경찰이 오지 않았다. 애초에 뚜렷한 의혹이 있었던 것이 아니라 그저 소문이 신경 쓰이는 정도였기 때문일 것이다.

그리고 차츰 소문도 우리 귀에 들어오지 않게 되었다. 그 누구도 자신과 무관한 일에는 관심을 오래 두지 않는 법이다. 남의 집에 어떤 불행이 있느냐보다는 자기 자신의 인생이 더 중요하니까.

하지만 소문이 누그러졌다고 해서 그 일이 완전히 잊힌 건 아니고 다만 입에 올리는 사람이 적어졌을 뿐이었다. 오히려 화제에 오르지 않게 되면서 그 섬뜩한 이야기는 단순한 상상이 아닌 하나의 사실로서 사람들의 기억에 확실하게 각인되는 느낌이었다. 한번 아버지의 병원에서 멀어진 사람들의 발길은 그대로 영영 돌아오지 않았다. 그리고 가뜩이나 친구가 적었던 나는 학교에서 점점 더 고립돼 갔다. '소문도 길어야 75일'이라는 속담은 그 꺼림칙한 소문에는 들어맞지 않았다. 그로부터 몇 년이 흐르고 우리 집이 헐린 뒤에도 그 동네에서는 "아아, 맞아. 저 자리에 할머니가 독살당한 집이 있었어."라는 뒷말이 여전했다.

부모님은 그런 상황을 의연하게 극복하려고 노력했던 것 같다. 아버지는 아무리 환자가 줄어도 전과 다름없이 치과 일을 계속하면서 휴일에는 지인들과 낚시를 하러 갔다. 그리고 원래 이웃과 잘 지내지 못하던 엄마에게 동네 모임이나 학교 행사에 적극적으로 참가하라고 권하기도 했다. 엄마는 내키지 않는 눈치였지만, 원래 지기 싫어하는 성격이라, 집에만 틀어박혀 있으면 괜히 더 이상한 눈으로 본다는 아버지의 말을 들은 후로는 전보다 더 공들여 화장하고 제일 좋은 옷을 입고 외출했다. 그런 엄마를 보고 빤빤하다며 흉을 보는 사람도 있었다고 한다.

그런 식으로 바깥세상에는 전과 다름없이 지낸다는 것을 과시하려 했던 부모님이지만 집 안에서는 사정이 달랐다. 내 눈에는 아버지와 엄마가 밖에서와는 완전히 다른 사람들처럼 보였다.

특히 아버지가 더 이상했다.

어느 날 학교에서 돌아오니 부엌에서 무슨 소리가 들렸다. 엄마는 그날 친척 집에 간다고 했기 때문에 나는 수상쩍은 생각이 들었다.

살금살금 복도를 걸어가는데 기침 소리가 들렸다. 나는 안심했다. 그즈음 가벼운 감기에 걸려 있던 아버지가 내는 소리였기 때문이다.

부엌으로 가 보니 아버지는 싱크대 앞에 쭈그리고 앉아 개수통 밑 문을 열고 안쪽을 들여다보고 있었다. 그 옆에는 원래 싱크대 안에 들어 있었을 간장과 술병들이 널려 있었다. 좀 더 둘러보니 식기장과 수납장 서랍들도 열려 있고 조미료와 식료품을 꺼낸 흔적이 있었다.

얼마나 몰두했던지 아버지는 내가 온 것도 알아차리지 못하고 싱크대 아래를 뒤적거렸다. 한참 후에야 뒤에 누가 있는 기척을 느꼈는지 아버지가 소스라치게 놀라며 내 쪽을 돌아봤다.

"뭐야, 너 왔구나."

아버지 얼굴이 상기된 건 고개를 숙이고 있었던 탓만은 아닌 것 같았다.

"다녀왔습니다."

"언제부터 거기 있었니?"

"방금요."

"그래?"

아버지는 이 어색한 상황을 모면할 말을 찾는 것 같았다. 한편으로는 당신이 조미료 병을 쥐고 있다는 사실을 부자연스럽게 느

껐는지 서둘러 그것을 바닥에 내려놓고 어색한 미소를 지었다.

"남자는 부엌에 들어가면 안 된다고들 하잖아. 돌아가신 할머니도 그렇게 가르치셨거든. 그러니 뭐가 어디 있는지 도통 알 수가 있어야지."

"뭘 찾으시는데요?"

"아아, 별건 아니고…… 이거, 이거 말이야."

아버지는 잔을 기울이는 시늉을 했다.

"위스키를 사 놓은 게 있을 텐데 못 찾겠다."

"지금 위스키를 드시려고요?"

4시가 될까 말까 한 시간이었다.

"마시려는 게 아니라 선물하려고."

아버지는 꺼내 놓았던 조미료 병과 술병들을 원위치로 돌려놓기 시작했다.

"거참, 이상하네. 네 엄마가 어디다 치워 놓았나?"

"엄마한테 물어보시면 되잖아요."

"어? 아아, 그러네."

건성으로 대답하며 아버지는 정리를 계속했다.

왠지 거기 더 있으면 안 될 것 같은 생각이 들어 나는 발길을 돌렸다. 그때 아버지가 가즈유키, 하고 나를 불렀다.

"엄마한테는 말하지 마라."

"네?"

"네 엄마는 절대 물건을 남한테 안 주잖니. 말하자면 구두쇠라

이거야. 그 위스키도 자기는 마시지도 않으면서 남에게 준다면 뭐라고 할 게 뻔하다. 잔소리 듣기 귀찮으니까 몰래 선물할 거야. 그러니까 말이다……."

평소의 아버지답지 않게 변명이 길었다. 다른 때 같으면 "엄마한테 말하지 마." 하고 명령할 뿐 그 이유를 구구절절이 설명하지 않았을 것이다.

"네, 알았어요."

아버지는 만족스러운 듯 고개를 끄덕이고 나서 다시 부엌을 정리하기 시작했다. 하지만 어디에 뭐가 있었는지 정확히 기억하지 못하는 것 같았다. 내가 고자질하지 않아도 엄마가 알아차릴 게 분명했지만 그런 말은 아버지에게 하지 않았다.

저녁이 되어 엄마가 돌아왔을 때 아버지는 병원에 나가 있었다. 나는 거실에서 텔레비전을 보면서 과연 엄마가 부엌의 변화를 눈치챌지 촉각을 곤두세우고 있었다.

답은 저녁 식사 때 나왔다.

"당신 혹시 부엌 건드렸어요?"

식사하던 엄마가 지나가듯이 아버지에게 물었다.

"부엌을 건드리다니, 그게 무슨 소리야?"

아버지는 딱 잡아떼더니 태연하게 잔에 맥주를 따랐다.

"부엌에 들어갔었죠?"

"내가? 아니."

"그래요? 이상하네."

엄마의 시선이 나를 향했다. 나는 고개를 숙인 채 말없이 젓가락질만 했다. 내게 뭔가 물어볼까 봐 겁이 났다.

"부엌이 어딘가 모르게 좀 달라진 것 같던데……."

그리고 엄마는 다시 아버지를 보았다.

"조미료 같은 게 위치가 바뀌어 있더라고요."

"착각한 것 아니야? 당신, 그동안 부엌에 들어간 적도 별로 없잖아."

맥주를 마시며 아버지가 말했다. 도미 상이 있을 때 엄마가 가사를 거의 돌보지 않았던 걸 비꼬기라도 하는 투였다.

"내가 절대 놓아둘 리 없는 곳에 소금이랑 후추 병이 있었어요. 그게 말이 된다고 생각해요?"

"글쎄, 나야 모르지."

"사실대로 말해 봐요."

엄마가 아버지를 뚫어져라 바라보았다. 아버지는 그런 엄마와 눈을 마주치지 않으려고 했다.

"사실대로 말하라니, 무슨 뜻이야?"

"부엌을 뒤졌잖아요, 그게 있는지 없는지."

"그거라니, 뭐 말이야?"

"지난번에 형사가 말한 거요."

"형사가 무슨 말을 했는데? 하도 얼토당토않은 소리를 하기에 귓등으로 흘렸어."

"그걸 지금 말이라고 해요?"

빽들빽들한 아버지 태도에 엄마는 화가 치민 듯 눈초리가 사나워졌다. 당장이라도 소리를 지르고 싶은 걸 가까스로 참는 눈치였다. 그게 내가 옆에 있기 때문이란 걸 아는 나는 한층 불안해졌다. 한시라도 빨리 그 자리를 벗어나고 싶어 서둘러 밥을 먹었다.

식사를 마치자 나는 바로 옆에 있는 거실로 가서 텔레비전을 켰다. 그러나 화면에는 눈길도 주지 않고 벽에 귀를 갖다 댔다. 식탁에서 오가는 대화를 엿듣기 위해서였다. 일전에 세무서 사람이 왔을 때 도미 상이 그러고 있는 걸 본 적이 있었다.

"의심하면 의심한다고 까놓고 말해요."

엄마 목소리가 들렸다.

아버지가 뭐라고 하는 것 같았지만 우물거리는 통에 알아들을 수 없었다.

"비소인가 뭔가 하는 독이 있나 보려고 뒤진 거잖아요. 형사 얘기를 듣고 내가 정말로 그런 짓을 한 거 아닌가 싶어서 말이에요."

말도 안 되는 소리, 라는 아버지 목소리가 들렸다. 그 뒤는 또 알아듣기 힘들었지만 엄마 말을 부정하는 것만은 분명했다.

"딴청 부리지 말아요, 당신 얼굴에 다 쓰여 있으니까. 솔직히 얘기하는 게 차라리 깨끗하지 않아요? 당신이 친척들한테 그랬다면서요. 어머님이 갑자기 돌아가신 게 아무래도 수상하다고요. 그거 나를 의심하는 말 아닌가요?"

엄마 목소리는 벽에 귀를 댈 필요도 없이 또렷하게 들렸다.

"그런 말 한 적 없어."

아버지가 목소리를 조금 높였다.

"거짓말 말아요."

"정말이야."

"그럼 왜 부엌을 뒤졌어요?"

"뒤지지 않았다고 했잖아. 정말 끈질기네."

"당신이 아니면 누가 그랬다는 거예요? 구석구석 뒤진 흔적이 있는데."

"나도 몰라. 가즈유키가 군것질거리라도 찾았나 보지."

느닷없이 내 이름이 튀어나오는 바람에 깜짝 놀랐다.

"그럼 가즈유키한테 물어볼까요? 아니, 군것질거리를 찾으려고 싱크대 밑을 뒤졌다는 게 말이나 된다고 생각해요?"

"하여간 나는 모르는 일이니까 쓸데없는 소리 좀 그만해."

"잠깐만요. 어디 가는 거예요!"

엄마 말에 아버지가 걸음을 멈추는 것 같았다.

"시간 아깝게 왜 그따위 얘기를 들어야 하나?"

"나, 안 그랬어요. 어머님 음식에 독을 넣는 짓 따위 죽어도 못해요. 아까 당신도 말했잖아요. 내가 그동안 부엌에 들어간 적도 별로 없다고요. 그런 짓을 할 수 있는 사람은 어머님 식사를 준비했던 사람뿐이에요."

흥분한 탓인지 얘기가 묘한 방향으로 흘러갔다. 반 박자 늦게 아버지가 반응했다.

"터무니없는 소리. 그녀가 그런 짓을 할 까닭이 없잖아."

"그녀라……, 흥, 상당히 다정한 호칭이군요."

"도미 상을 그녀라고 부르는 게 뭐가 잘못인데?"

"도미 상은 무슨. 내가 없는 데서는 그냥 도미라고 부르겠죠?"

"무슨 뜻이야?"

"몰라서 물어요? 내가 아무것도 모를 줄 알았어요?"

아버지의 대답이 들리지 않았다. 아니, 들리지 않은 것이 아니라 아버지가 입을 다물었을 것이다.

엄마가 아버지와 도미 상의 관계를 알고 있었다는 건 의외였다. 알면서도 티를 내지 않았다는 게 놀라웠다.

아버지가 뭐라고 중얼거렸다. 도미 상과의 관계를 인정하는 말은 아닌 듯했다.

"시치미 떼지 마요, 난 상관없으니까. 그 대신 돈만 제대로 갖다줘요. 그것만 지켜 준다면 귀찮게 안 할 테니까."

"당신은 돈밖에 모르는군. 부끄럽지도 않아?"

"당신이야말로 부끄럽지 않아요? 그런 여자한테나 홀리고."

꽝, 하고 무언가 뒤집히는 소리가 났다. 이어서 접시 부딪치는 소리. 아버지가 식탁을 걷어차는 모습이 떠올랐다.

"당신이 어머니를 싫어하니까 도미 상을 부른 거 아니야. 그렇게 신세를 져 놓고 그런 말이 나와?"

"돈을 줬잖아요."

"내가 줬지 당신이 줬어? 당신은 어머니가 하루빨리 돌아가시기만을 바랐을 뿐이야. 당신이 당신 친척들하고 무슨 얘기를 했는지 다 알아."

"그래서 내가 죽였다는 거예요? 그럼 증거를 내놔 봐요."

"시끄러워!"

아버지가 소리쳤다. 다음 순간 문을 거칠게 여닫는 소리가 나고 쿵쿵거리며 복도를 걸어가는 발소리가 이어졌다. 그 직후 벽에 대고 있던 내 귀에 꽝, 하는 충격이 전해졌다. 뭔가가 벽에 부딪힌 것 같았다. 그리고 바닥 쪽에서 쨍, 하고 유리 같은 것이 깨지는 소리가 들렸다.

객관적으로 볼 때 아버지가 엄마를 의심하는 건 분명했다. 그날 부엌에서 본 아버지 모습이 그 사실을 뒷받침했다. 또한 나는 아버지가 서재에서 독극물에 관한 책을 읽는다는 걸 알았다. 백과사전을 찾으러 서재에 들어갔을 때 그런 책이 책꽂이 한구석에 꽂혀 있는 걸 우연히 봤다. '독'이라는 글자에 이끌리듯 그 책을 뽑아 들었다. 중간에 책갈피가 끼여 있었다. 비소 중독에 관한 항목이었다.

'아비산(亞砒酸)은 무미 무취의 백색 분말로, 찬물에는 잘 녹지 않지만 따뜻한 물에는 쉽게 녹는다.

중독 증상에는 급성과 만성이 있다.

대량으로 복용할 경우 급성 중독 증상을 일으키고 소량인 경우에는 아(亞)급성 중독이 된다.

아급성 중독의 주된 증상에는 위장 장애, 신장염, 단백뇨, 혈뇨, 간 비대, 지각 장애, 운동 장애, 근 위축, 신경염, 불면증, 전신 쇠약 등이 있다.'

그리고 증상에 관한 내용 말미에 '죽음에 이른다'라고 쓰여 있었다.

할머니 시신을 봤을 때를 떠올렸다. 닭 껍질처럼 말라붙은 신체, 그리고 더는 생명을 느낄 수 없는 피부색이 눈앞에 선명히 되살아났다. 죽기 전 할머니는 온몸이 아프다며 고통스러워했었다. 지각이나 운동 신경도 정상이 아니었다. 전신 쇠약은 말할 것도 없다.

그렇게 생각하자 누군가 음식에 비소를 넣었을 거라는 추론이 점차 현실감을 띠었다. 그 책에는 의사가 다른 질병으로 오진하는 경우도 적지 않다고 쓰여 있었다.

아버지도 그 내용을 읽었을 것이고, 당연히 할머니 죽음에 의문을 가졌을 것이다. 나 또한 그 소문이 단순한 헛소문은 아닐지도 모른다는 생각을 했다. 실제로 엄마는 할머니가 돌아가시기를 바랐기 때문이었다.

하지만 왠지 나는 엄마가 살인을 저질렀을지도 모른다는 사실이 그다지 끔찍하게 느껴지지 않았다. 살인이 범죄라는 건 이해했지만 실제로 얼마나 무거운 죄인지는 실감할 수 없었다. 그건 아마도 나 자신이 할머니에게 애정이 없었고, 항상 누워만 있던 할머니를 더럽고 추한 존재로 인식했기 때문일 것이다. 이유를 하나 덧붙이자면 나는 죽음을 특별한 것으로 여기지 않았다. 살아 있던 것이 단지 물질로 바뀌는 것뿐이라고 생각했다. 배터리가 떨어져 장난감이 멈추는 것처럼, 이라는 외삼촌의 비유가 나는 마음에 들었다. 그리고 화장장에서 쓰레기 부스러기 같은 뼛조각을 수습하던 장면을 떠올렸다.

정작 죽은 장본인은 아무것도 모를 텐데.

만약 엄마가 범인으로 밝혀진다면 할머니는 원통해할까. 내 대답은 '노'였다. 할머니는 당신이 독을 먹고 있다는 사실도 몰랐고 몸이 안 좋은 것이 독 때문이라는 것도 몰랐다. 그런 채로 죽었으니 마지막 순간까지 당신이 왜 죽어 가는지 몰랐을 것이다. 아니, 죽어 간다는 것조차 몰랐을 것이다. 그걸 확인할 수 있는 존재는 살아 있는 인간뿐이다.

지금도 그렇지만 나는 그때도 사후 세계와 영혼의 존재 따위를 전혀 믿지 않았다. 그래서 살해당한 자의 원한이라는 개념을 이해할 수 없었다. 물론 죽은 사람을 사랑했던 사람들의 분노와 슬픔은 짐작할 수 있었다. 그러나 할머니 장례식 때 사람들의 표정이 그다지 어둡지 않았던 걸로 보아 그 분노와 슬픔이라는 것도 그리 대단한 게 아니라고 여기게 되었다.

오히려 당시 내 마음을 사로잡았던 건 사람을 죽인다는 게 과연 어떤 것일까 하는 호기심이었다. 할머니에게 독을 먹일 때 엄마는 어떤 심정이었을까. 음모가 성공했을 때는 얼마만큼 기쁨을 느꼈을까.

나는 종종 아버지의 서재에 몰래 들어가 예의 독극물에 관한 책을 펼쳐 봤다. 그 책에는 놀랄 만치 다양한 종류의 독이 소개되어 있었다. 또한 동서고금을 통해 얼마나 많은 사람이 독으로 죽었는지도 쓰여 있었다. 탈륨(Thallium)을 이용한 마르타 마레크의 범죄나 아편 독살로 유명한 바닌카의 범죄, 청산가리를 먹고도 죽지 않았던 괴승 라스푸틴에 관한 이야기, 일본 국내 사건 중 비교적 최근에 일어난 제국 은행 사건 등이 기록되어 있었다.

가장 인상에 남았던 건 브랭빌리에르 후작 부인의 범죄다. 그녀는 남편의 친구인 생크루아와 사랑에 빠져 말하자면 불륜 관계에 이른다. 그 사실을 알고 크게 분노한 그녀의 아버지 드브레는 딸의 정부 생크루아를 감옥에 가둔다. 그러자 후작 부인은 그가 풀려나오기를 기다렸다가 그와 함께 공모하여 자신의 아버지를 독살한다. 드브레가 시골에서 요양하던 중에 일어난 일로, 후작 부인은 드브레가 의심하지 않고 독이 든 수프를 먹을 때까지 지극 정성으로 그를 돌보았다고 한다. 게다가 오빠 둘이 아버지의 죽음과 관련해 그녀에게 의심을 품었다는 것을 눈치채고 사람을 보내 오빠들마저 독살하는 데 성공한다. 기록에 따르면 큰오빠는 약 70일, 바로 위 오빠는 약 90일 후에 사망했다고 한다. 그녀는 범행 전에 지인의 병원에서 가난한 환자를 대상으로 실험까지 했다.

내가 감탄한 것은 살의가 그토록 오래 지속됐다는 점, 그리고 그 살의를 실행에 옮긴 그녀의 냉정함에 대해서다. 그때까지 내게 살인 욕구의 이미지는 폭발적이며 비교적 단기간에 끓어오르는 것이었다. 아마도 텔레비전 드라마 같은 데서 동기가 생기면 곧바로 살인을 저지르는 것으로 묘사했기 때문일 것이다. 그래서 살인이란 이른바 '욱해서' 자신도 모르게 저지르는 것이라고 생각했다. 몇 년에 걸쳐 복수의 불꽃을 태우고, 수십 일에 걸쳐 상대를 죽이는 그 집념에는 경외심마저 생겼다.

사람을 죽이는 일은 어떤 것일까. 어떤 기분이 들까.

살인에 대한 관심이 구체화된 건 그 무렵이었을 것이다. 나는 독약에 관한 글을 읽을 때마다 독약을 사용하는 장면을 꿈꿨다. 나라면 이렇게 하겠어, 아니야, 이런 방법도 있잖아, 하는 식으로. 다만 그때 내게는 독약을 먹이고 싶은 상대가 없었다. 그렇기 때문에 더더욱 실제로 살인을 저지른 사람의 기분을 알고 싶었다.

그 책에 브랭빌리에르 후작 부인의 초상화는 실려 있지 않았다. 그렇지만 내 머릿속에서 그 얼굴은 엄마 얼굴과 중첩되어 있었다.

그 이후로 아버지와 엄마가 내 앞에서 말다툼하는 일은 없었다. 그래서 일단은 어떤 형태로든 타협이 이뤄졌을 거라고 해석했다. 그보다 나는 사실 학교에서의 내 입장 때문에 고민이 많았다. 예의 소문이 원인이겠지만, 아무도 내게 다가오려 하지 않고 말을 걸려고 하지도 않았다. 선생들조차 나를 피하는 것 같았다.

오로지 한 사람, 구라모치 오사무만 전과 다름없이 내게 다가왔다. 하지만 그 역시 나와 가깝게 지낸다는 사실을 남들에게 알리고 싶어 하지 않았다. 다른 사람이 있을 때는 가까이 오지 않았고 불러도 모른 척하는 경우가 많았다.

"우에무라네 엄마가 교장을 만났나 봐."

어느 날 구라모치가 말했다. 하굣길에 집 근처 제방에 다다랐을 때였다.

나는 "왜?" 하고 물었다.

"다지마 너랑 다른 반으로 옮겨 달라고 했다나 봐. 소문이 사실인지 어떤지는 모르겠지만 한 반에 그런 집 아이가 있다는 게 기분 나쁘다면서 말이야."

냄새를 잘 맡는다고 할까. 어찌 된 일인지 구라모치는 그런 정보를 잘 수집했고 뒷얘기에도 무척 밝았다.

"그래서, 교장은 뭐라고 했대?"

"안 된다고 했나 봐. 당연하지, 그런 부탁을 일일이 들어주다가는 한이 없을 테니 말이야."

그 말은 즉 반 아이 모두가 다른 반으로 옮기고 싶어 한다는 뜻인가 싶어 우울해졌다.

"그런데 말이야, 경찰이 의사를 찾아갔대."

"어느 의사?"

"니시야마 의원이라고 했던가……."

아아, 하고 고개를 끄덕였다. 니시야마라면 할머니의 사망을 확인했던 의사다.

"경찰이 그 사람을 왜 찾아갔는데?"

"글쎄, 너희 할머니가 돌아가셨을 때의 일을 물어보려고 간 것 아닐까? 독살당한 시체는 뭔가 다른 점이 있다고 하잖아."

그건 구라모치보다 내가 더 잘 알았다. 그런 내용의 책을 계속 읽어 왔지 않은가.

"의사는 뭐라고 했대?"

"거기까지는 모르겠어. 하지만 독살로 의심된다고 하지는 않았겠지. 그랬다면 지금쯤 너희 집 앞에 경찰차가 진을 치고 있을 테니까."

무심한 말투였지만 구라모치의 말에는 핵심을 찌르는 구석이 있었다. 의사가 범죄를 은폐할 이유가 없으니 전형적인 중독 증상은 나타나지 않았다는 뜻일 것이다.

엄마가 정말로 할머니에게 독을 먹였는지를 판단하기가 더욱 어려워졌다. 거기에 비소 같은 독극물을 엄마가 무슨 수로 손에 넣었을까 하는 문제도 있었다. 하지만 한편으로 뇌리에 선명히 남아 있는 장면이 있었다. 할머니가 돌아가신 후 엄마가 소금과 설탕, 조미료 등을 버리는 장면이다. 왜 그랬을까. 그것들이 진짜 설탕과 소금 같은 것들이었을까. 아니면 그런 것들과는 다른 '하얀 가루'였을까.

이상하게 들릴지 모르겠지만 무턱대고 엄마를 믿을 생각은 없었다. 솔직히 말해 나는 엄마가 어떤 사람이었는지 끝까지 알지 못했다. 사람을 죽이는 심리가 어떤 것인지도 알 수 없었다. 엄마의 마음속에 살의라는 것이 싹텄는지 어떤지도 상상할 수 없었다. 설사 엄마가 죽였다는 얘기를 듣더라도 그저 '그랬구나' 생각했을 것이고, 죽이지 않았다는 말을 듣더라도 '그렇군' 하고 받아들일 것 같았다.

엄마가 어떤 사람이었는지 끝까지 알지 못했다고 했는데 그 '끝'은 느닷없이 찾아왔다. 6학년이 되고 얼마 지나지 않았을 때였다.

학교에서 돌아와 보니 아버지와 엄마가 집에 있었다. 그날은 병원을 쉬는 날이 아니었기 때문에 의아하게 생각했다. 그리고 아버지 옆에 모르는 남자가 앉아 있었는데, 그가 변호사라는 사실은 나중에 알았다.

부모님은 내게 하나의 선택을 강요했다. 아버지와 엄마 중 한쪽을 선택하라는 것이었다. 두 사람은 이미 이혼하기로 합의한 상태였다.

4

부부가 헤어질 수 있다는 건 그때도 이미 알았다. 주위에도 그런 경우가 더러 있었다. 도미 상 역시 이혼녀다. 하지만 부모님이 이혼할 거라고 상상한 적은 없었다. 그래서 그 얘기를 들었을 때도 선뜻 와닿지 않았다.

하지만 그건 농담도 가정도 아닌 사실이었다. 아버지와 엄마는 절대 서로 눈을 맞추려고 하지 않았다.

어느 쪽을 선택해도 상관없다, 라고 아버지가 말했다.

"선택하지 않은 쪽이라도 앞으로 영원히 못 만나는 건 아니야. 만나고 싶을 때는 언제든지 만날 수 있다. 평소에 어느 쪽과 함께 생활하느냐를 결정하는 것뿐이야."

엄마는 양육비에 대해 말했다.

"네가 어른이 될 때까지 돈 걱정은 전혀 안 해도 돼. 그건 얘기가 다 됐으니까."

학교도 옮길 필요가 없다고 했다.

내가 결정을 못하자 옆에서 변호사가 당장 대답할 필요는 없지 않겠느냐고 구원의 손길을 내밀었다. 그래서 2~3일 생각할 여유가 주어졌다. 물론 부모님이 갈라서는 데는 단 하루의 연기도 없었다. 엄마는 그날로 최소한의 짐만 챙겨서 집을 떠났다. 이미 방을 얻어 놓았다는 사실을 그때야 알았다.

지금 생각해 보니 엄마는 자기가 없으면 내가 힘들어할 거라고 예상했던 것 같다. 그렇다면 나를 몰라도 너무 몰랐다는 얘기다. 나는 집을 나서는 엄마의 등에서 얼음장 같은 차가움을 느꼈다. 그녀를 엄마로 보기보다는 '시어머니를 살해했을지도 모르는 여성'으로 보기에 더 그랬다.

또한 나는 머릿속으로 계산하고 있었다. 아버지가 엄마에게 양육비를 줄지도 모른다. 하지만 그건 그다지 큰 액수가 아닐 것이다. 게다가 엄마가 그 돈을 양육 목적으로만 사용한다는 보장도 없다. 사치에 길들여진 엄마가 과연 견실한 생활을 할 수 있을지 의문이다.

엄마가 나간 날 밤, 아버지는 평소와 달리 내게 다정했다. 특제 생선초밥을 배달시켜 주며 마음껏 먹으라고 했다. 아버지 곁에 남으라고 딱 꼬집어 말하지는 않았지만 말수가 지나치게 많았다. 내 학교생활에 대해서도 이것저것 물어봤다.

"내년에는 중학생이 되니 차차 공부방도 있어야겠네."

맥주를 마시며 그런 말을 하는 아버지는 기분이 좋아 보이기까지 했다. 내가 우울해할까 봐 그러는 것 같기도 했다.

나는 그런 아버지가 거북했다. 아버지 얼굴을 보고 있자면 도미 상의 하얀 엉덩이가 떠올랐다. 그 엉덩이가 아버지 위에도 올라탔을 것이다. 전에 보았던 세무사처럼 아버지도 헐떡였었다.

하지만 그깟 꺼림칙함 정도는 참아 낼 수 있다고 생각했다. 낮 시간에는 아버지가 집에 없을 것이고 그러면 그동안 나는 혼자 지낼 수 있다. 공부방이고 뭐고 필요 없이 내일부터는 이 집을 내 마음대로 사용하는 거다. 더는 머물 자리가 없어서 고민하는 일도 없을 것이다.

그날 밤에는 자다가 몇 번이나 눈을 떴다. 잠이 들 때면 엄마 꿈을 꿨는데 그때마다 엄마는 나를 꾸짖었다. 밤새도록 그 짓이 되풀이되자 진절머리가 났다.

아버지와 살기로 결정했다고 하자 엄마는 낙담이라기보다 분노에 가까운 감정을 드러냈다. 배신감을 느낀 것 같았다.

"만나고 싶으면 언제라도 만날 수 있잖아."

아버지가 내 변명이라도 해 주듯이 말했다. 그 말투에서 승리한 자의 여유가 느껴졌다. 엄마는 입을 다물고 있었다. 넋두리를 늘어놓는 건 비참하다고 생각했을지도 모른다.

장마가 시작되기 며칠 전, 엄마는 남은 짐을 모두 정리했다. 아버지는 그날 병원에 머문 채 한 번도 얼굴을 비치지 않았다. 나혼자 정원 구석에 서서 눈에 익은 가구들이 하나하나 트럭에 실리는 광경을 지켜봤다.

가구 중에 엄마의 경대가 있었다. 그 커다란 거울에 천으로 덮개가 씌워져 있었다. 나는 그 경대를 싫어했었다. 거기에 비치는 엄마 얼굴은 늘 엄마가 아닌 다른 여자의 것이었다. 엄마가 그 앞에 앉는다는 건 나를 두고 외출한다는 걸 의미했다. 물론 나를 데리고 간다 해도 화장을 했을 것이다. 하지만 그런 기억은 매우 희박했다.

경대에는 좌우로 서랍이 있었다. 오른쪽 위에서 세 번째 서랍에 하얀 가루가 든 상자가 있다는 걸 나는 알고 있었다. 오래전에 엄마가 친척 아주머니와 그 하얀 가루에 대해 얘기하는 걸 들은 적이 있다.

"오래된 백분을 쓰고 있네."

"아아, 그거. 아주 옛날에 산 거야. 요즘은 안 쓰지만, 버리자니 아까워서 그냥 넣어 뒀어. 이젠 버려야 할까 봐."

초등학교에 갓 입학했을 무렵이라고 기억하는데 그 백분을 얼굴에 발라 본 적이 있다. 대개의 어린이들이 한번쯤 해 보듯이 장난으로 하는 화장이었다. 원래 백분보다는 새빨간 립스틱에 더 관심이 있었지만 엄마가 립스틱을 바르기 전에 얼굴을 하얗게 칠하는 걸 봤던 터라 우선 백분을 발랐던 것이다.

그런데 백분을 바르자마자 그만 엄마한테 들키고 말았다. 나를 본 엄마는 깔깔 웃더니 립스틱을 꺼내 내 입술을 빨갛게 칠해 줬다.

"여자아이 같다, 얘."

그러고서 또 웃었다.

그날 밤 아버지는 엄마에게 그 얘기를 듣고 못마땅한 표정을 지었다.

"사내가 그런 짓 하면 못쓴다."

엄한 목소리였다. 아버지도 웃을 거라고 생각했던 나는 몹시 풀이 죽었었다.

짐이 다 실리자 엄마가 다가왔다.

"이거 네가 가지고 있어라."

나리타산에 있는 절에서 가져온 부적이었다. 내가 받아서 그대로 손에 들고 있자 엄마가 내 손을 잡아 바지 주머니에 넣어 줬다.

"꼭 가지고 다녀. 아버지에게 들키지 말고. 혹시 들키더라도 엄마가 줬다고 하면 안 돼."

알았지? 하고 엄마가 다짐을 놓았다. 나는 말없이 고개를 끄덕였다.

다음 순간이었다. 엄마 눈에서 눈물이 뚝뚝 떨어졌다. 늘 그렇듯 절반은 화난 표정인데 무슨 일인지 영문을 알 수 없었다.

"건강 잘 챙기고. 잘 때는 이불 잘 덮고 자라."

거기까지 말하고는 목이 메는지 내 어깨를 붙잡은 채 고개를 숙였다. 잠시 그렇게 있던 엄마가 다시 고개를 들었다.

"엄마가 보고 싶으면 그 부적 주머니를 열어 봐. 알겠지?"

"응."

"그럼 엄마 간다."

트럭 조수석에 앉은 엄마를 대문 앞에서 배웅했다. 백미러에 엄마 얼굴이 비쳐 보였다.

그날 밤 아버지는 기분이 몹시 안 좋았다. 말수도 별로 없고 걸핏하면 혀를 찼다. 갈아입을 속옷이 없다든가 화장실 수건이 더럽다든가 하면서 말이다. 물론 아버지가 불만을 터뜨릴 상대는 아무도 없었다. 차 한잔조차 스스로 끓이지 않으면 안 된다는 사실에 화가 나는 눈치였다. 식사는 음식점에서 배달시켜 먹었다. 구체적으로 뭘 먹었는지는 기억나지 않는다. 특제 생선초밥처럼 인상적인 음식이 아니었다는 것만은 확실하다.

혼자 있게 되자 나는 엄마가 준 부적 주머니를 열어 봤다. 하얇 종이에 주소와 전화번호가 적혀 있었다.

여름 방학이 시작되기 직전, 내 앞으로 편지 한 통이 배달됐다. 말할 수 없이 기분 나쁘고 악의로 가득 찬 편지였다.

맨 위에 '呪(주)' 자가 쓰여 있었다. 그리고 다음과 같은 내용이 이어졌다.

'이것은 저주의 편지입니다.

저의 저주를 도와주세요.

이 편지의 맨 마지막에 적혀 있는 사람에게 빨간 글씨로 '殺(살)'이라고 쓴 엽서를 익명으로 보내시기 바랍니다. 그때 반드시 저주의 마음을 담아 주세요.

그런 다음 이 편지와 똑같은 내용의 편지를 일주일 내에 역시 익명으로 세 사람에게 보내세요. 그때는 이 편지 말미에 나열되어 있는 이름 중 아까 엽서를 보내라고 부탁한 맨 마지막 이름을 지우고, 맨 앞에는 당신이 저주하고 싶은 사람의 이름과 주소를 적으시기 바랍니다. 5주 후면 그 사람 앞으로 243통의 저주의 편지가 도착할 겁니다.

이 저주의 고리를 끊어서는 안 됩니다. 만일 그것을 끊을 경우에는 당신이 저주에 걸릴 것입니다. 오사카시 이쿠노구의 미도리가오카 마치에 사는 오쿠바야시 치요코 씨는 저주의 고리를 끊었기 때문에 53일간 열병으로 고생하다가 결국 사망하고 말았습니다.

이 세상에 저주하고 싶은 상대가 없는 사람은 없습니다. 부디 당신 자신의 마음에 정직하십시오. 마지막으로, 이 편지가 왔다는 사실을 절대 남에게 알려서는 안 됩니다.'

그리고 편지 마지막 부분에 다섯 사람의 이름과 주소가 적혀 있었다. 물론 내가 모르는 사람들이었다. 맨 끝에 있는 사람은 스즈키라는 여성으로 주소가 홋카이도 삿포로로 되어 있었다.

이런 편지가 있다는 사실은 친구들에게 들어 알고 있었다. 그러나 실제로 본 적은 없었고 그 내용에 대해서도 자세히 알지 못했다.

사악한 편지였고, 그런 만큼 더더욱 쉽게 무시할 수 없는 어두운 마력이 있었다. 나는 두 가지를 고민해야 했다. 하나는 '스즈키'라는 낯선 여성에게 '殺'이라고 쓴 엽서를 보내야 하는가 하는 문제였고 다른 하나는 저주의 편지를 과연 다른 사람들에게도 보낼 것인가 말 것인가 하는 것이었다. 두 가지 모두 귀찮기도 하고 뒷맛이 찜찜할 것 같았다. 하지만 편지 후반의 문장이 뇌리에서 떠나지 않았다. '만일 그것을 끊을 경우에는 당신이 저주에 걸릴 것입니다.'

앞서 말한 대로 나는 영적인 존재를 믿지 않았다. 처음 편지를 읽었을 때도 그런 일이 일어날 리 없다고 생각했다. 하지만 일주일이라는 기한이 얼마 남지 않자 점점 마음이 불안해졌다. 저주의 희생자가 당한 일이 상당히 구체적으로 나열되어 있었기 때문이다. 사망 원인도 그렇지만 주소와 이름이 명기되어 있는 것도 마음에 걸렸다.

조금만 알아봤더라면 이쿠노구의 미도리가오카 마치라는 지명 자체가 존재하지 않는다는 사실을 알았을 것이다. 또 오쿠바야시 치요코라는 이름도 당시 인기 있던 여가수의 예명을 변형한 것이라는 사실을 간파했을 터이다. 그런데 당시 나는 거기까지 생각할 여유가 없었다. 그토록 자세히 적혀 있으니 얼토당토않은 거짓말은 아닐지 모른다고 생각했다.

비록 '저주'라는 비과학적인 단어가 사용되긴 했어도 그 실천방법이 꽤나 수학적이라는 점도 마음에 걸렸다. 243명이라는 숫자도 언뜻 보기에는 별 의미 없는 숫자 같지만 편지 내용을 토대로 이리저리 생각하다 보니 그 의미를 이해하게 되었다. 편지마다 말미에는 다섯 명의 이름이 열거되어 있다. 그래서 수취인이 지시받은 대로 편지를 계속 보내다 보면 맨 앞에 적힌 이름이 맨 마지막에 적히게 되는 편지의 총수는 3×3×3×3×3=243통이 되는 것이다.

'殺'이라는 글자가 적힌 엽서를 243통이나 받게 되면 무슨 생각이 들까. 단지 악의적인 장난으로 웃어넘길 수만은 없을 것 같았다. 다른 사람들은 이런 편지를 받고 어떻게 대처했는지 물어보고 싶었지만 편지에는 절대 다른 사람에게 알리지 말라고 되어 있었다. 그런 문장에 연연하는 것 자체가 이미 편지의 주술에 사로잡혔다는 뜻일 것이다.

신경 쓰이는 것이 하나 더 있었다. 내게 편지를 보낸 사람이 누구냐 하는 점이었다. 익명으로 보내라는 편지의 지시대로 봉투에는 발신인의 이름이 없었다. 모든 것을 익명으로 한다는 점도 그 편지의 음험한 부분이었다.

나는 내게 이런 편지를 보낼 만한 인물을 몇 명 떠올려 봤다. 그중에는 구라모치 오사무도 있었다.

발신인을 추정하는 데 힌트가 될 수 있는 것이 편지 끝에 나열된 이름들이었다. 편지의 지시대로 했다면 맨 앞에 적힌 이름이 발신인이 저주를 퍼붓고 싶은 상대일 터였다. 내가 받은 편지에는 사토라는 이름이 맨 앞에 적혀 있었는데 주소가 히로시마로 되어 있었다.

구라모치를 위시해서 내가 떠올린 몇 명 중 히로시마와 관련이 있을 만한 사람은 없었다. 물론 그들의 친척 중 누군가 히로시마에 있다든가 하는 건 내가 알 리 없지만 말이다.

나는 발신인이 누군지 모르는데 그 사람은 당연히 나를 알고 있다는 사실도 기분이 나빴다. 내가 저주의 고리를 끊었는지 안 끊었는지 편지를 보낸 수수께끼의 인물은 알 턱이 없다고 생각하면서도 모종의 장치가 있어 들통나는 건 아닌지 걱정되기도 했다. 편지를 보낸 사람들은 말하자면 저주의 공동체가 되는 셈이다. 고리를 끊을 경우 공동체로부터 보복을 당할지도 모르는 일 아닌가.

하지만 결국 스즈키라는 여자에게 '殺'이라고 적힌 엽서를 보내지도, 누군가에게 저주의 편지를 쓰지도 않았다. 확고한 신념이 있어서 그런 것은 아니다. 이리저리 고민하는 사이에 기한이 다 돼 버려 그 긴 편지를 석 장이나 쓸 여유가 없었던 것이다. 이미 편지를 쓰라는 지시를 어긴 만큼 엽서를 보내라는 지시를 지킨들 별 의미가 없다고 생각하고 '殺' 엽서도 보내지 않았다.

하지만 편지에 대해 말끔히 잊은 건 아니었다. 돌이킬 수 없는 일을 저지른 듯한 기분으로 그 편지를 책상 서랍에 넣어 두었다.

구라모치가 저주의 편지에 대해 말을 꺼낸 건 그로부터 얼마 지나지 않아서다. 그런 편지의 존재를 아느냐고 그가 먼저 내게 물었다. 나는 안다고 대답했다.

"본 적 있어?"

"아니, 본 적은 없어."

편지를 받았다고 얘기하지는 않았다. 다른 사람에게 말해서는 안 된다는 편지의 지시를 따른 것이다.

"그렇구나. 나도 받은 적이 없는데."

그 순간, 어쩌면 구라모치도 편지를 받았을지 모른다는 생각이 들었다. 나와 구라모치는 공통으로 알고 있는 사람이 많았다. 같은 사람에게 받았을 가능성이 높았다.

"만일 편지가 오면 어떻게 할 건데? 시키는 대로 할 거야?"

"글쎄."

나는 신중히 대답하기로 했다.

"받아 봐야 알 것 같아."

"하지만 고리를 끊으면 저주에 걸린다는데?"

"설마 그러기야 하겠어?"

"실제로 죽은 사람이 있다잖아."

"우연일 거야, 틀림없이."

"혹시 저주를 받더라도 자기가 받은 저주의 수를 신사 입구의 기둥에 새기면 풀려날 수 있대."

"흠, 그래?"

나는 관심이 없는 척했다.

그 당시 우리 집에는 작은 변화가 있었다. 아버지가 매일의 가사 노동에서 벗어나기 위해 가정부를 고용한 것이다. 물론 도미상을 다시 고용하지는 않았다. 새로 온 가정부는 어느 모로 보나 50이 넘었을 것 같은 깡마른 여자였다. 정확한 이름은 지금도 모른다. 아버지는 '하루 상'이라 부르라고 했다.

하루 상은 매사를 깔끔히 처리하는 성격이었다. 청소를 잘해서 학교에서 돌아와 보면 언제나 집이 깨끗이 정리되어 있었다. 세탁을 자주 하는 덕에 목욕 후 새 내의를 찾아 헤매지 않아도 되었고 음식 솜씨도 웬만해서 그동안 다소 야위었던 내 몸도 원래대로 돌아왔다.

다만 그녀는 자신이 받는 월급 이상의 일은 절대 하지 않았다. 나와 아버지의 저녁밥을 짓고 나면 부리나케 돌아갔고, 아버지의 귀가가 늦어져 내가 혼자 저녁을 먹게 되더라도 같이 먹은 적이 한 번도 없었다. 또 꼭 필요한 경우가 아니면 내게 말을 거는 법도 없었다. 어린아이를 상대하는 일은 월급에 포함되어 있지 않다고 생각하는 것 같았다. 한마디로 '묵묵히'라는 표현이 그녀가 일하는 모습에 딱 어울렸다.

어린아이의 눈에도 미인이라고 하기는 힘들었고, 아버지보다 연상이어서 아버지도 도미 상 때처럼 일을 벌일 마음은 없어 보였다. 토요일 점심이 유일하게 세 사람이 얼굴을 마주하는 시간인데, 그때도 아버지는 하루 상에게 전혀 관심을 보이지 않았다.

아버지의 귀가가 늦어질 때가 있다고 했는데 그건 일 때문이 아니었다. 예의 소문이 나돈 이래 병원을 찾는 환자는 줄어만 갔다. 엎친 데 덮친 격으로 역 앞에 새로 개업한 치과가 평판이 좋아 환자가 그쪽으로 몰렸다.

그런저런 연유로 아버지는 퇴근 후 술을 마시러 가는 날이 갈수록 늘었다. 처음에는 집에 들러 "잠깐 나갔다 올게."라고 말이라도 하고 갔지만 얼마 안 가 아무 말도 없이 늦곤 해서 나는 기다리다 결국 찬밥을 먹는 일이 잦아졌다. 그러다 보니 '어른보다 먼저 수저를 들어서는 안 된다'는 가르침을 지키고 싶어도 어쩔 수 없이 아버지를 기다리지 않고 먼저 밥을 먹게 되었다.

당시 아버지는 긴자에 드나들었던 것 같다. 돌아오면 항상 벌게진 얼굴로 술 냄새를 풍겼다. 혀가 꼬여 무슨 말을 하는지 알아들을 수 없었고, 비틀거리며 들어오는 날도 있었다. 아버지가 원래 술을 좋아하긴 했지만 그 전에는 그렇게 꼴사나운 모습을 보인 적이 없어서 그런 아버지 모습이 나로서는 적잖은 충격이었다.

언제였는지는 확실히 기억나지 않지만 하루는 아버지가 이런 말을 했다.

"오늘 밤에는 중요한 일이 있어서 조금 늦을 거다. 어쩌면 자고 올지도 몰라. 이제 내년이면 중학생이니 혼자 있어도 괜찮겠지?"

뜻밖의 얘기였지만 나는 말없이 고개를 끄덕였다. 아버지는 만족스런 표정을 지었다.

"문단속 잘하고 자거라. 하루 상에게는 되도록이면 늦게까지 있어 달라고 부탁해 뒀다."

그날 아버지 옷차림은 평소와 달랐다. 외국 영화에 나오는 신사 같다고 생각했다.

결국 그날 밤 아버지는 들어오지 않았다. 어쩌면 자고 올지도 모르겠다고 했지만 그때 이미 외박이 예정되어 있었는지도 모른다. 그리고 그날 이후 아버지는 곧잘 외박을 했다. 어디서 자는지는 말해 주지 않았다.

그러던 어느 밤의 일이다.

그날도 아버지는 퇴근 후 외출했다. 다음 날이 휴일이 아니라서 자고 오지는 않을 것 같았다. 나는 이불 속에서 책을 읽으며 아버지가 돌아오길 기다렸다. 혼자서 밤을 보내는 것에는 익숙해져 있었다. 그 무렵 나는 애거사 크리스티에게 푹 빠져 있었다. 크리스티의 작품은 독살을 다룬 것이 많았고, 할머니 사건으로 독약에 관심을 갖게 된 내게는 딱 맞는 교과서였다. 물론 불만이 없었던 건 아니다. 소설에 묘사된 범인의 동기나 심리가 머리로는 납득할 수 있었지만 감각적으로는 받아들이기 힘들었다. 범인이 독약을 사용하기 직전 '마음의 벽을 무너뜨리는 순간'이라는 게 어떤 것인지 확실히 와닿지 않았다.

아버지가 돌아온 시각은 새벽 1시 무렵이었다. 읽고 있던 소설이 너무 재미있어서 잠잘 생각도 않은 채 페이지를 넘기고 있었다. 평소라면 잠들어 있을 시각이었다.

인기척이 들리길래 나는 잠옷을 입은 채 이불을 빠져나왔다. 아버지가 때때로 포장해 오는 생선초밥이 당시 내게는 작은 즐거움 중 하나였다. 오늘 밤도 혹시나, 하며 기대하고 있었다.

그런데 그날 밤 아버지와 함께 온 것은 음식이 아니었다.

복도로 나가자마자, 발소리를 죽이며 현관을 들어서는 아버지와 딱 마주쳤다. 아버지는 몹시 당황한 듯했다. 자고 있을 줄 알았던 아들이 나와서 놀랐나 했는데 아무래도 그 때문만은 아닌 것 같았다. 아버지 뒤로 모르는 사람이 서 있었다. 여자였다.

"너 아직 안 잤구나."

아버지가 굳어진 얼굴로 어색한 미소를 지었다.

책을 읽고 있었다고 대답했다. 그러나 아버지는 내 말은 듣는 둥 마는 둥 하며 뒤를 돌아보았다.

"아버지 아는 분이다."

"안녕하세요."

여자가 고개를 숙였다. 기모노 차림에 올림머리를 했고 얼굴이 작고 하얬다. 눈은 가늘지만 속눈썹이 길었다. 가짜 속눈썹을 붙인 듯했다.

"안녕하세요."

나도 인사했다. 생전 처음 맡는 향기가 여자에게서 풍겨 나왔다. 아버지가 요즘 이 냄새가 나는 곳에 가는구나 생각했다.

"우린 할 얘기가 있으니 먼저 자거라."

아버지 말에 나는 순순히 고개를 끄덕였다. 기모노 여자가 고개를 숙인 채 웃음 지었다.

아버지는 나를 어린아이로 생각했을지 모르지만 적어도 나는 두 사람이 어떤 관계인지, 그리고 이제부터 뭘 할 작정인지 알 수 있었다. 언젠가 2층 방에서 도미 상과 벌였던 일을 아버지는 지금부터 이 사람과 할 것이다.

다음 날 아침 일어나 보니 기모노 여자는 이미 사라진 다음이고 아버지는 침실에서 코를 골며 자고 있었다.

잠시 후에 온 하루 상은 부엌 옆방에 들어서자마자 코를 실룩거리더니 곧장 부엌 싱크대로 가서 뭔가를 살펴보고 나왔다.

"어제 손님이 왔었나 봐?"

거짓말을 해야 하나 말아야 하나 망설이다가 살짝 고개를 끄덕였다.

그러자 하루 상은 바닥에 엎드려 다다미 위를 살폈다. 그리고 뭔가를 발견한 듯 손가락으로 집어 올렸다.

"머리카락이야."

하루 상은 한쪽 뺨과 입술을 묘하게 일그러뜨렸다. 그게 그녀의 웃는 얼굴이라는 걸 그때 처음 알았다. 불길한 예감을 불러일으키는 웃음이었다.

내가 저주의 편지를 받은 때가 바로 그 무렵이었다. 집안 사정만으로도 골치가 아파서 남의 저주나 거들고 있을 여유가 없었다는 게 솔직한 심정이었다.

그런데 여름 방학이 끝나 가던 어느 날, 그런 나를 뒤흔들 만한 물건이 도착했다.

그것은 두 통의 엽서였다. 둘 다 관제엽서로, 한 통은 오기쿠보, 다른 한 통은 시나가와 우체국 소인이 찍혀 있었다. 그리고 한쪽은 검은 볼펜, 다른 한쪽은 파란색 만년필로 주소가 적혀 있었다.

문제는 뒷면이었다. 두 엽서에 똑같은 글자가 적혀 있었다.

빨간 색연필로 쓴 '殺'이라는 글자.

그걸 본 순간 공포로 머리가 어지러웠다. 내가 저주의 고리를 끊어서 이런 엽서가 도착한 건가 싶었다. 그러나 냉정히 생각하자 상황이 파악되었다.

편지 마지막 부분에 열거된 다섯 명의 이름. 누군가 거기에 '다지마 가즈유키'를 집어넣은 것이다. 편지를 받은 사람들이 지시를 따르면 내 이름은 차례차례 여러 사람의 손을 거치게 된다. 3의 5제곱, 즉 243명이다.

누군가 나에게 저주를 걸고 싶어 한다는 사실이 내 마음을 어둡게 했다. 사소한 일로 누군가와 싸운 적은 있지만 저주받을 만한 짓을 한 기억은 없었다. 엽서를 보낸 사람은 내가 그랬거나 말거나 상관없이 지시를 따랐을 것이다.

신경 쓰지 말자고 생각했다. 누군가 재미 삼아 한 일이다. 게다가 '殺'이라고 적힌 엽서는 두 통밖에 오지 않았다.

그런데 다음 날 세 통, 또 다음 날 두 통……. 상황이 여기에 이르자 마음이 점점 무거워졌다. 개중에는 殺 이외에 다른 문자까지 적혀 있는 엽서도 있었다. 殺 자 주위를 死 자로 둘러싼 것도 있었고, 저주의 편지에는 빨간 글씨로 쓰라고만 했는데 피로 썼음에 분명한 엽서까지 있었다.

모르는 사람에게 이렇게까지 불쾌한 엽서를 보내는 사람들의 심리를 알 수 없었다. 엽서 한 장 한 장의 불쾌함은 별것 아니지만, 그런 엽서가 여러 장 모이니 사악한 기운을 내뿜는 것만 같았다.

'殺' 엽서는 일주일 정도 계속해서 배달됐다. 모두 합해 23장이었다. 243분의 23.

무시하고 싶었지만 그럴 수 없는 무언가가 내 마음속에 들어앉았다. 어쩌면 나를 둘러싼 세계가 크게 흔들리려는 것을 감지했는지도 모른다.

혹시 저주를 받더라도 자신이 받은 저주의 수를 신사 입구의 기둥에 새기면 풀려날 수 있다던 구라모치의 말이 생각났다.

어느 날 나는 한밤중에 집을 빠져나왔다. 행선지는 동네 초등학교 옆에 있는 신사였다. 손에는 조각칼을 들고 있었다.

막상 가 보니 신사 정문의 기둥이 콘크리트로 되어 있어 숫자를 새길 수 없었다. 신전 옆에 나무로 된 붉은색 기둥 문이 있다는 사실을 알았던 나는 주저 없이 그쪽으로 향했다.

이런 짓을 했다가 오히려 천벌을 받지 않을까 하는 생각이 잠깐 머리를 스쳤지만 주저할 상황이 아니었다. 되도록이면 사람들 눈에 띄지 않도록 기둥 아래쪽에 '23'이라고 새겼다. 3을 새길 때 조각칼이 미끄러져 왼손 엄지손가락을 베였다. 상처에서 흐르는 피를 혀로 핥으며 집으로 돌아왔다.

5

그날 이후로 아버지가 기모노 여자를 집에 데려오는 일은 없었다. 하지만 관계를 정리한 건 아닌 듯했다. 오히려 아버지는 밤에 외출하는 빈도가 늘었고, 자고 오는 일도 많았다. 나는 혼자 밤을 보내는 것에 익숙해져 갔다.

치과는 한가한 것 같았다. 어쩌다 찾아가도 대기실에 환자가 보이지 않았다. 접수창구에 있는 여직원도 따분해 보였다.

그런데도 그 당시 아버지는 묘하게 설레는 표정을 짓고 다녔다. 차림새도 화려해지고 이발소에 가는 횟수도 늘었다.

어느 날 밤, 아버지가 전화하는 소리를 듣게 됐다. 상대는 그 여자 같았다.

"그러니까 빨리 가게를 그만두라니까. 대체 언제까지 다닐 작정이야?"

나직이 속삭이고 있었지만 내용이 다 들렸다.

"그거야…… 지금 당장 결혼할 수는 없지만 언젠가는 할 거야. 거짓말이 아니야. 나, 진심이라니까. 그러니까 시마코, 제발 빨리 그만둬, 응? 부탁이야."

어이가 없었다. 엄마가 집에서 나간 지 얼마나 됐다고 저런 말을 하나. 그러나 아버지는 진지한 것 같았다.

지금의 나였다면 그런 아버지에게 이런저런 조언을 할 수도 있었을 것이다. 하지만 아직 어린아이였던 당시의 나는 남녀 사이의 일에 대해 아무것도 몰랐다. 아버지가 상대를 생각하는 것처럼 여자도 아버지를 깊이 사랑하리라고 상상했다.

여자를 향한 아버지 마음은 나날이 깊어지는 듯했다. 그런 사실을 실감하게 된 건 어느 일요일이었다.

"가즈유키, 오늘 좋은 데 데려갈까?"

늦은 아침을 먹고 있는데 아버지가 말을 꺼냈다.

나는 "어디요?" 하고 물었다.

"긴자에 쇼핑하러 가자, 갖고 싶은 거 사 줄 테니. 맛있는 것도 먹고."

나는 뛸 듯이 기뻤다. 아버지가 어딘가 데려가는 건 오랜만의 일이었다.

긴자에 간 건 아마도 그때가 처음이었을 것이다. 고급스러운 상점이 줄지어 있고 세련되게 차려입은 어른들이 활보하고 다녔다. 거리 전체에 활기가 넘치고 모든 것이 빛나 보였다. 나 자신이 살고 있는 세계와 연결된 하나의 공간이라는 사실이 믿기지 않았다.

"어때, 엄청나지?"

걸으면서 아버지가 물었다.

"너도 어른이 되면 이 거리에서 쇼핑 정도는 할 수 있어야지."

아버지 말에 나는 고개를 끄덕이며 주위를 둘러봤다. 그리고 여기 올 수 있는 것이 성공의 징표로구나 생각했다.

쇼핑을 하자던 아버지가 나를 찻집으로 먼저 데리고 들어갔다. 가죽으로 감싸인 의자들이 죽 놓인 곳에서 부자 같아 보이는 손님들이 담소하고 있었다. 여종업원들이 나풀거리는 앞치마를 두르고 왔다 갔다 했다. 전에 엄마가 했던 말이 떠올랐다. 커피 한 잔에 수백 엔을 내고 마시는 사람들을 이해할 수 없다는 말이었다. 내가 찻집에 발을 들인 건 그때가 처음이었다.

아버지는 커피를 주문했다. 내가 뭘 시켜야 할지 몰라 우물쭈물하자 아버지는 오렌지 주스가 좋을 것 같다고 말했다.

종업원이 가져다준 오렌지 주스는 그때까지 마셔 본 그 어떤 주스보다 맛있었다. 아니, 똑같은 주스라는 게 믿기지 않을 정도로

격이 다른 음료였다. 나는 그것을 빨대로 조금씩 빨아 마셨다.

잠시 후 한 여자가 찻집으로 들어섰다. 언젠가 봤던 기모노 여자였다. 그날은 기모노 대신 하늘거리는 원피스를 입고 있었다. 머리도 내려뜨리고 있었는데, 그 때문인지 전에 봤을 때보다 훨씬 젊어 보였다.

"기다리시게 해서 죄송해요."

여자가 미소를 지으며 우리 맞은편에 앉았다.

"아니야, 우리도 방금 왔어."

아버지 말투가 평소보다 한결 경쾌했다.

그녀가 주문한 레몬 티가 나오기를 기다리는 동안 아버지는 나를 그녀에게 소개했다. 그러고 나서 내게는 시마코라는 그녀의 이름만 달랑 가르쳐 줬다. 그래서 나는 지금도 그녀의 성을 모른다.

아버지는 내가 무슨 과목을 잘하고 어떤 놀이를 좋아하는지, 성격은 어떤지 설명했는데, 그 말을 듣고 있자니 느낌이 아주 묘했다. 도대체 누구에 대해 말하는 건지 알 수 없을 정도로 터무니없는 내용이었기 때문이다. 가령 잘하는 과목을 말할 때는 아직도 내가 초등학교 저학년 시절 그대로라고 생각하는 듯했다. 또 열두 살이나 된 나를 괴물 놀이나 하는 유치한 어린애로 여기는 것 같았다.

아마도 아버지는 나를 '순진하고 다루기 쉬운 아이'로 시마코에게 소개하고 싶었던 것이리라. 나는 되도록 조용히 고개를 숙이고 있다가 이따금 주스를 한 모금 빤 다음 시마코의 얼굴을 힐끔 올려다봤다. 몇 번 그러다가 눈이 마주치면 그녀는 싱긋 미소를 지어 보였다. 나는 얼굴을 붉히며 황급히 고개를 숙였다.

찻집을 나온 후 아버지가 말했다.

"사고 싶은 게 있으면 말해 봐라."

나는 스테레오를 갖고 싶다고 대답했다. 음악에 흥미가 생기기 시작할 무렵이었다.

"그래, 알았다."

아버지가 기운차게 걷기 시작했다. 그러나 그 발걸음은 고급 보석점이 나오자 이내 멈춰졌다. 시마코가 아버지의 오른팔을 붙잡고 귓가에 뭐라고 속삭였던 것이다.

"그럼 한번 들어가 보지."

아버지는 대범하게 고개를 끄덕이고는 시마코에게 팔을 맡긴 채 보석점 안으로 들어갔다.

가게 안은 눈이 어질어질할 정도로 화려한 세계였다. 진열장에 놓인 물건들이 하나같이 신비로운 빛을 내뿜었다. 점원들도 그때까지 다른 가게에서 본 적 없는 세련된 분위기를 풍겼다. 선택받은 자만 이곳에 들어올 수 있다는 우월감이 가게 안을 가득 메우고 있었다.

아버지는 나더러 가게 한쪽에 놓여 있는 손님용 소파에 앉아서 기다리라고 했다. 점원이 음료수와 초콜릿을 가져다줬다. 점원들의 태도로 보아 아버지가 이곳에 처음 온 것은 아닌 듯했다.

검은색 웃옷을 걸친 남자 점원이 아버지와 시마코를 응대했다. 물론 주로 대화를 나누는 건 그 점원과 시마코였다. 아버지는 가끔씩 고개를 끄덕거리며 그들의 대화를 듣고 있었을 뿐이다.

시마코는 진열 케이스 위에 놓인 반지와 목걸이들을 하나하나 만져 보거나 실제로 해 보거나 했다. 그리고 "어때요?" 하며 아버지에게 보여 줬다.

"좋은데."

아버지 대답은 한결같았다.

시간을 상당히 들여 고른 끝에 시마코는 반지와 목걸이, 귀걸이 등을 손에 넣었다. 그녀는 물론이고 연인에게 좋은 모습을 보여 준 아버지도 만족한 듯했다.

그런데 가게를 나오던 시마코가 아버지에게 속삭였다.

"있잖아요, 다음에는 꼭 탄생석을 사고 싶어요. 하나쯤 갖지 않으면 허전하거든요."

"좋아, 그럼 다음에는 그걸 사지."

"정말요? 아, 좋아라!"

그녀가 아버지 팔을 꼭 끌어안았다.

시마코의 생일이 5월이라고 들은 적이 있다. 아버지는 약속대로 에메랄드를 사 줬을까.

보석점을 나온 후 이번에는 기모노 가게에 들렀다. 도대체 스테레오는 언제쯤 사 주는 건가 싶어 화가 치밀었지만 아버지는 나 따위는 안중에도 없는 것 같았다. 연인과 아들을 정식으로 대면

시키는 데 성공해서 날아갈 것 같은 기분이었을지도 모르겠다.

기모노 가게에서도 시마코는 이런저런 요구를 하다가 결국에는 최고로 비싸 보이는 기모노를 가졌다. 기모노 가게 주인은 만면에 미소를 머금고 아버지에게 연신 고개를 숙였다.

마침내 아버지 발길이 가전제품 가게로 향했다. 그런데 놀랍게도 내가 한창 스테레오를 고르는 사이 시마코가 또다시 아버지에게 속삭였다.

"있잖아요, 냉장고를 바꿨으면 좋겠어요."

"응? 냉장고 있잖아."

"좀 더 컸으면 해요. 알잖아요, 제가 시장에 자주 못 가는 거. 당신이 갑자기 찾아왔을 때 곤란하지 않도록 장을 봐 놓고 싶어요."

"그렇겠군."

내게 스테레오를 사 준 후 냉장고 코너로 향했음은 말할 것도 없다.

아버지가 그 여자에게 돈을 얼마나 많이 갖다 바쳤는지 정확히 알 수는 없지만 매일같이 긴자의 고급 클럽을 드나들면서 사치품을 포함해 그녀가 쓰는 물품 일체를 사 줬으니 요즘 액수로 치면 한 달에 족히 2백만 엔은 들지 않았을까. 엄마에게도 돈을 보내야 했을 테니 아버지 부담이 상당했으리라는 건 쉽게 짐작할 수 있다. 게다가 병원 사정이 여전히 좋지 않았다.

하지만 그런 사정을 아버지가 누군가에게 얘기했을 리 만무하고, 따라서 아버지에게 충고를 해 주는 사람도 없었을 것이다. 유일하게 다지마 집안의 위기를 알아차린 사람은 가정부 하루상이었다.

"선생님이 용케도 버티시네. 병원에 계시는 시간보다 밤놀이 다니는 시간이 더 많을 텐데 말이야."

그녀는 저녁 식사를 준비하면서 그런 식으로 빈정거리듯이 말하곤 했다.

"물론 나야 월급만 제대로 받으면 더 할 말은 없지만."

당시 일을 떠올리면 야속하다는 생각이 든다. 누구 하나 아버지에게 충고하는 사람이 없었기 때문이다. 제동을 거는 사람이 단 하나라도 있었다면 젊은 연인에게 푹 빠져 있던 아버지를 제자리로 돌려놓지는 못하더라도 그토록 처참한 결과를 낳지는 않았을 것이다.

긴자에 다녀온 지 한 달쯤 지났을 때였다. 그날 밤 역시 아버지는 외출했다. 나는 새로 산 스테레오로 비틀스를 들으며 추리 소설을 읽고 있었다. 그런데 새벽 1시가 가까워 올 무렵 전화벨이 울렸다. 그런 시간에 전화가 오는 일이 없었으므로 깜짝 놀란 나는 복도로 나가 주뼛거리며 수화기를 들었다.

"여보세요."

"아, 저……."

수화기 저쪽에서 당황한 듯한 남자 목소리가 들렸다. 어린아이가 받으리라고 예상하지 못한 듯했다.

"다지마 씨 댁이죠?"

"그런데요."

"아, 어머니 계시니?"

"안 계세요."

"그럼 다른 어른은? 할아버지나 할머니라도."

"아무도 안 계세요. 저 혼자예요."

"너 혼자야?"

남자가 곤란하다는 투로 되묻더니 옆에 있는 누군가와 몇 마디 주고받은 후 말을 계속했다.

"여기는 경찰서인데, 아버지가 다쳐서 병원으로 이송되셨어."

"네?"

온몸의 핏기가 가시는 느낌이었다.

"조금 후에 경찰이 너희 집으로 갈 거야. 그때까지 친척이나 아는 어른의 연락처를 알아 놓을 수 있겠니?"

"아, 네."

머릿속이 텅 빈 상태로 대답했다.

남자가 내 이름을 물었다. 가즈유키라는 이름을 한자로 알려 주는 데 애를 먹었다.

그로부터 몇 시간이 정신없이 흘렀다. 경찰이 오고, 친척이 달려와 질문을 퍼붓더니 내게 이것저것 지시했다.

아침이 다 돼서야 나는 아버지가 있는 병원에 갈 수 있었다. 그러나 아버지를 볼 수는 없었다. 면회 사절이라는 것이었다.

나중에 누가 설명해 준 내용과 내가 보고 들은 것을 종합하면 그날 밤 일어난 일은 다음과 같다.

아버지는 평소처럼 시마코가 일하는 가게에 들러 밤 12시까지 술을 마셨다. 그런 다음 혼자 술집을 나와 다른 바로 향했다. 그곳에서 시마코와 다시 만나기로 약속했기 때문이다.

그런데 가는 도중에 누군가 뒤에서 아버지 머리를 내리쳐 아버지가 그 자리에서 정신을 잃고 말았다. 인적이 드문 길이라 사건을 목격한 사람이 없었을뿐더러 아버지가 쓰러진 뒤에 그 길을 지나간 사람들은 대부분 아버지가 술에 취해 쓰러져 있는 줄 알고 경찰에 신고할 생각을 하지 않았다. 한참 뒤에야 포장마차를 끌고 귀가하던 남자가 아버지 머리에서 피가 흐르는 걸 알아채고 경찰에 알렸고, 면허증과 명함 등으로 신원을 확인한 경찰이 그날 새벽 집으로 전화를 했던 것이다. 지갑 등 아버지 소지품은 그대로 남아 있었다고 한다.

현장에서 피 묻은 멍키 스패너가 발견됐고 그 혈액이 아버지 것과 일치했다. 금품을 목적으로 하지 않았다는 점에서 아버지에게 원한을 품은 자의 소행으로 추정하고 수사가 진행됐다. 그 결과 신바시에서 일하는 바텐더가 용의자로 떠올랐다. 그는 시마코와 사귀는 남자였고 시마코는 일주일의 절반을 그 남자 집에서 지내고 있었다.

시마코가 아버지에게 접근한 것은 순전히 돈 때문이었다. 그녀의 최종 목적은 연인과 둘이서 자신들의 가게를 차리는 것이었다고 한다. 그 꿈을 이루려고 좋아하지도 않는 남자에게 잠시 자신을 맡긴 것이다.

그러나 그녀의 젊은 연인은 그런 상황을 참을 수 없었다. 그래서 시마코와 아버지가 만나기로 한 장소를 알아낸 뒤 숨어서 기다리다가 아버지를 뒤에서 습격했다.

그는 체포되어 범행을 자백한 뒤에도 죽일 생각은 없었다고 주장했다. 그저 따끔하게 혼내 주면 다시는 시마코에게 접근하지 않을 거라는 단순한 계산에서 범행을 저질렀다는 것이다.

아버지는 머리 두 군데에 큰 상처를 입었지만 다행히 병원으로 이송된 지 얼마 지나지 않아 의식을 회복했다. 내가 아버지를 면회한 건 사건이 일어난 날로부터 나흘이 지난 후였다. 의식이 비교적 또렷했고 사건에 대해서도 정확히 기억했다. 습격당하기 직전 아버지는 후미진 곳에 숨어 있던 남자 얼굴을 봤다고 한다. 그것이 사건을 신속히 해결하는 데 큰 역할을 했다.

아버지가 입원해 있는 동안 친척들이 번갈아 우리 집에서 자고 갔다. 그들은 하루 상에게 시마코라는 호스티스에 대해 꼬치꼬치 물었다. 그들의 관심은 아버지가 그녀에게 돈을 얼마나 탕진했는가 하는 데에 맞춰져 있었고, 하루 상의 얘기를 들은 사람들은 하나같이 얼굴을 찡그렸다.

급기야 우리 집에서 은밀히 친족 회의가 열렸다. 그 자리에는 병원의 경리를 담당하는 세무사도 불려 왔다. 그는 친척들 앞에 마치 피고인처럼 앉아 우리 집 재정 상태를 추궁당했다. 치과의 경영 상태가 악화 일로를 걷고 있으며 아버지의 예금 잔고가 격감했다는 것을 그때야 비로소 모두가 알게 되었다. 친척들은 일이 이 지경에 이른 데 대해 세무사를 질책했고, 세무사는 자신은 세무를 맡고 있을 뿐 병원 경영에 감 놔라 배 놔라 할 입장이 아니며 고객이 개인적으로 쓰는 돈을 일일이 파악하기란 불가능하다고 항변했다.

모두들 이대로 가다가는 파산하고 말겠다느니 서둘러 대책을 마련해야 한다느니 한마디씩 했지만 실질적인 해결책이 있을 리 없었고, 일단은 아버지가 퇴원할 때까지 기다리기로 했다.

하지만 사태는 그들이 생각했던 것 이상으로 심각했다.

친족 회의가 열린 날로부터 사흘 뒤 퇴원한 아버지는 기분이 몹시 안 좋아 보였고, 마중 나간 친척들에게 인사도 제대로 하지 않았다.

"멋쩍겠지. 여자에게 속아 돈을 뜯긴 데다 그런 일까지 당했으니 체면이 말이 아니잖아. 친척들을 볼 면목이 없는 거야."

친척들은 그렇게 말하며 돌아갔다.

그날 밤 오랜만에 아버지와 둘이서 저녁을 먹었다. 하루 상이 정성껏 상을 차려 주었다.

그런데 한창 식사하던 아버지가 갑자기 젓가락질을 멈추더니 당신의 오른손을 노려보았다. 손끝이 미세하게 떨리고 있었다.

"아버지, 오른손이 왜 그래요?"

내가 물었지만 아버지는 아무 대답도 하지 않았다. 한동안 물끄러미 오른손을 바라보던 아버지는 문득 정신이 든 듯 내 쪽을 바라봤다.

"응? 아, 아니, 아무것도 아니다."

그리고 그대로 젓가락을 놓고 식탁에서 일어섰다.

"치과 의사는 장인이야."

아버지는 입버릇처럼 말하곤 했다.

"생각해 보렴. 깎고, 때우고, 구멍을 금속으로 메우기도 하잖아. 틀니도 치기공사가 만들어 준 걸 그대로 쓰는 게 아니야. 각각의 환자에게 맞도록 최종적으로 마무리하는 건 역시 치과 의사의 몫이다. 그런데도 장인이 아니라고 할 수 있겠니. 세공사처럼 치과 의사 역시 장인이란다. 솜씨에 따라 치료 결과뿐 아니라 치료에 드는 비용까지 좌우된다는 사실이 그 증거지. 똑같이 금니를 해 넣더라도 가능하면 금을 적게 사용해야 치료비가 덜 드니까 말이야."

아버지는 당신의 실력에 자부심이 있었다. 다른 치과 의사가 해 준 틀니가 불편하다며 당신을 찾아온 환자가 있기라도 하면 그날은 하루 종일 기분이 좋았다.

"입속은 하나의 생물체와 마찬가지야. 요즘 젊은 치과 의사들처럼 판에 박은 듯이 일한다면 다양한 환자를 치료하기 힘들지. 입속이 어떤 식으로 움직이는지 파악하지 못하면 제대로 치료하기가 불가능하다고 봐야 한다."

그리고 당신의 솜씨가 뛰어나다는 것을 보여 주는 예로 마취 주사를 곧잘 들먹였다.

"마취가 안 들어서 주사를 몇 번이나 맞았다는 얘기를 들은 적 있지? 그건 말이다, 주사를 놓는 사람이 실력이 없어서야. 잇몸 에 놓는 주사는 집중력과 감이 중요해. 주사를 놓는 포인트가 있 어서 거기에 얼마나 정확히 찌르느냐가 관건이지. 손을 떨기라 도 하면 끝장이란다."

아버지는 젓가락을 주사기처럼 쥐고 그런 얘기를 자주 했다. 그리고 마지막에 반드시라고 해도 좋을 만큼 늘 덧붙이는 말이 있었다.

"이러니저러니 해도 솜씨와 기술이 있는 사람이 이기는 거다. 아버지는 이 오른손이 있는 한 밥은 굶지 않아."

그럴 때면 나는 아버지의 오른손을 바라보며 믿음직하다고 느 끼곤 했다.

그런데 그 오른손에 문제가 생긴 것이다. 아버지는 매일같이 이 병원 저 병원 찾아다녔다. 때로는 민간요법 치료원에 가기도 했고 특수 마사지사를 집으로 부르기도 했다.

무엇 때문에 그러는지를 아버지는 절대 내게 말하지 않았다. 아들이 불안해할까 봐 그러기도 했겠지만 그보다는 당신의 유 일한 자랑거리를 잃었다고 말하기가 힘들지 않았을까 싶다. 나 도 굳이 묻지 않았다.

하지만 나는 아버지의 증상을 어렴풋이 눈치채고 있었다. 오른쪽 손목에서 손가락까지 때때로 마비가 오거나 경련이 이는 것 같았다. 그럴 때면 감각이 없어지고 힘도 주어지지 않는 듯했다. 게다가 그런 증상은 예기치 못한 순간에 찾아왔다. 아버지가 젓가락이나 숟가락, 연필 따위를 툭 떨어뜨리는 걸 몇 번이나 목격했다. 분명 머리에 상처를 입은 후유증이었다.

아버지가 초조해하는 것도 무리가 아니었다. 언제 오른손이 마비될지 모르는 상황에서 치과 진료를 계속할 수는 없는 노릇이기 때문이다. 병원은 사실상 폐업 상태였다.

온갖 치료와 노력에도 상황은 호전되지 않았다. 얼마 후에는 아버지가 오른손을 제대로 쓰지 못한다는 사실이 동네에 알려졌다. 그리고 다지마 치과가 문을 닫을 것이라는 소문이 돌았다.

어느 날 아버지는 결국 치료를 중단했다. 온갖 방법을 동원해도 소용이 없었던 것이다. 그때부터 아버지는 대낮부터 술을 마시는 일이 잦았고 나와 하루 상에게 분풀이하듯 화를 내기도 했다.

그리고 밤이면 비슬비슬 어디론가 나갔다. 아무래도 긴자나 신바시를 배회하는 것 같았다. 한번은 누군가와 통화하는 걸 들은 적이 있다.

"당신이 모를 리 있나, 가게를 그렇게 드나들었는데. 호스티스 중에서 그녀와 사이가 제일 좋다고 했잖아. 그러니 감싸려고만 하지 말고 뭐든 좋으니 알고 있는 걸 가르쳐 줘. 본가 주소도 좋고, 전화번호나 그녀가 자주 가는 곳이라도 말이야."

사건 이후로는 아버지가 시마코의 이름을 입에 올린 적이 없었다. 아마도 기억에서 지우고 싶었으리라. 하지만 부상의 후유증이 나타나자 가만있을 수만은 없었나 보았다. 만나서 한바탕하고 싶었을 것이다.

또한 아버지는 변호사를 찾아가 당신을 그 지경으로 만든 바텐더에게 손해 배상을 청구하는 소송을 준비했다. 후유증으로 치과 의사 생활을 계속할 수 없게 된 걸 생각하면 당연했다. 하지만 결론부터 말하자면 소송으로 아버지가 뭔가를 얻은 것 같지는 않다. 바텐더는 이미 상해죄로 교도소에 들어가 있었고, 출소한들 배상할 돈이 있을 리 없었다.

초등학교 6학년의 새해를 나는 이런 최악의 상황 속에서 맞았다. 설 음식도 없었고 세뱃돈도 받지 못했다. 그저 추울 뿐인 새해였다. 아버지는 매일같이 술을 마시고 취해서 잠들었다. 냉혹한 현실에서 잠시라도 도망치고 싶었을 것이다.

그로부터 3개월 뒤 나는 초등학교를 졸업했다. 중학교는 집 근처 공립학교에 진학하기로 했다. 원래 아버지는 나를 사립학교에 보내고 싶어 했지만 이제는 그럴 형편이 아니었다. 게다가 아버지는 내 진학을 신경 쓸 만한 정신 상태도 아니었다. 치과는 결국 문을 닫아야 할 상황에 이르렀다.

도대체 왜 이 지경이 된 것일까. 나는 원망에 가득 차서 밤마다 이불 속에서 울었다.

그러다가 문득 저주의 편지가 떠올랐다. 내게 배달된 23통의 엽서. '殺'이라고 적힌, 23명의 저주가 담긴 엽서…….

나는 저주받았다, 라고 생각했다.

6

저주의 엽서는 신문지에 싸인 채 서랍장 맨 위 칸에 들어 있었다. 그걸 버리지 않은 이유는 함부로 다뤘다가 저주에 걸릴까 봐 겁이 나서였다. 신사의 기둥에 숫자를 새긴 이유도 마찬가지였다. 저주 따위 믿지 않겠다고 생각했지만 나는 제대로 저주에 걸리고 만 것이다.

어느 날 나는 오랜만에 그 엽서들을 꺼냈다. 버리려는 것이었다. 그런 걸 갖고 있으니 불행에 빠진 거라고 생각했다.

엽서는 모두 합해 23장이었지만 사실 그중에서 내용을 제대로 읽은 건 몇 장뿐이었다. 내용이 모두 비슷할 거라고 짐작한 데다 읽으면 읽을수록 마음만 상할 것 같았기 때문이다. 그래도 버리기 전에 한 번씩은 읽어 보기로 마음먹었다. 그리고 이상하게도 엽서를 처음 받았을 때보다 마음이 한결 차분해져 있었다. 이미 나쁜 일이 너무 많이 일어난 후였기 때문일 것이다.

그런데 엽서를 읽으면서 새로운 사실을 알게 되었다. 내 한자 이름이 잘못 적혀 있었던 것이다. 내 이름은 한자로 田島和幸인데 맨 마지막 글자가 幸이 아닌 辛으로 되어 있었다. 가만 생각해 보니 이유를 알 것 같았다. 엽서를 보낸 사람들은 나를 알지 못한다. 저주의 편지에 적힌 주소와 이름을 베껴 적었을 뿐이다. 그러니 편지에 처음 내 이름을 적은 사람이 잘못 적어 넣은 것이다.

범인은 나를 잘 모르는 사람이라는 생각이 들었다. 어디선가 내 주소와 이름을 보고 장난삼아 저주의 편지에 써넣은 것이다. 아무리 그렇다 해도 이 얼마나 아이러니한 착각이란 말인가. '幸'을 '辛'으로 착각한 탓에 내 인생 자체가 '행복'에서 '불행'으로 바뀌어 버렸으니 말이다.

나는 범인이 나와 같은 학교 학생일 것이라고 짐작했다. 생각이 거기에 미치자 더더욱 사립 중학교에 진학하고 싶어졌다. 초등학교에서 알고 지내던 녀석들은 대부분 공립 중학교로 가기 때문이다. 사립에 가면 그들과 얼굴을 마주치지 않아도 된다.

하지만 사립 중학교에 진학하겠다는 꿈은 깨진 지 오래였다. 최소한 앞으로 3년은 고독한 학교생활을 해야 한다. 그 사실은 머리를 빡빡 깎아야 한다는 교칙 이상으로 나를 우울하게 만들었다.

그런데 막상 중학생이 되고 보니 괴로운 일만 있는 건 아니었다. 내가 진학한 중학교에는 나와 다른 초등학교에서 온 학생들이 적지 않았다. 아무것도 모르는 반 아이들은 나를 따돌리지 않았다.

물론 같은 초등학교에서 온 아이들이 뒤에서 내 험담을 하리라는 것은 충분히 예상할 수 있었다. 실제로도 그랬을 것이다. 하지만 나는 우연한 계기로 그런 곤경을 극복하는 방법을 알게 되었다.

쉬는 시간에 친구들과 수다를 떨고 있을 때였다.

"다지마 아버지는 치과 의사지? 대단해. 부잣집 도련님이네."

한 녀석이 그렇게 말했다. 그 아이는 다른 초등학교에서 왔으
므로 악의는 없었을 것이다.

옆에서 듣고 있던 몇몇이 거북한 표정을 지었다. 말할 것도 없
이 초등학교 동창들이었다.

"병원은 휴업 상태야."

내가 대답했다. 한동네에 사는 아이들도 있었으므로 적당히
얼버무릴 수 없었다.

"어, 왜?"

"아버지 실력을 믿을 수 없다고 손님이 안 와."

나는 자포자기하는 심정으로 말했다.

그런데 사정을 모르는 아이들이 와, 웃음을 터뜨렸다. 내 말이
농담인 줄 알았던 것이다.

"왜 믿을 수 없대? 너희 병원에서 치료를 받으면 입이 돌아가
기라도 한대?"

"글쎄, 아버지가 환자를 죽일 거라고 생각하는 거 아닐까."

역시 농담할 생각은 아니었다. 하지만 다른 학교에서 온 녀석
들은 또 배를 잡고 웃었다.

"뭐야, 사람 죽이는 치과 의사라는 거야?"

"그렇게 불리나 봐."

이번에도 폭소가 터졌다. 당혹스러웠다. 다들 악의 없이 웃는 게 신기했다.

"그럼 이제는 부자가 아니야?"

"응. 사립학교에 가고 싶었는데 그래서 여기에 왔어. 전직 부자야."

'전직 부자'라는 표현은 우리 반의 유행어가 됐다. 그리고 그들의 웃음 속에서 나는 한 가지 깨달은 것이 있었다. 내 처지를 숨길 필요가 없다는 사실이었다. 숨기기는커녕 웃음거리로 만들어 버리면 되는 것이다. 그러면 험담하는 일도 없어진다. 나와 이야기 나누는 걸 꺼리는 사람도 줄어들었다.

그때부터 나는 우리 집안의 치부를 재미있고 우스꽝스럽게 얘기하기 시작했다. 철저히 우리 반의 어릿광대로 살아가기로 한 것이다. 전직 부자, 전직 도련님이라는 표현은 모두의 환영을 받았다. 그렇게 2, 3개월이 지나자 '다지마는 재미있는 녀석'이라는 이미지가 뿌리를 내렸다.

"할머니가 돌아가셨을 때는 정말 난감했어. 독을 먹였다는 소문이 자자했거든. 형사까지 찾아오고 말이지. 하지만 무엇보다 힘든 건 식사 때였어. 밥을 먹으면서 '여기에는 독이 안 들었을까' 그런 걱정이 되더라고."

자학적인 농담은 잘 먹혔다. 그 인기를 유지하기 위해 나는 폭로의 강도를 점점 높여 갔다. 그리고 마침내 아버지가 호스티스의 애인에게 얻어맞은 사실까지 폭로했다. 지어낸 이야기라고 생각하는 아이들도 있는 것 같았다.

물론 남들 앞에서 그런 얘기를 하는 게 즐거울 리 없었다. 하지만 녀석들을 웃게 만드는 한 따돌림은 당하지 않을 것 같아 필사적으로 웃음거리가 되려고 노력했다. 웃음소리를 들을 때마다 마음이 아프고 비굴해지는 느낌이었지만 어쩔 수 없었다.

기하라 마사키는 중학교에 들어가서 맨 처음 사귄 친구였다. 그 친구는 옆 마을에 살기 때문에 우리 집과 관련된 불길한 소문을 전혀 몰랐다. 그래서 내 얘기의 태반이 과장이라고 여기는 눈치였다. 체구가 작고 선이 가는 기하라는 피부까지 하얘서 머리를 기르고 사복을 입으면 여자로 오해받을 것 같았다. 그 때문에 기하라를 호모라고 부르는 아이도 적지 않았다.

사실 그는 전형적인 10대 소년이었다. 여가수에 열중하고, 반여학생 중에 누가 제일 예쁘다는 둥 하는 따위의 말만 했다. 외국 잡지를 처음 본 것도 기하라의 방에서였다. 당시 일본에는 여자 가슴이 노출된 화보조차 드물었는데 외국 잡지에는 하반신까지 드러난 사진이 실려 있었다. 다만 중요 부분은 매직펜으로 검게 칠해져 있었다. 나와 기하라는 그 매직펜 자국을 지우려고 다양한 시도를 했다. 시너, 벤젠, 마가린, 특수 지우개 등 갖은 방법을 동원해 봤지만 대부분 효과가 없었다. 그래도 어쩌다 원하는 부분이 어렴풋이나마 보일라치면 우리는 환호성을 올렸다.

사진 말고 실물을 본 적이 있느냐고 기하라가 내게 물은 적이 있다.

"엄마나 누나 거 말고 말이야."

기하라가 능글맞게 웃으며 말했다. 평소처럼 그의 방에서 놀고 있을 때였다.

제대로 본 적은 없다고 정직하게 대답했다.

"하지만 하는 걸 잠깐 본 적은 있어."

내 말에 기하라의 눈이 동그래졌다. 그리고 흥미진진해하는 표정으로 나를 바라봤다.

언젠가 봤던 도미 상과 세무사의 자세를 얘기해 줬다. 기하라는 입을 반쯤 벌린 채 들었다.

"나는 그런 걸 본 적이 없어."

기하라가 뺨이 살짝 붉어진 채 말했다.

"하지만 여자의 그곳이라면 몇 번 본 적 있지. 어린아이 것이지만."

"그런 건 나도 봤어. 친척 갓난아기의 기저귀를 갈 때라든가."

"그 정도로 어린 아이 거 말고. 우리 또래 여자애 거."

기하라는 돈을 받고 보여 주는 여자애가 있다고 했다. 50엔을 내면 보여 주기만 하고 백 엔을 내면 살짝 만질 수도 있다는 것이다. 우리 또래이긴 하지만 학교는 다르다고 했다. 그리고 "얼굴은 좀 아니지만."이라고 덧붙이며 웃었다.

그 여자아이는 기하라 집에서 좀 떨어진 곳에 산다고 했다. 위치를 들었을 때 내 머릿속에는 다른 것이 떠올랐다. 한때 푹 빠졌던 내기 오목 집이 그 근처였던 것이다. 그 얘기를 하자 기하라는 별로 놀라는 기색 없이 고개를 끄덕였다.

"나도 그거 알아. 3판 승부랑 5판 승부가 있잖아."

"내가 했던 건 3판 승부야. 먼저 두 번 이기는 쪽이 돈을 따는 거."

"그래, 맞아."

그리고 기하라는 잠시 뭔가 생각하다가 말했다.

"그런데 그거 사기야."

"사기라고?"

"응. 그렇게 들었어."

"어떻게 사기를 치는데?"

"자세한 건 나도 잘 모르지만, 절대로 이길 수 없도록 되어 있나 봐."

"그래도 오목의 고수라면 이길 수 있지 않을까?"

그러자 기하라가 고개를 저었다.

"그런 사람은 애초에 상대하지 않지. 반드시 이길 수 있는 사람만 골라서 상대하는 거야."

"그걸 어떻게 알아? 상대가 강한지 약한지, 둬 보지 않고서는 모르잖아."

"혼자서 불쑥 찾아온 손님은 상대하지 않아. 실력을 알 수 있는 사람이랑만 하지. 그래서 절대로 지지 않는 거야."

"하지만 손님이 이기는 걸 본 적이 있어."

내 말에 기하라가 물었다.

"그 손님, 혹시 너를 거기 데려간 사람 아니야?"

나는 입을 다물어 버렸다. 기하라의 말대로였다.

"한통속이었을 거야."

기하라는 마치 자기가 미안한 듯이 말했다.

"계속 지면 포기하고 안 가게 되잖아. 그래서 조금만 더 하면 이길지 모른다는 착각을 심어 주려고 네가 보는 앞에서 다른 손님이 이기는 모습을 보여 주는 거야. 그뿐 아니라 가끔은 너도 이기게 해 줬을걸? 물론 3판 승부 중에서 한 판만 이기게 해 주는 거지만."

기하라 얘기를 들으며 소름이 돋았다. 내가 처음 오목 두는 집에 갔을 때 겪었던 일 그대로였기 때문이다.

실력을 알 만한 사람만 상대한다는 말도 수긍이 갔다. 그건 바로 누가 데려간 손님만 상대한다는 뜻이다. 나는 절대 이길 가능성이 없는 그야말로 '봉'이었기 때문에 그곳에 끌려간 것이다.

"그 사람, 네 친구였어?"

기하라가 주저하며 물었다.

"아니."

나는 고개를 저었다.

"잘 모르는 아이였어."

그러자 기하라가 안도의 표정을 지으며 "그랬겠지."라고 말했다.

구라모치 오사무는 나와 같은 중학교로 왔지만 반도 다르고 해서 당시에는 거의 교류가 없었다.

나는 그 내기 오목에 내가 쏟아부은 돈을 계산해 봤다. 초등학생의 용돈 액수를 생각하면 결코 적다고 할 수 없는 돈이었다. 그리고 그것 때문에 나는 죽은 할머니 지갑에서 돈을 훔쳤다.

구라모치에게 진실을 묻고 싶었다. 정말 나를 속인 거냐고.

하지만 그런 일에 관심을 기울일 수 없는 상황이 나를 에워싸기 시작했다. 자칫하다가는 살 곳조차 없어질지 모르는 사태가 눈앞에 닥쳐온 것이다.

다지마 치과 의원이 재기 불능이라는 건 누가 봐도 명확했다. 아버지 오른팔은 회복될 기미를 보이지 않았고, 병원 문은 굳게 닫혀 있었다. 그리고 아버지는 다시 일할 생각조차 하지 않았다. 여전히 대낮부터 술을 마시고 잔뜩 취해 잠드는 나날이 계속됐다. 시마코를 찾겠다는 의지도 차츰 약해지는 것 같았다.

그 탓에 우리 집 경제 사정은 악화 일로를 걸었고, 급기야 기본적인 생활조차 해결하기 힘든 상황에 이르렀다. 아버지가 시마코에게 갖다 바친 돈을 두고 발을 동동 굴러 봤자 그건 이미 때늦은 일이었다.

한 가지 다행인 것은 하루 상이 월급도 제대로 못 받으면서 여전히 와 준다는 것이었다. 물론 그것이 단순한 친절에서 나온 행위가 아니라는 것을 나중에 알게 되었지만 말이다.

다시 일어서려고 아버지가 선택한 길은 모든 걸 놓아 버리는 것이었다. 처음에는 병원 건물을 임대하려고 했지만 아무도 나서지 않았다. 다지마 치과 의원 이미지가 너무 나빠 새로 병원을 차리려는 의사들도 들어오기를 꺼렸다. 그래서 아예 팔려고 내놓았지만 기대했던 결과는 얻지 못했다.

매일같이 부동산업자들이 찾아와 아버지와 얘기를 나눴다. 그런 끝에 나온 결론은 집까지 포함해 한목에 판다는 것이었다. 그리고 그 돈으로 조그만 아파트를 지어 그 임대 수입으로 생활한다는 것이 아버지의 계획이었다. 당신의 유일한 기술을 상실한 아버지는 가만히 앉아 있어도 돈이 굴러 들어오는 사업에만 관심이 있었다.

무슨 일에건 참견하지 않으면 직성이 안 풀리는 친척들이 아버지의 계획을 입 다물고 바라볼 리 없었다. 이번에도 그들은 우리 집에서 친족 회의를 열었다. 그리고 일제히 아버지의 계획을 반대했다. 유서 깊은 다지마 가옥을 팔아넘기는 것은 절대 용인할 수 없다는 것이 그들의 일치된 의견이었다.

그렇지만 집의 소유권은 아버지에게 있었다. 아버지는 친척들의 반대를 무릅쓰고, 라기보다 무시하고 집과 병원 건물을 팔아버렸다. 그것을 산 사람은 어느 부동산업자였다. 중학교에 들어와서 처음 맞는 정월이 지나자마자 있었던 일이다.

나는 우리가 사는 집이 넓어서 좋기도 했고, 겨우 바라던 내 방을 갖게 된 참이었는데 이사를 가야 한다는 사실이 충격이었다. 앞으로 어떤 일이 벌어질지 몰라 불안하기도 했다. 그리고 아버지를 싫어하지는 않았지만, 아버지가 시마코라는 여자에게 당한 뒤로는 전적으로 신뢰할 수 없었다. 그렇게 커 보였던 아버지의 뒷모습이 매우 초라했다.

이사하면 밥은 어떻게 먹느냐는 소박한 의문도 있었다. 청소는 누가 하고 옷은 누가 빨아 주며 단추가 떨어지면 어떻게 한단 말인가.

부모님이 이혼할 당시에는 그다지 망설이지 않고 아버지 편에 남았는데 그 결정을 처음으로 후회했다.

어느 추운 날 저녁, 나는 집 근처에 있는 서점으로 향했다. 책을 사러 간 것이 아니라 서점 앞에 있는 공중전화가 목적이었다. 주머니가 10엔짜리 동전으로 그득했다.

전화 부스에 들어가 부적 주머니를 꺼냈다. 엄마가 준 것이다. 그 속에 엄마의 주소와 전화번호가 적혀 있었다.

그때까지 내가 먼저 엄마에게 전화해야겠다고 생각한 적이 한 번도 없었다. 언젠가는 엄마가 내게 전화를 하거나 만나러 올 거라는 근거 없는 믿음이 있었다. 하지만 엄마에게서는 연락이 없었다.

10엔짜리 동전을 투입구에 넣고 다이얼을 돌렸다. 신호가 울리는 동안 가슴이 두근거렸다. 이윽고 전화가 연결됐다.

"네, 야마모토입니다."

남자가 전화를 받았다. 무뚝뚝하고 귀찮아하는 말투였다.

내가 아무 대답도 하지 않자 남자는 성이 난 것 같은 음성으로

"여보세요? 여보세요?" 하고 외쳤다. 내가 몇 초만 더 침묵했다면 그는 전화를 끊었을 것이다.

"저…… 여보세요."

나는 간신히 소리 내어 말했다.

"어……."

어린아이 목소리가 들리자 상대는 당황스러워했다.

"엄마 계신가요?"

"엄마라니?"

"네. 저, 미네코라는 분인데요."

이번에는 상대가 침묵했다. 내가 누구인지 깨달은 눈치였다.

"여보세요?"

"지금 없다."

차가운 말투였다.

"몇 시쯤 돌아오시는데요?"

"글쎄, 모르겠는데. 돌아오면 전하마."

"네……. 부탁드립니다."

내 말이 끝나기도 전에 전화가 끊겼다.

그때부터 매일 엄마 전화를 기다렸지만 끝내 오지 않았다. 내가 다시 걸어 볼까도 생각했지만 또 그 남자가 받을 것 같았다.

일요일이 되자 용기를 내서 엄마를 직접 찾아가기로 했다. 지도를 사서 대강의 위치를 확인한 다음 집을 나섰다. 혼자 전철을 타고 낯선 곳을 찾아간 건 그때가 처음이었다.

엄마가 산다는 집은 예상보다 쉽게 찾을 수 있었다. 2층짜리 아파트였다. 하지만 찾고서도 곧바로 들어가지 못하고 길가에 서서 한동안 바라보기만 했다. 혹시 엄마가 나오지나 않을까 기대하면서.

이윽고 문이 열렸지만 나온 사람은 어떤 남자와 세 살 정도 되어 보이는 여자아이였다. 남자는 두꺼운 점퍼 차림에 머플러를 두르고 손에 세숫대야가 들려 있었다.

남자가 웃는 얼굴로 집 안쪽에 대고 뭐라고 말을 한 후 걸음을 옮기자 문 안쪽에서 팔이 나와 문을 닫았다. 핑크색 스웨터를 입은 팔이었다. 나는 그것이 엄마 팔이라고 확신했다. 동시에 관두자는 생각이 가슴속에 번져 나갔다. 이제 엄마 곁에 내가 머물 자리 따위는 없었다.

아버지는 살던 집에서 상당히 떨어진 곳에 땅을 샀고, 거기다 아파트를 짓기로 했다. 결과적으로 중간 업자에게 속았다고밖에 볼 수 없는 계획이었지만 판단력을 잃은 아버지에게는 충고할 사람이 없었다. 친척들은 아버지를 완전히 포기한 상태였다.

아파트가 완공되면 그중 한 채에 우리도 입주하기로 되어 있었다. 그동안 아버지와 나는 그 근처 임대 주택에서 살기로 했다. 모든 것이 순식간에 결정되었다.

이사를 앞둔 어느 날, 아버지는 물건을 정리하러 오랜만에 병원에 나갔다. 저녁에 내가 병원에 가 보니 아버지가 진찰대에 멍하니 앉아 있었다. 짐이 하나도 정리되어 있지 않았고 이사용 종이 박스 몇 개만 입을 벌리고 있었다.

"어, 가즈유키 왔니."

나를 본 아버지가 무겁게 입을 열었다.

내가 뭐 하고 계시느냐고 묻자 아버지는 "아니다, 아무것도." 라며 진찰대에서 내려와 한숨을 쉬었다. 그리고 "여기서 환자가 몇 명이나 치료를 받았을까?" 라고 내게 물었다.

"이의 개수로 따지면 엄청날걸요. 한 사람당 하나 이상이었을 테니까요."

내 대답에 아버지는 쓸쓸히 웃었다.

"그렇겠지."

아버지는 진료실 내부를 빙 둘러본 뒤 "나머지는 내일 하자. 나오면서 불 좀 꺼라. 저쪽에 있는 건 건드리지 말고." 하고는 문을 향해 걸어갔다.

아버지를 뒤따라 나가려던 나는 문득 발길을 멈췄다. 종이 박스 하나가 눈길을 끌었기 때문이다. 거기에는 약병들이 들어 있었다. 그중에 '승홍(염화 제2수은의 의약품명으로 맹독성이다-옮긴이)'이라고 적힌 조그만 병이 있었다. 나는 그 병을 슬쩍 점퍼 주머니에 넣어 가지고 나왔다.

임대 주택에 이사 와서도 한동안은 원래 다니던 중학교에 다녔다. 전학하려면 여러 가지 수속을 해야 하는데 아버지가 제때 처리해 주지 않기 때문이다. 한번은 학교에서 역으로 향하던 도중 방향을 살짝 틀어 전에 살던 집에 가 본 적이 있다. 낡고 웅장한 전통 가옥이 주인을 잃은 채, 죽 늘어선 집들 사이에서 마치 거대한 묘지처럼 깊이 가라앉아 있었다.

얼마 후 전학이 정식으로 결정됐다. 소문을 들은 친구 몇몇이 이별을 아쉬워했다. 무리해 가며 어릿광대 노릇을 한 보람이 있었다.

제일 아쉬워했던 친구는 기하라 마사키였다.

"겨우 친해졌는데 아쉽네."라고 마사키는 말했다.

"나도 그래."

나는 마사키에게 비틀스 음반을 선물했다. 도쿄 공연 앨범의 해적판으로, 음질은 별로였지만 내게는 보물이었다. 마사키는 감격했고, 자기도 선물을 준비하겠다고 했다.

어느 날 전에 살던 집 가까이 가 보니 인부 몇이서 철거 작업을 하고 있었다. 불도저가 담을 허물고 정원에 있는 나무들을 쓰러뜨렸다. 기둥이 손쉽게 꺾이고 벽은 종잇장마냥 납작해졌다.

얼마 걸리지 않았던 것 같다. 내가 보는 앞에서 그 유서 깊은 저택이 한낱 잡동사니 더미로 변했다. 인부들은 일을 무사히 마쳐 안심이라는 얼굴로 하나둘 트럭을 타고 떠났다.

인부들이 모두 사라진 뒤 잔해만 남은 집으로 다가갔다. 산산이 부서진 집은 그 잔해만 봐서는 그것이 집의 어느 부분이었는지 알 수 없었다.

벽시계가 눈에 띄었다. 언젠가 내가 벽장에 숨어 있었던 2층

방에 걸려 있던 물건이었다. 나는 괴로운 일이 있을 때면 곧잘 그 방에서 울곤 했다. 벽시계를 보고 있자니 눈시울이 뜨거워졌다. 나는 그 자리에 주저앉아 소리 죽여 울었다.

한동안 그러고 있던 나는 문득 시선이 느껴져 고개를 들었다. 길 맞은편에서 하루 상이 나를 물끄러미 바라보고 있었다. 그녀는 나와 눈이 마주치자 못 볼 것을 본 듯한 표정을 짓더니 종종걸음으로 가 버렸다. 장을 보고 돌아가는 길인 듯, 앞치마 차림에 장바구니를 들고 있었다. 새 고용주를 찾았는지도 몰랐다.

아버지가 해고를 통보하자 하루 상은 밀린 임금을 모두 달라고 했다. 그리고 그 이자까지 계산해 달라고 했다.

"그 여자는 내가 부동산업자와 만났다는 사실을 알았던 거야. 그래서 나중에 이자까지 받아 내겠다는 속셈으로 돈을 안 줘도 불평하지 않았던 거지."

그녀가 돌아간 뒤 아버지가 분하다는 듯이 중얼거렸었다.

마침내 3월이 되고 종업식 날이 왔다. 친구들과 헤어져야 하는 날이기도 했다. 다음 날부터 봄 방학에 들어가기 때문에 반 아이들은 들뜬 얼굴이었지만 나는 기분이 우울했다. 친구들과 헤어지기 섭섭해서가 아니었다. 앞으로의 삶이 어떻게 전개될지 모른다는 불안감에 짓눌리다 못해 으스러질 것만 같았기 때문이다.

내게 아무런 도움도 되지 못했던 담임 여교사가 반 아이들에게 나의 전학을 알렸다. 감동적인 장면을 연출하려고 애쓰는 모습을 옆에서 보고 있자니 오글거리며 닭살이 돋았다. 물론 반 아이들 중에도 거기에 감동받아 눈물을 흘리는 바보는 단 한 명도 없었다.

이윽고 담임이 내게 인사말을 하라고 했다. 나는 스스로 느끼기에도 멋대가리 없는 작별 인사를 했다. 담임은 불만스러운 듯했고, 그때까지 나의 어릿광대짓을 재미있어하던 녀석들도 기대가 빗나간 듯한 표정을 지었다.

기하라가 전철역까지 나를 배웅했다. 다른 친구들도 몇 명 더 있었던 것 같은데 누구였는지 기억나지 않는다. 기하라는 당시 내가 친구로 꼽을 수 있는 유일한 녀석이었다. 초등학교 때 만났으면 좋았을 거라고 지금도 생각한다.

"이거 가져."

기하라가 만년필 한 자루를 내밀었다. 그가 영어 수업 때 사용하던 것이었다.

"받아도 되는 거야?"

"응. 그리고 이것도."

그러면서 가방에서 뭔가를 끄집어냈다.

사인북이었다. 펼쳐 보니 반 아이들의 사인과 인사말, 그림 등이 들어 있었다. 반에서 내내 어릿광대짓을 해 온 나였지만 그것을 본 순간 가슴이 먹먹해졌다.

"고마워."라고 조그만 소리로 말했다.

전철이 플랫폼에 들어왔다. 다른 지방으로 가는 것도 아니니 앞으로도 마음만 먹으면 얼마든지 만날 수 있을 텐데, 전철에 올라타고 안에서 손을 흔들 때는 마치 영영 헤어지기라도 하는 것처럼 느껴졌다.

실제로 기하라와의 만남은 그것이 마지막이었다. 성적이 우수했던 기하라는 나 같은 사람은 도저히 들어갈 수 없는 고등학교에 진학했고, 국립대학 문학부를 졸업한 후 도쿄에 본사가 있는 신문사에 취직해서 나와는 영원히 관계없는 사람이 되었다.

전철 안에서 사인북을 다시 펼쳐 봤다. 한 페이지당 한 사람의 사인이 있었다. 그다지 친하지 않았던 아이들의 사인까지 있는 걸 보니 조금 묘한 기분이 들었다. 페이지를 좀 더 넘기다 보니 같은 반이 아닌 아이들의 사인도 있었다. 체육이나 기술 수업을 함께 들어 친해진 녀석들 것이었다. 기하라에게 고마운 마음이 들었다. 그가 사인북을 들고 다른 반까지 돌았을 것이다.

하지만 그런 행복감은 어느 페이지에 적힌 내용을 보는 순간 날아가 버렸다.

구라모치 오사무가 쓴 것이었다.

'새로운 학교에서도 잘해 나가길. 파이팅!'

컬러 사인펜으로 적혀 있는 글 옆에 당신 인기 있던 야구 만화 '거인의 별' 주인공 얼굴이 멋지게 그려져 있었다.

그것뿐이라면 상관없었다. 문제는 페이지 오른쪽 상단에 적힌 글자였다.

'다지마 가즈유키(田島和幸)에게'……. '幸'이 아닌 '辛'이었다.

7

전학한 학교는 탁하고 시커먼 물이 흐르는 운하 옆에 있었다. 서늘한 계절에는 그나마 괜찮지만 날이 더워져 창문을 열게 되면 기름내와 썩는 냄새가 섞인 뜨뜻미지근한 공기가 교실을 가득 채워 도저히 수업을 할 수 없었다. 물론 그런 열악한 환경이 아니더라도 내가 학교생활을 쾌적하게 보내기란 불가능하다는 사실을 아는 데는 그리 오랜 시간이 걸리지 않았다.

담임은 산양처럼 생긴 노인네였다. 실제로는 그리 나이가 많지 않았지만 모든 걸 체념한 듯한 그의 태도에서는 생명력의 한 단면조차 느껴지지 않았다. 그는 그러잖아도 다루기 힘든 중학생 집단에 나라는 또 하나의 이질적인 종자가 섞여 든 것을 마땅찮게 생각하는 눈치였다. 또한 자신이 그런 반을 담당하도록 선택된 것을 더없는 불행으로 여기는 듯했다. 불안감에 위축된 전학생의 마음을 어루만져 주겠다는 배려 따위는 조금도 찾아볼 수 없었다.

"새 친구를 소개하겠다."

담임교사가 처음 나를 교실에 데려갔을 때 한 말은 그게 전부였다. 그리고 지극히 사무적으로 내게 "인사해라."라고 덧붙였다.

40여 명의 급우는 느닷없이 나타난 전학생에게 온갖 종류의 악의 섞인 시선을 던졌다. 신기한 생물을 들여다보는 듯한 시선, 짜증스러운 시선, 물건을 평가하는 듯한 시선, 적의가 깃든 시선

등 그 종류는 다양했다. 또한 완전히 무관심한 시선을 보내는 아이도 있었다. 형식적인 인사말을 하는 동안 '저건 뱀들의 눈이야.' 라는 생각을 했다. 나는 지금 뱀들에게 포위되어 있는 것이다.

반에 극단적으로 나쁜 녀석은 없었던 것으로 기억한다. 한마디로 말하자면 보통 학생들, 그리고 지극히 평균적인 중학생들로 구성돼 있었다. 눈썹을 민 녀석도, 수업 중에 선생을 무시하고 화투를 치는 녀석도 없었다. 그중 누군가 소년원에 들어갔다는 얘기도 들은 적이 없다.

하지만 '보통'이란 말은 나쁘지도 않은 대신 좋지도 않은 것을 의미했다. 보통의 인간은 자신이 적극적으로 나서서 행동하는 대신 남이 하는 나쁜 짓을 덩달아 따라 하는 경향이 있었다.

처음에는 직접적인 따돌림은 없었다. 다들 멀찍이서 나를 에워싸고 관찰했다. 만약 그때 누군가 내게 말을 걸어 주고 내가 거기에 요령 있게 반응했다면 학교생활이 원만히 풀려 나갔을지도 모른다. 하지만 불운하게도 나에 대한 아이들의 첫 번째 행동은 '아무것도 하지 않는 것'이었다. 한마디로 '무시'였던 것이다.

한 사람이 전학생을 무시하는 행동을 할 경우 그걸 본 두 번째 사람은 전학생에 대한 자신의 접근 방법을 선택해야 한다. 첫 번째 사람을 따를 것인지, 아니면 자기 나름의 방식을 취할 것인지. 후자를 택하려면 어느 정도 용기가 필요하다. 첫 번째 사람과의 대립을 각오해야 하기 때문이다. 대개는 두 번째 사람도 단지 긁어 부스럼을 만들지 않겠다는 이유로 무시하는 쪽을 택한다. 이렇게 되면 그다음 사람들의 선택은 결정된 것이나 다름없다. 세 번째부터는 자신만 다른 태도를 취할 수 없기 때문에 앞사람들을 따르게 된다.

전학한 지 한 달 가까이 지나서도 나는 그 반에 존재하지 않는 학생이나 다름없었다. 아무도 나와 눈을 맞추려 하지 않았고, 뭔가를 할 때도 다지마 가즈유키라는 학생을 의식하지 않았다.

예를 들어 몇 개 그룹으로 나뉘어 수업을 할 경우에도 나만은 늘 아무 데도 포함되지 않았다. 그러면 교사가 어느 그룹엔가 넣어 주곤 했는데, 그러고도 내게 말을 거는 사람이 없고 내게 무언가 역할이 주어지는 일도 없었다. 수업 내내 나는 그저 다른 학생들이 하는 것을 바라볼 뿐이었다.

또한 체육 시간에 소프트볼을 할 때도 나는 포지션도 타석에서는 일도 없었다. 딱 한 번 타석에 선 일이 있는데 투수가 내 배트에 닿지 않게 바깥쪽으로만 공을 던졌다. 그리고 심판을 맡은 녀석은 그런 공을 모조리 스트라이크로 판정했다. 결국 나는 방망이 한 번 휘두르지 못하고 삼진 아웃을 당했다. 그런데도 누군가 항의하기는커녕 키들키들 웃는 소리만 들렸다.

당시 일을 가끔 떠올려 보지만 아무리 생각해 봐도 내가 왜 그런 취급을 당했는지 이해되지 않는다. 내게는 아무런 잘못이 없었다. 어떻게든 급우들과 어울려 보려고 적극적으로 말을 건넨

적도 있었다. 그러나 결국은 그들과의 사이에 두꺼운 벽이 존재한다는 사실을 깨달았을 뿐이다.

일설에 따르면 집단 따돌림이 주목받기 시작한 건 1980년대에 들어서면서부터라고 한다. 하지만 그 이전에도 집단 따돌림이 존재했다는 건 지금의 성인이라면 누구나 아는 사실이다. 다만 그 문제를 공개적으로 거론하는 사람이 없었을 뿐이다.

교육자나 학자들은 집단 따돌림이 일어나는 원인을 알아내려고 연구하는데, 내가 경험자 입장에서 말하자면 집단 따돌림은 원래 일어나도록 되어 있다. 자신이 익숙하지 않은 것을 배척하려는 행동은 인간의 본능이다. 또한 누군가 괴로워하는 모습은 내게 즐거움을 준다. 한 사람을 희생자로 정해 놓고 함께 그 사람을 공격하면 연대감이 생기는 것도 사실이다. 집단이 존재하는 한 집단 따돌림도 존재한다. 그건 피할 수 없는 일이라고 해도 지나친 말이 아니다.

전학생이라는 존재는 특히 집단 따돌림의 대상이 되기 쉽다. 그간 알고 지내던 친구들 중 누구에게도 상처를 입히지 않으면서 집단 따돌림이라는 매력적인 축제를 펼칠 수 있기 때문이다. 전학생이 집단 따돌림을 당하지 않으려면 나름의 조건을 충족시켜야만 한다. 예컨대 한눈에 봐도 싸움을 잘하게 생겼다거나 엄청난 부잣집 자식이라거나 공부를 뛰어나게 잘한다거나 해야 한다. 반에서 유달리 인기 있는 학생이 전학생을 자신들의 집단으로 끌어들일 경우 화를 면할 수도 있지만 그런 행운은 쉽게 찾아오지 않는다.

나는 싸움을 잘할 것처럼 보이지도 않았을 것이고 집이 부유하지도 않았다. 게다가 원래 말주변도 없어서 모르는 사람과 얘기 나누는 것을 몹시 어색해한다. 따돌리기에 굶주린 놈들에게는 더할 수 없이 좋은 먹잇감으로 비쳤을 것이다.

'무시'라는 형태의 따돌림은 내게 육체적 고통은 주지 않았지만 정신에는 착실하게 상처를 입혀 가고 있었다. 그러나 그 문제를 의논할 상대가 단 한 사람도 없었다. 아버지는 어떻게 하면 아파트를 제대로 운영할 수 있을까 하는 생각만 머리에 가득했고, 산양 얼굴을 한 담임은 나와 엮이는 걸 피하는 기색이 역력했다.

그러다가 따돌림의 형태가 무시에서 폭력으로 변하는 계기가 마련됐다. 어느 날, 이른바 '사회 견학'의 일환으로 반 전체가 버스를 대절해 한 신문사에 견학을 가게 되었다.

한 좌석에 두 명이 나란히 앉는 버스였다. 문제는 다지마 가즈유키 옆에 누가 앉느냐 하는 것이었다.

제비뽑기로 자리를 정했다. 그 결과 가토라는 아이가 내 옆에 앉게 되었다. 다른 학생들은 안도하는 눈치인 반면 가토는 길길이 뛰었다.

"왜 내가 저 자식 옆에 앉아야 하나! 최악이다, 정말."

내가 옆에서 듣고 있건 말건 개의치 않았다. 모두들 가토를 동정하며 쿡쿡 웃어 댔다.

결국 내가 창 쪽에 앉고, 가토는 통로 쪽 자리에 앉아 통로로 한쪽 다리를 뻗은 채 다른 아이들과 얘기를 나누며 가게 되었다. 가토가 떠들어 대는 얘기의 절반은 자신이 오늘 운이 없다는 내용이었다.

한동안 그러고 있다가 가토가 수상한 짓을 시작했다. 코를 킁킁거리며 이상한 냄새가 난다고 하더니 잠시 후 나를 보며 노골적으로 얼굴을 찡그리고 코를 막았다.

"뭐야, 바로 옆에서 나는 냄새잖아."

그 말과 동시에 몇몇이 웃음을 터뜨렸다. 가토처럼 코를 킁킁거리는 시늉을 하며 "그러네. 어유, 냄새." 하고 말하는 아이도 있었다.

물론 내가 세탁한 지 오래된 교복을 입긴 했지만 코를 막을 정도로 악취가 심하지는 않았다. 화가 난 나는 가토를 노려봤다. 무시를 당해도 여태껏 참았지만 이번에는 도저히 참을 수 없었다.

가토도 지지 않고 나를 노려봤다.

"왜 그래, 할 말 있어?"

나는 그만 눈길을 다른 곳으로 돌리고 말았다. 싸울 생각은 없었다. 가토도 더는 말하지 않았다. 버스 안에 어색한 기운이 감돌았다.

그러고는 별문제 없이 견학이 끝났다. 그러나 다음 날 방과 후에 집으로 돌아가려는 나를 가토를 포함해서 네 명이 둘러싸더니 체육관으로 끌고 갔다.

"너, 어제 나를 무시했지?"

가토가 말했다.

내가 대답하려는 찰나 누군가 뒤에서 내 양팔을 붙잡았다. 다음 순간 저항할 틈도 없이 가토가 뾰족한 구두로 내 배를 걷어찼다. 나는 소리도 못 내고 앞으로 폭 고꾸라졌다. 연거푸 두세 번 더 배를 걷어차이고 나서야 그들은 나를 잡고 있던 손을 놓았다. 서 있기 힘들었던 나는 배를 움켜쥔 채 그 자리에 주저앉고 말았다. 그러자 이번에는 네 명이 달려들어 나를 걷어차기 시작했다. 배, 허리, 엉덩이⋯⋯. 발길질이 얼굴을 제외하고 온몸에 쏟아졌다. 얼굴에 상처를 내면 여러모로 귀찮아진다고 여기는 것 같았다.

분이 풀렸는지, 아니면 지쳤는지 그 집요한 공격이 마침내 그쳤다. 그들 중 누가 무슨 말인가 하자 나머지 아이들이 대답했는데 구체적인 내용은 기억나지 않는다. 아니, 의식이 몽롱해서 말소리가 들리지 않았다는 표현이 옳을 것이다.

그들은 축 늘어진 나를 어디론가 옮기기 시작했다. 그리고 잠시 후 나를 네모난 상자 안에 내려놓았다. 무슨 일이 벌어지는지 모르는 채 멍하니 있는데 이번에는 상자 뚜껑이 덮였다. 나는 좁은 어둠 속에 갇혔다.

그날 들었던 말 중 유일하게 기억나는 건 가토가 마지막에 던진 한마디다.

"부모나 선생한테 이르면 죽을 줄 알아."

그리고 그들의 목소리가 멀어졌다.

온몸에 고통을 느끼며 내가 있는 곳이 어디인지 확인해 보았다. 체육관 창고에 있는 뜀틀 안이었다. 그렇다면 맨 위 단을 밀어 올리면 나갈 수 있을 것이라고 생각했다. 그런데 맨 위 단이 어찌나 무거운지 쉽게 밀어 올려지지 않았다. 악전고투 끝에 밖으로 나왔을 때는 완전히 기진맥진해서 그대로 바닥에 쓰러진 채 움직이지 못했다. 알고 보니 뜀틀 위에 체조용 매트리스가 얹혀 있었던 것이다.

고통스러운 몸을 질질 끌다시피 하며 집으로 돌아왔다. 창고의 먼지로 온몸이 하얗게 뒤덮인 나를 지나가는 사람들이 기분 나쁜 듯이 바라봤다.

그때도 아버지와 나는 여전히 임대 주택에 살고 있었다. 단독 주택이라는 명칭에 걸맞지 않게 좁은 부엌과 더러운 방 두 개가 있을 뿐이었다.

집에 들어가니 아버지는 텔레비전을 켜 놓은 채 코를 골고 있었다. 식탁에는 정종을 마신 흔적이 있고, 그 옆에 노트 한 권이 놓여 있었다. 아버지가 아파트 경영과 관련한 내용을 그 노트에 적어 넣는 모습을 몇 번인가 본 적이 있었다.

땅을 확보했다고 하지만 아파트 공사를 시작할 전망은 보이지 않았다. 자세한 사정은 모르겠으나 이제 와서 생각해 보면 결국 자금이 부족해서가 아니었을까 싶다. 땅을 담보로 은행에서 돈을 빌릴 수도 있었을 것이고, 아버지도 그럴 생각이었겠지만 그러려면 변제를 감당할 만한 임대 수입이 있어야 했다. 모든 집이 임대된다고 가정했을 때 월세 하한을 얼마로 정할지 계산을 하다 보니 아버지가 가진 땅의 입지 조건을 생각할 때 상당히 고급스러운 건물을 지어야 한다는 결론이 나왔을 것이다. 그런 건물을 짓는 데는 자금이 더 필요하게 되므로 차입금을 늘려야 할 것이고 변제액도 그만큼 늘어날 터였다. 출구가 보이지 않는 미로에서 아버지는 매일 밤 맴돌고 있었다. 술에 취해 잠드는 것은 명백한 현실 도피였다.

식탁 위에는 근처 반찬 가게에서 사 온 반찬들이 윤기 없이 말라 버린 상태로 놓여 있었다. 평소라면 그걸로 저녁을 때웠겠지만 그날은 식욕이 없어서 그냥 내 방으로 갔다. 옷을 갈아입으려고 교복을 벗어 보니 몸 곳곳에 멍이 들고 부어서 열이 났다. 피가 나는 곳은 없었다.

당분간 대중목욕탕에는 못 가겠구나 생각했다.

괴롭힘은 그 후로도 계속됐다. 반 아이들 모두가 나를 무시하는 것은 물론이고 이유 없이 내게 폭력을 휘두르는 일도 비일비재했다. 앞장서서 나를 괴롭히는 아이는 가토를 위시한 몇 명에 불과하지만 때로는 다른 아이들도 가세했고, 내가 괴롭힘을 당하는 모습을 보며 즐거워하는 관객들도 내 입장에서는 가해자였다. 보고도 모른 체하는 방관자들 역시 가해자이긴 마찬가지였다.

괴롭힘당할 것을 뻔히 알면서도 왜 매일같이 학교에 갔을까. 뚜렷한 이유는 없다. 나를 괴롭히는 아이들에게 딱히 이유가 없었던 것과 마찬가지다. 아프지 않으면 학교에 가야 한다는 사고방식이 내 발을 학교로 향하게 했다고 볼 수 있다. 만약 '등교 거부'라는 말이 조금 더 빨리 알려졌다면 나도 그 방법을 택했을지 모른다.

다만 내가 고통을 견디기 위해 의지하는 것이 하나 있었다. 나는 이런 식으로 생각했다.

'어디, 맘대로 해 봐. 여차하면 다 죽여 버릴 테니까.'

살인을 구체적으로 생각하기 시작한 것이 그 무렵 아닐까 싶다. 나는 매일 살인을 상상했다.

단순한 몽상이 아니었다. 내게는 살인의 수단이 있었다. 책상 서랍에 감춰 둔 그것, 바로 승홍(昇汞)이었다.

정식 화학명은 염화 제2수은. 무색의 결정으로, 소독약이나 방부제로 사용된다. 맹독성이고 치사량은 0.2~0.4그램이라고 책에 쓰여 있었다.

아버지 병원에서 훔쳐 올 당시에는 구체적인 사용 목적이 없었다. 독극물에 관심이 있던 내가 병에 붙은 라벨을 보는 순간 그것이 보물임을 깨닫고 슬쩍 주머니에 집어넣은 것이다.

그때 이래 그 극약을 사용하고 싶다는 유혹에 사로잡혀 있었다. 언젠가는 반드시 누군가에게 먹이리라. 죽이고 싶은 상대가 나타나면 반드시 사용하리라, 그런 식이었다.

승홍을 우리 반 놈들에게 먹인다면⋯⋯. 그런 상상을 매일 밤 머릿속에서 펼쳤다. 다만 다짜고짜 가토를 위시한 그룹을 노릴 수는 없었다. 그들이 죽으면 경찰이 움직일 것이다. 사체를 해부할 경우 승홍이 사용되었다는 것이 밝혀질지 모른다. 그렇게 되면 내가 의심받을 것은 거의 확실하다. 내게 동기가 있다는 걸 누구나 알기 때문이다. 내가 승홍을 입수할 만한 환경에 있다는 사실도 조사하면 밝혀질 것이다.

가토 녀석들을 죽인다는 데 양심의 가책은 느껴지지 않았다. 하지만 살인을 실행하는 건 나 자신이 망가져도 좋으니 복수하고야 말겠다는 극한 상황에 내몰렸을 때라고 생각했다. 아직까지는 그렇게 절망적이지 않았다.

그렇다고 살인의 욕구가 가라앉은 건 아니었다. 그보다는 내가 정말로 사람을 죽일 수 있다는 확증이 필요했다. 승홍의 효력을 확인하고 싶기도 했다.

그때 뇌리에 떠오른 녀석이 구라모치 오사무였다.

구라모치는 당해도 싼 놈이라고 생각했다.

그가 나를 속여 사기 오목 집에 데려가는 바람에 용돈이 부족해져 할머니 지갑에 손을 댔다.

저주의 편지 건도 있었다.

저주받을 상대 리스트에 내 이름을 써넣은 사람이 구라모치인 것은 확실했다. 구라모치 말고는 幸과 辛을 착각할 사람이 없었다. 그 저주의 편지 때문에 나는 23명에게 '殺'이라는 글자가 적힌 엽서를 받았다.

저주가 현실로 나타난 것은 아닌지 나는 진지하게 생각하고 있었다. '殺' 엽서를 받은 후로 잇따라 불행이 찾아왔다. 저주의 효과가 어느 정도였는지는 모른다. 하지만 구라모치 오사무가 나의 불행을 바란 건 사실이었다. 그렇게 생각하자 그에 대한 증오가 끓어올랐다. 그를 몇 안 되는 친구 중 하나로 믿었기 때문에 더더욱 분했다.

하지만 그건 살인의 동기로는 좀 약하지 않을까.

세상에는 다양한 종류의 살인이 있다. 그러나 나는 그런 살인에는 관심이 없었다. 내가 동경하는 건 분명한 동기가 있고 살인 의지가 지속적이며 냉철하게 실행에 옮기는 유형의 살인이었다. 브랭빌리에르 후작 부인이 바로 그랬다.

살인의 유혹은 강렬했지만 실행하려면 동기가 있어야 했다. 동기 없는 살인은 진정한 살인이 아니라는 것이 내 신념이었다.

그런데 내게 저주를 걸었다든가 내가 불행해지기를 바랐다는 게 살인의 동기로서 적합할지. 증오심을 품을 만한 근거는 될지언정 죽일 정도는 아니라는 생각도 들었다. 나는 나 자신의 증오심이 그다지 커지지 않는다는 사실에 조바심을 느꼈다. 자신이 매우 나약한 인간으로 느껴졌다.

그런 마음의 테두리를 없애 준 사람은 아이러니하게도 가토 녀석들이었다. 비 때문에 체육 시간에 자습을 하게 되었을 때의 일이다. 자리에 앉아 추리 소설을 읽고 있는 내게 그들이 다가왔다.

"어! 이 자식, 이런 걸 읽고 있네."

한 녀석이 책을 빼앗아 갔다.

"이러면 안 되지. 자습 시간에 소설 따위를 읽다니."

가토가 옳다구나 하고 말을 받았다.

너희들도 교실 안을 돌아다니고 있잖아, 라는 말은 입 밖으로 내지 못했다. 나는 책상에 두 손을 얹은 채 비스듬히 아래쪽으로 시선을 돌렸다.

"이게 뭐야, 외국 소설이잖아. 건방지게."

"야, 이리 줘 봐."

책을 건네받은 가토가 그것을 소리 내어 읽기 시작했다. 어려운 한자가 나올 때마다 막히는, 지지리도 서투른 낭독이었다. 두세 줄 읽다가 가토가 말했다.

"무슨 책이 이래? 뭐가 뭔지 하나도 모르겠네."

"탐정 소설이라는 거야. 뤼팽이나 홈스 같은 주인공이 나오는 거."

"그런 거 안 나오는데? 범인이 어쩌고저쩌고 하는 말은 있지만 말이야. 범인 알아맞히는 책인가?"

"아마 그럴걸. 마지막에는 탐정이 범인을 찾아낼 거야."

"그래?"

가토가 의미심장하게 나를 바라보더니 책의 마지막 부분을 펼쳤다.

"이봐, 다지마. 범인이 누군지 알아맞혀 봐. 맞으면 돌려줄 테니까."

나는 침묵했다. 방금 읽기 시작한 책이었다. 범인을 맞히기는 커녕 아직 등장인물도 채 파악하지 못했다.

"뭐야, 모르는 거야? 좋아, 그럼 숙제다."

그러면서 가토는 내 가슴 주머니에 꽂혀 있던 만년필을 뽑아갔다. 기하라 마사키가 선물로 준 것이라 나는 몹시 당황했다.

가토는 문고본 마지막 페이지를 만년필로 칠하기 시작했다. 어찌나 거칠게 칠해 대는지 펜촉이 망가질 것 같았다.

"돌려줘."

내가 크게 소리쳤다.

아무리 괴롭혀도 대들지 않던 내가 소리를 지르자 가토는 자존심이 상한 듯한 표정을 지었다.

"뭐야, 불만 있어?"

그가 책을 바닥에 내던졌다. 책은 상관없었다. 중요한 건 만년필이다.

"내놔."

나는 그의 손에서 만년필을 도로 빼앗으려 했다.

그러나 가토는 쉽게 놓으려 하지 않았다. 실랑이를 벌이는 와중에 만년필에서 잉크가 뿜어져 나와 가토의 교복 소매에 묻었다.

"어, 이 자식이!"

그의 얼굴이 흉하게 일그러졌다. 그가 내 교복 소매를 잡았다.

"무슨 짓이야, 이 바보 새끼야!"

그 말에 대꾸하려 했을 때 이미 나는 바닥에 쓰러져 있었다. 일어나려 했지만 몸을 움직일 수 없었다. 가토 무리가 나를 짓누르고 있었기 때문이다.

"바지 벗겨. 팬티도!"

가토의 지시에 이어 두세 명의 손이 내 하반신으로 뻗쳐 왔다. 다리를 버둥거리며 저항했지만 소용없었다. 벨트가 풀리고 바지와 팬티가 벗겨졌다. 빈약하게 쪼그라든 성기가 드러났다. 여학생들은 눈을 돌렸고 남학생들은 웃었다.

가토가 내 발치에 쪼그리고 앉아 기하라가 준 만년필을 분해하기 시작했다. 그리고 잉크가 든 부분을 꺼내 양손으로 잡았다. 뭘 하려는지 짐작할 수 있었다.

그가 마침내 잉크가 든 부분을 두 손으로 뚝 꺾었다. 둔탁한 소리와 함께 만년필이 부러지고 검은 잉크가 뚝뚝 떨어졌다. 내 아랫배를 타고 내린 잉크가 쪼그라든 성기를 까맣게 물들였다. 그걸 본 '관객'들이 큰 소리로 웃었다.

"칠판지우개 가져와!"

가토의 지시에 누군가 재빨리 움직였고, 칠판지우개를 가져와 가토에게 건넸다.

가토는 그걸로 내 아랫배를 몇 번인가 두드렸다. 검게 물든 성기가 이번에는 하얗게 되었다. 구경하던 녀석들은 배를 잡고 웃었고, 눈물을 흘리는 아이마저 있었다.

그때였다. 누군가 "선생 온다!" 라고 외쳤다.

가토 무리의 동작은 신속했다. 내 팬티와 바지를 올리고 벨트도 재빨리 채웠다. 그리고 나를 바닥에 내버려 둔 채 각자의 자리로 돌아갔다.

대머리 체육 교사가 들어왔을 때 나는 아직 바닥에 그대로 있었다. 엉덩방아라도 찧은 듯한 자세였다.

"너, 뭐 하는 거야?"

체육 교사가 나를 보며 물었다. 그 역시 그동안 수업을 해 오면서 내가 집단 따돌림을 당하고 있다는 사실을 눈치챘을 것이다. 그러나 다른 교사들과 마찬가지로 내게 아무것도 해 주지 않았다.

나는 입을 다문 채 고개를 흔들며 꾸물꾸물 자리로 돌아갔다. 주위 아이들이 히죽거리는 게 느껴졌다. 가토 무리는 내가 교사에게 한마디라도 일러바쳤다면 나중에 가만두지 않았을 것이다.

죽여 버리겠어. 언젠가는 이놈들을 전부 죽여 버리겠어.

나는 결심했다.

힘이 필요했다. 내가 마음만 먹으면 사람을 죽일 수 있다는 확신이 필요했다. 나는 브랭빌리에르 후작 부인의 일화를 다시 읽으며 힌트를 하나 얻었다. 그녀는 자신이 아버지를 죽였다는 사실을 눈치챘다는 이유로 오빠들에게 인체 실험을 했다. 이른바 살인 리허설인 셈이다.

그 대목에서 나는 또다시 구라모치 오사무를 떠올렸다.

아직 구라모치 오사무를 죽일 정도의 동기는 마련되지 않았지만, 더 큰 야망을 실현하는 준비 과정으로 리허설을 하고 싶었다. 더 큰 야망이란 말할 것도 없이 반 아이들을 모조리 죽이는 일이었다. 살인 리허설을 통해 내 힘에 자신감을 가진다면 내가 집단 따돌림으로 잃어버린 것들을 되찾을 수 있을 거라고 생각했다.

그날부터 나는 구라모치 오사무를 죽일 방법을 연구하기 시작했다. 난생처음으로 구체적인 살인 계획을 세운 것이다. 단순한 공상이 아니었다.

사용할 흉기는 승홍으로 정했다. 문제는 그걸 어떻게 구라모치에게 먹이느냐였다. 맨 처음 떠올린 아이디어는 음식물에 승홍을 넣어 그에게 보내는 것이었다. 하지만 곰곰이 생각해 보니 그 방법에는 문제가 많았다. 음식물을 보낸 사람이 확실치 않을 경우에는 경계할 것이 뻔했다. 그가 잘 아는 사람의 이름으로 보내는 방법도 있지만, 영문 모를 선물을 받으면 전화로 먼저 확인할 수도 있었다. 물론 내 이름으로 보내는 방법은 말할 것도 못되었다.

설사 의심받지 않는다 해도 구라모치만 죽일 수 있을지 어떨지 불확실했다. 자칫하면 구라모치 외에 다른 사람까지 죽일 수도 있었고 그건 내가 바라는 바가 아니었다. 살인 대상은 어디까지나 내가 정한 목표물에 한정하고 싶었다.

이리저리 궁리한 끝에 내가 직접 독이 든 음식물을 건네는 것밖에 방법이 없다는 결론에 도달했다. 그것도 구라모치가 혼자 있을 때 먹여야 했다. 중요한 건 내가 구라모치와 만났다는 사실을 누구도 알아서는 안 된다는 점이다. 그렇게만 된다면 경찰이 나를 의심할 가능성이 낮다고 생각했다. 초등학교 졸업 이후 나와 구라모치는 별로 친하게 지내지 않았고, 전학한 뒤에는 한 번도 연락한 적이 없었다. 경찰도 설마 다른 학교로 전학 간 동급생이 복수를 계획했다고는 생각하지 않을 터였다.

승홍을 넣기에 적합한 식품이 무엇인지도 연구했다. 책에는 승홍이 물에는 잘 녹지 않고 에탄올이나 아세톤 따위에 잘 녹는다고 되어 있었다. 즉 주스는 적절치 않다는 얘기였다. 구라모치와 친하게 지내던 시절을 떠올려 보았다. 둘이서 곧잘 게임장에 갔고 핀볼 게임을 즐겼다.

그리고 그가 종종 붕어빵을 베어 물며 게임하던 모습이 생각났다.

8

구라모치 오사무를 독살하는 데는 몇 가지 조건이 갖추어져야 했다.

우선 그와 나, 단둘이 있어야 한다. 둘이 함께 있는 모습을 제3자가 봐서도 안 되고, 그와 내가 만났다는 사실을 다른 사람들이 알아서도 안 된다.

또한 구라모치가 나를 수상쩍게 여기지 않아야 한다. 내가 주는 붕어빵을 아무 의심 없이 먹지 않으면 성공할 수 없다.

붕어빵을 먹인 후에는 어떻게 해야 할까. 만일 계획대로 구라모치가 죽는다면 그의 사체를 현장에 그대로 둬도 괜찮을까. 사체를 옮기는 건 불가능하다. 그러므로 범행 후에는 아무에게도 들키지 않고 신속히 도망쳐야 한다. 물론 단서가 될 만한 것을 남겨서도 안 된다. 붕어빵을 어디서 살 것인지도 신중히 결정해야 한다. 만에 하나 붕어빵 가게 주인이 내 얼굴을 기억하기라도 하면 끝장이다.

이상의 조건들을 검토하다 보니 한숨이 나왔다. 아무리 생각해도 이 모든 조건을 충족시키기는 어려워 보였다. 하지만 살인을 단념할 마음은 생기지 않았다. 독살을 실행한다는 결의만이 당시의 나를 지탱해 주었기 때문이다.

궁리 끝에 일단 구라모치의 일상생활을 조사해 보기로 했다. 매일의 생활 패턴을 파악하면 기회를 잡을 수 있을지도 몰랐다.

다음 날 방과 후 나는 서둘러 전철을 탔다. 목적지는 물론 전에 살던 동네였다.

구라모치네 집은 상점가에서 두부 가게를 했다. 두부 가게에서 길을 건너 20미터 정도 가면 서점이 있다. 나는 서점 앞에 서서 가판대에 있는 책을 읽는 척하며 두부 가게를 관찰했다.

저녁 시간이라 상점가를 드나드는 사람이 많아서 서점 앞에 죽치고 있어도 아무도 수상히 여기지 않았다. 나처럼 서서 잡지를 읽는 초등학생이나 중학생도 여럿 있었다.

구라모치네 가게에서는 구라모치 부모로 보이는 사람들이 손님을 응대했다. 5시가 지나자 장바구니를 든 주부들이 몰려들었다. 전에 구라모치가 한 모에 몇십 엔짜리 장사를 답답해서 어떻게 하냐고 했던 말이 떠올랐다.

6시를 지날 무렵 구라모치가 가게에서 나왔다. 그는 가게 앞에 놓여 있던 낡은 자전거에 올라타고 페달을 밟았다. 서점 앞을 지나쳤지만 내가 있다는 사실을 눈치챈 것 같지는 않았다. 쫓아가고 싶었지만 자전거를 따라잡기는 어려울 것 같아 포기했다.

다음 날도 그곳에 가서 잠복했다. 비가 내려 우산을 쓰고 예의 서점에 가 보니 길가에 진열되어 있던 책들이 모조리 서점 안으로 옮겨져 있었다. 책이 비에 젖을까 봐 그랬을 것이다. 하지만 서점 안으로 들어가면 구라모치네 가게를 지켜볼 수 없으므로 하는 수 없이 가까운 조립 모형 가게로 이동했다. 초등학생 시절 그 가게에서 선더버드 모형을 산 기억이 있었다.

비가 오는 탓인지 그날은 오가는 사람이 적었다. 두부도 그다지 잘 팔리는 것 같지 않았다.

한동안 지켜보고 있는데 구라모치가 가게에서 나왔다. 어제보다 조금 이른 시각이었다. 그는 이번에는 자전거를 타지 않고 우산을 쓴 채 걸었다. 그 기회를 놓칠 수 없었다. 나는 조립 모형 가게를 나와 구라모치를 미행하기 시작했다. 형사나 탐정이라도 된 기분이었다.

구라모치는 내가 쫓아가는 것도 모르고 빗속을 걸었다. 걸음이 약간 빠른 걸 보면 뭔가 바쁜 일이 있는 듯했다.

이윽고 우리는 하천 변에 있는 주택가에 다다랐다. 기억에 있는 장소였다. 전에 구라모치에게 이끌려 내기 오목을 두러 온 곳이다.

구라모치가 예의 오목 집 앞에서 걸음을 멈추고 주위 상황을 살피듯이 두리번거렸다. 나는 잽싸게 우산으로 얼굴을 가리고 담 모퉁이에 몸을 숨겼다.

잠시 후 우산을 접고 고개를 살짝 내밀어 보니 구라모치가 오목 집 앞에 쭈그리고 앉아 있었다. 자세히 보니 구라모치는 그곳에 놓인 화분 중 하나를 들어 올리고 있었다.

몸을 일으킨 구라모치는 그 집의 낡은 문으로 다가가 열쇠로 문을 따고 재빨리 안으로 들어갔다.

10분 넘게 기다렸지만 구라모치는 나오지 않았다. 안에서 무엇을 하는지도 알 수 없었다. 하지만 그것만으로도 커다란 수확이었다. 나는 그가 어제도 여기 왔을 것이라고 확신했다. 그리고 그가 스스로 자물쇠를 열었다는 것은 안에 아무도 없다는 뜻이라고 해석했다.

다음 날은 하늘이 맑았다. 나는 수업이 끝난 뒤 일단 집으로 돌아와 옷을 갈아입고 길을 나섰다. 전철을 타고 어제와 같은 역에서 내렸지만 이번에는 상점가로 가지 않고 곧장 하천 변 오목집으로 향했다. 6시쯤 그 집 앞에 도착했다.

근처에 주차되어 있는 경트럭 뒤에 몸을 숨기고 있으려니 구라모치가 자전거를 타고 나타났다. 그는 어제와 마찬가지로 주위를 살피다가 화분 밑에서 열쇠를 꺼내 문을 따고 안으로 들어갔다. 거기까지 확인하고 돌아오는 내 머릿속에는 이미 살인 계획이 완성되어 있었다.

붕어빵을 어디서 사느냐가 큰 문제였다. 붕어빵 가게 몇 곳을 돌다가 손님이 제일 많은 집에서 붕어빵 두 개를 산 다음 근처 공원으로 갔다. 보는 눈이 없는 것을 확인하고 벤치에 앉은 나는 붕어빵 하나를 봉지에서 꺼내 지문이 묻지 않도록 조심하며 속에 든 팥이 보일 정도로만 붕어빵 머리 부분의 밀가루 껍질을 떼어 냈다. 그런 다음 주머니에 손을 넣어 조그만 종이봉투를 꺼냈다. 승홍이 든 봉투였다. 봉투를 열어 승홍을 다른 곳에 흘리지 않도록 조심하며 팥 위에 뿌렸다. 내가 아는 한 구라모치는 붕어빵을 머리부터 베어 먹는 스타일이었다. 그렇게만 해 준다면 처음 한 입에 승홍은 모조리 그의 배 속으로 들어갈 것이다.

이번에는 주머니에서 또 하나의 비밀 병기를 꺼냈다. 전날 밤 집에서 만든 녹말풀이다. 떼어 낸 붕어빵 껍질을 도로 붙일 방법을 궁리하다가 녹말풀을 생각해 냈다. 초등학교 때 했던 실험이 생각지도 못한 곳에서 도움이 되었다.

마를까 봐 비닐봉지에 넣어 들고 온 녹말풀을 손가락 끝에 묻혀 붕어빵 껍질을 원래대로 붙였다. 완성품은 생각보다 괜찮았다. 어지간히 주의 깊게 보지 않으면 탄로 나지 않을 것 같았다.

마지막으로 나머지 붕어빵의 꼬리 쪽을 살짝 뜯어 낸 후 모두 원래의 봉투에 넣었다. 꼬리 쪽을 뜯은 이유는 말할 필요도 없이 독이 들지 않은 붕어빵을 표시하기 위해서였다. 나는 붕어빵이 든 봉지를 들고 역으로 향했다.

지금 생각해 보면 당시 나는 구라모치를 죽이고 싶었던 게 아니라 누군가를 독살한다는 계획에 취해 있었던 것 같다. 내 안에 살인 자체를 즐기려는 마음이 있었기 때문에 주도면밀하게 계획하고 끈질기게 잠복할 수 있었다.

오목 집에는 6시가 되기 전에 도착했다. 구라모치가 어느 쪽에서 나타날지 예상할 수 있었기 때문에 조금 떨어져서 지켜보기로 했다.

10분 정도 있자 구라모치가 나타났다. 그는 집 앞에 자전거를 세우고 화분 아래서 열쇠를 꺼냈다. 평소와 다름없는 순서였다. 구라모치가 집 안으로 사라진 뒤 나는 행동을 개시했다.

주변에 사람은 보이지 않았다. 그건 완벽한 살인을 위해 매우 중요했다. 내가 그곳에 들어가는 걸 누가 보기라도 하면 계획을 멈춰야 한다.

문 앞에 서서 심호흡을 두 번 한 뒤 노크했다. 인터폰이나 초인

종 같은 건 붙어 있지도 않았다. 노크를 하는 데도 주의를 기울였다. 소리가 너무 작으면 안에 있는 구라모치에게 들리지 않을 테고 너무 크면 주변 사람들이 들을지 모른다. 응답을 기다리는 동안 나는 몹시 불안했다.

잠시 후 안에서 인기척이 들렸다. 네, 하는 구라모치의 목소리에 이어 문이 천천히 열렸다.

그는 내 얼굴을 보고도 바로 반응하지 않았다. 눈을 몇 번 깜빡이고 나서야 입을 열었다.

"아니, 어쩐 일이야?"

"이야!"

나는 애써 밝은 목소리를 냈다.

"오랜만이다."

"다지마 네가 무슨 일이지?"

구라모치는 영문을 모르겠다는 표정을 지었다.

"지나가다가 널 봤어. 그래서 부르려고 했는데 이 집으로 들어가더란 말이지."

"그래?"

그럴 수도 있겠다고 생각한 듯했다.

"여긴 왜 왔는데?"

"근처에 친구네 집이 있어서 왔다가 돌아가는 길이야."

"그랬구나."

"근데 너야말로 이런 데서 뭘 하는 거야?"

"나? 아르바이트."

그리고 그는 히죽 웃었다. 마침내 그 녀석다운 표정으로 돌아왔다.

"무슨 아르바이트를 하는데?"

"들어와 봐."

집 안은 예전에 왔을 때와 별반 달라진 게 없었다. 있다면 오목을 두던 책상과 의자가 사라졌다는 것뿐. 벽에는 내기 오목의 규칙을 적은 종이도 여전히 붙어 있었다.

안쪽에는 좁은 방과 부엌이 있었다. 방은 다다미가 갈색으로 변한 채 군데군데 쥐가 파먹은 것처럼 되어 있었고 부엌은 어둡고 더러웠다.

다다미방에 조그만 밥상이 있고 그 위에 잘게 자른 판지 같은 것이 흩어져 있었다. 밥상 옆에는 종이 상자가 있고 그 안에는 판지로 만든 골무같이 생긴 물건들이 들어 있었다. 크기는 손가락만 했다.

"뭘 하는 건데?"

"아르바이트라니까."

그가 밥상 앞에 책상다리를 하고 앉았다.

"재미있는 거 보여 줄까?"

구라모치가 주머니에서 보라색의 얇은 천 조각을 꺼냈다. 그걸 두 손으로 쥐더니 마술사가 하듯 천의 바깥쪽과 안쪽을 차례로 보여 주었다.

"자, 분명 아무것도 없죠?"

그렇게 묻고 나서 왼손을 둥글게 쥐더니 그 안으로 천 조각을 꾹꾹 밀어 넣었다. 천이 모두 들어갔을 때 그는 왼손을 좍 펼쳐 보였다. 천 조각이 사라지고 없었다.

"어!"

순간 신기하다고 생각했지만 곧바로 구라모치의 왼손으로 눈길이 갔다. 엄지손가락에 피부와 똑같은 색의 그 골무 같은 것이 씌워져 있었다.

"뭐야, 그게. 빤한 속임수잖아."

"그래도 잠깐은 속았잖아."

구라모치가 엄지손가락에서 골무를 빼 밥상 위에 놓았다. 골무 안에 아까 그가 보여 준 천 조각이 들어 있었다.

"그런 걸 만드는 거야?"

"응. 판지를 모양대로 잘라서 풀을 칠한 뒤 말려서 상자에 넣는 거야. 한 개에 5엔. 할 짓이 못 돼."

어깨를 으쓱하고 나서 구라모치는 시간이 아깝다는 듯이 가위로 판지를 자르기 시작했다.

"그걸 매일 해?"

"그런 셈이지. 오늘은 백 개를 더 만들 거야. 그래 봐야 겨우 5백 엔이지만."

"왜 이런 일을 하는 거야, 그것도 이런 곳에서?"

"옆집 할머니가 죽어 버렸거든. 이 일은 그 할머니 부업이었어. 그걸 간 상이 하기로 했는데 그 사람이 하도 안 해서 내가 대신 하는 거야."

"간 상이 누군데?"

"너도 알잖아, 여기서 내기 오목 두던 사람."

"아! 그 사람……."

꾀죄죄한 겉옷과 작업복 바지가 뇌리에 되살아났다. 그 사람이 집주인인 모양이었다.

"물건이 부족하다고 업자들이 하도 아우성을 치니까 간 상이 옆집을 돕는 셈 치고 하겠다고 했는데, 원래 그 사람은 이런 지루한 일을 아주 싫어하거든. 그래서 내가 아르바이트 삼아서 하고 있어. 다지마 너도 시간 있으면 해 봐. 만든 만큼 돈을 줄 테니까."

"아니야, 나는 됐어."

"그래?"

이야기를 하는 동안에도 구라모치는 손을 멈추지 않았다. 그리고 순식간에 판지 골무를 만들어 냈다. 한두 개 만들어 본 솜씨가 아니었다.

"간 상이랑 친한가 봐?"

나는 구라모치를 떠보았다.

"그렇다고 할 수 있지. 이것저것 가르쳐 주기도 하고 재미도 있으니까. 학교 선생보다 훨씬 도움이 되는 얘기를 들을 수 있어."

구라모치가 고개를 들고 또 히죽 웃었다.

"그 사람 오목이 아주 세던데……."

"그랬지. 하지만 이젠 끝났어. 수법이 들통났거든. 한번은 학생 같아 보이는 손님이 와서 3연승을 하더래. 한 번도 같이 둬본 적이 없는 손님인데 말이지. 그런데 다음 날 또 다른 손님이 와서는 3연승을 하고 간 거야. 그제야 간 상은 눈치를 챘대, 도박꾼들이 자신을 노리고 있다는 걸. 놈들이 간 상의 수를 철저히 분석하고 덤벼드는 거라서 아무리 두어도 이길 가능성은 전혀 없었고, 게다가 조만간 큰 승부를 걸어 올 우려도 있어서 그만두기로 했다는 거야."

"그런 사람들이 있어?"

"있는 모양이야. 도박 장기, 도박 당구, 도박 마작……, 온갖 분야에 있대."

내게는 미지의 세계였다.

"그 오목 말이야,"

내가 슬그머니 말을 꺼냈다.

"내가 이길 리 없다고 판단해서 데려온 거지?"

조금은 동요할 줄 알았는데, 판지를 자르는 구라모치의 손놀림은 전혀 흔들리지 않았다. 요령 있게 풀을 바른 후 "그런 셈이지."라고 아무렇지도 않게 말했다.

"그 당시에 손님이 없어서 간 상이 곤란을 겪었거든. 그래서 몇 명 데려왔어."

"다시 말해서 너랑 간 상이 한통속이었다는 거지? 일부러 져 주기도 하면서 손님을 현혹시켜서 말이야."

"아직도 그 일에 유감이 있냐?"

구라모치가 손을 멈추고 나를 올려다봤다.

"솔직히 말하면 화가 좀 났었어."

"하지만 미리 짠 건 아니야. 네가 정말로 실력이 있었다면 3연승을 해서 돈을 딸 수도 있었을 거야. 도박장처럼 말이지."

반박할 말이 떠오르지 않았다. 그렇다고 완전히 납득한 것도 아니었다.

"나, 그때 오목으로 돈 엄청 날렸어."

"그런 것 같더라. 사실 네가 그 정도로 빠질 줄은 몰랐어. 걱정스럽더라고. 거짓말 아니야."

자, 하나 더, 하며 구라모치는 골무를 또 하나 상 위에 올려놓았다.

"간 상은 지금 어디 있는데?"

"어디 도로 공사 현장에라도 갔겠지. 끝나면 포장마차에서 한잔하니까 저녁에는 거의 없어."

"네가 여기 오는 거, 부모님도 알아?"

"그런 얘기를 하겠어? 친구 집에 놀러 간다든가 그렇게 말하지. 우리 집은 자유방임주의야."

그렇다면 구라모치가 죽는다 해도 간 상이 돌아올 때까지는 발견되지 않을 가능성이 컸다. 나는 구라모치와 얘기를 나누는 동안에도 그 집 안에 있는 물건에 손이 닿지 않도록 조심했다.

지문이 남을까 봐서였다.

마침내 붕어빵이 든 종이봉투를 상 위에 올려놓았다.

"이거 먹을래?"

"뭔데?"

"붕어빵."

그러자 구라모치가 일하던 손을 멈추고 초등학생 때처럼 눈을 빛냈다.

"먹어도 돼?"

"두 개 샀으니까 하나씩 먹자."

"땡큐. 안 그래도 배고팠는데."

구라모치가 미소를 지었다.

봉투에서 꼬리가 찢기지 않은 붕어빵을 꺼내 구라모치에게 내밀었다. 심장 박동이 빨라지는 것을 느꼈다. 손가락이 떨렸다.

"거기다 놔둬. 이거 마저 만들고 먹을게."

구라모치의 말에 나는 종이봉투 한쪽을 찢어 상 위에 펼치고 그 위에 붕어빵을 놓았다. 녹말풀로 수리한 티는 전혀 나지 않았다.

"붕어빵을 줘서가 아니라 사실은 나, 너한테 사과할 일이 있어."

"뭔데?"

"그거 있잖아, 저주의 편지. 기억나냐?"

"아……"

내 입에서 신음 비슷한 소리가 흘러나왔다.

구라모치는 겸연쩍은 표정을 지으며 수건으로 손을 닦았다.

"너희 집에 배달됐지? 살(殺) 엽서 말이야."

나는 고개를 끄덕였다. 조금 전까지와는 다른 이유로 가슴이 두근거렸다.

"그 저주의 편지에 내가 네 이름을 적어 넣었어."

나는 눈을 둥그렇게 떴다. 그러는 모습을 보고 구라모치가 당황해하며 말했다.

"너한테 앙심을 품었던 건 아니야. 그저 애들 장난으로 여기고 재미 삼아 한 거지."

"아무리 재미 삼아 했더라도,"

그러고서 나는 침을 한 번 꿀꺽 삼켰다.

"당한 쪽은 끔찍하단 말이야."

"그랬을지도 모른다는 생각이 들어서 사과하는 거야."

"그것 때문에 얼마나 기분이 나빴는지 알아?"

내 목소리가 날카로워졌다.

"너무 화내지 마. 반은 재미였지만 나머지 반은 실험이기도 했어."

"실험이라니?"

"그런 편지를 받을 경우 대체 몇 명이나 넘어가는지 확인하고 싶었거든. 결과는 23명이었어. 243명 중 23명이니까 10명에 한 명꼴이더라."

23명이란 숫자를 알고 있다는 사실에 살짝 놀랐지만 이내 그 이유를 깨달았다.

"결과를 알고 싶어서 나한테 그런 말을 했구나. 신사 기둥에 숫자를 새기라고 말이야."

"그렇지. 23이라는 숫자가 예쁘게 새겨져 있었어."

거리낌 없이 말하는 그의 얼굴을 보자 그때의 분노가 되살아났다.

당시 나는 비참한 기분으로 그 숫자를 새겼다. 조각칼에 손가락까지 베여 가면서.

"그 숫자를 왜 알고 싶었는데?"

"그게 말이지, 만일 너한테 배달된 23통이 엽서가 아니라 전부 천 엔짜리 지폐였다면 어땠겠어? 2만 3천 엔을 버는 거잖아."

"엽서가 천 엔짜리 지폐로 변하는 일은 없어."

"내 말은 그런 뜻이 아니야. 그 편지는 저주의 편지니까 그런 재수 없는 얘기가 쓰여 있었지만, 만일 좀 더 기분 좋은 소리를 하고 명단의 맨 마지막 사람에게 천 엔짜리 지폐를 보내라고 하면 어떻게 될까?"

"말도 안 돼. 알지도 못하는 사람한테 누가 돈을 보내겠냐?"

"그야 모르지, 편지에 이렇게 적으면 말이야. 돈을 보낸 후 명단 맨 끝에 당신의 주소와 이름을 적어 편지를 보내세요. 그러면 며칠 뒤 당신에게 243명으로부터 천 엔짜리 지폐가 배달될 겁니다, 라고."

"뭐라고?"

내가 놀라서 구라모치의 얼굴을 바라보자 그는 또 히죽 웃었다.

"어때, 재밌지 않아?"

나도 모르게 고개가 끄덕여졌다. 아닌 게 아니라 흥미로운 얘기였다. 저주의 편지에서 그런 것까지 떠올리다니.

"하지만 돈은 보내지 않고 명단에 자기 이름만 쓰는 놈도 있지 않겠어?"

"문제는 바로 그거야. 그래서 지금 그런 얌체 같은 짓을 막을 방법을 연구하고 있어."

"연구하다니, 정말 해 볼 생각인 거야?"

"언젠가는."

구라모치가 입을 비틀며 웃었다.

"이런 걸 죽어라 만들어 봐야 한 개에 5엔이야. 이제는 손발을 쓰는 시대가 아니야. 두고 봐."

그러면서 그는 자신의 머리를 가리켰다.

"그래서 그런 실험을 했는데, 다지마 너를 이용한 건 정말 미안해. 하지만 이해해 주라. 나도 나름대로 신경을 썼단 말이야. 눈치챘는지 모르겠지만 내가 네 이름을 잘못 썼지? 행(幸) 자를 신(辛) 자로 썼잖아."

"너, 일부러 그런 거야?"

"그래. 그러니까 용서해 줘."

구라모치가 머리를 숙였다.

"그래, 알았어."

나도 모르게 그렇게 말이 나왔다.

"그럼 이제 이거 먹어도 될까?"

구라모치가 붕어빵 쪽으로 손을 뻗었다.

"어어, 잠깐."

나는 그가 손을 대기 전에 얼른 붕어빵을 가로챘다.

"야, 이거 머리카락이 묻었다. 이쪽 거 먹어."

그러고서 봉투 속에 있던 붕어빵을 꺼냈다. 꼬리 쪽이 뜯긴 것이었다.

"상관없는데."

"아니야. 내가 이거 먹을게."

나는 독이 든 붕어빵을 봉투에 집어넣었다.

"넌 안 먹어?"

"응. 지금은 별로 먹고 싶지 않아."

"알았어, 그럼."

구라모치는 전처럼 붕어빵을 머리부터 먹기 시작했다.

"식었어도 맛있다."

"그래?"

"있잖아, 전학 간 중학교는 어때, 재미있냐?"

"글쎄."

나는 얼굴이 굳어지는 것을 느꼈다.

구라모치가 그런 내 심경을 꿰뚫어 보기라도 한 듯 말했다.

"어딜 가나 거슬리는 놈은 있어. 그럴 땐 어떻게 하면 상대를 두렵게 만드느냐가 중요한 거야. 무슨 수를 써서라도 나를 두려워하게 만들어야 해. 간 상이 그랬어. 인간이란 결국 두려운 것에서 달아나는 쪽으로 행동한다고 말이지."

"흠⋯⋯."

내 애매한 반응에 아랑곳하지 않고 구라모치는 맛있게 붕어빵을 먹었다.

구라모치에게 독이 든 붕어빵을 주지 않은 이유는 그가 저주의 편지 건에 대해 사과했기 때문이 아니었다. 그의 독특한 화술에 말려들어 살의를 잃고 말았다고 하는 편이 적절하다. 곰곰이 생각해 보면 구라모치의 사과에는 미심쩍은 점이 있었다. 자기가 내 이름을 일부러 틀리게 적었다고 했지만 그렇다면 내가 전학 오기 전에 받은 사인북에 내 이름을 잘못 적은 건 무슨 이유란 말인가.

어쩌면 그는 내가 저주의 편지에 내 이름을 적어 넣은 사람을 알아차렸다는 것을 직감적으로 눈치챘을지도 모른다. 아마도 내가 내기 오목 얘기를 꺼낸 것이 그 계기였을 것이다. 그와 간 상이라는 남자가 한통속이었다는 사실을 내가 알았다고 하자 이 기회에 다른 일도 마저 고백하자고 판단했을지 모른다.

구라모치와 헤어지고 얼마 안 되어 그런 생각이 들었지만 그를 죽일 마음은 다시 생기지 않았다. 말하자면 흥이 깨져 버린 것이다.

전철역을 나와 집으로 걸어가는데 맞은편에서 젊은 사람 몇 명이 걸어왔다. 처음에는 어두워서 몰랐는데 가까워지고 보니 지금 내가 가장 만나고 싶지 않은 인물들이었다.

"야! 까만 고추가 걸어가네."

가토가 심술궂은 웃음을 지으며 말했다.

무시하고 지나치려 했지만 그런 나를 모른 척하기에는 그들이 너무 한가했다.

"야, 너 이리 와 봐."

한 놈이 내 팔을 잡아끌었다.

"우리가 지나갈 때는 옆에 서서 기다려야지."

가토가 말했다.

무릎을 꿇고 말이야, 라고 다른 녀석이 덧붙였다.

나는 가토의 얼굴을 노려봤다. 자존심이 상했는지 가토가 얼굴을 일그러뜨리며 손으로 내 목덜미를 잡아 올렸다.

"뭐야, 그 표정은?"

그런데도 나는 계속 그를 노려봤다.

"이건 뭐지?"

다른 녀석이 내 손에서 종이봉투를 잡아챘다. 봉투 안을 본 녀석이 히죽 웃는다.

"붕어빵이네."

"이리 줘 봐."

가토가 붕어빵을 꺼내 손에 들고 비웃는 표정을 지었다.

"이렇게 눅눅해진 걸 먹다니."

그러고서 한 입 베어 물려고 했다.

"거기 독 들었어."

내 말에 가토는 입을 크게 벌린 채 동작을 멈췄다.

"어디서 말도 안 되는 거짓말을 하고 있어."

"거짓말 같으면 먹어 봐. 죽나 안 죽나."

가토가 증오심 가득한 눈으로 나를 노려봤다. 다른 녀석들은 옆에서 실실거렸다.

"승홍이 들었단 말이야."

"승홍?"

"염화 제2수은이라고도 하지. 치사량은 0.2에서 0.4그램. 머리 쪽에 듬뿍 들었어."

"헛소리 그만해. 너한테 그런 게 있을 리 없잖아?"

"너희를……"

나는 가토와 다른 놈들의 얼굴을 죽 둘러봤다. 어쩐지 배짱이 두둑해지고 마음의 여유가 생겨났다.

"너희를 죽이려고 구했어."

"뭐라고?"

가토가 한층 힘을 주어 내 목덜미를 쥐더니 나를 벽에 밀어붙였다.

"야, 거짓말이야."

아이들 중 한 명이 말했다.

"알아. 당연히 거짓말이지. 너, 그런다고 우리가 겁먹을 줄 알아?"

가토가 눈을 희번덕거렸다.

"그러니까 먹어 보라고. 먹어 보면 거짓말인지 아닌지 알 거 아니야."

그러자 가토가 붕어빵과 내 얼굴을 번갈아 봤다. 망설이는 기색이 역력했다.

"왜 독이 든 붕어빵을……."

"네놈들 먹이려고 구했다고 했잖아."

"말도 안 되는 소리 그만둬."

"가토, 일단 확인해 보자. 주인 없는 개나 고양이한테 먹여 보면 알 수 있잖아. 아무 일 없으면 이 녀석이 거짓말한 거고."

한 녀석의 제안에 가토가 일리 있다는 표정을 지었다. 그리고 내 목덜미를 잡았던 손을 놓았다.

"좋아, 그럼 지금부터 동물 실험을 한다. 어차피 아무 일도 안 일어나겠지만 말이야. 다지마 너, 내일 각오해. 도망치기만 해 봐."

"너희들이야말로 도망치지 마."

내 말에 가토의 얼굴이 더 일그러졌다. 다음 순간 충격과 함께 눈앞이 번쩍거렸다. 정신을 차렸을 때 나는 길에 나동그라져 있었다. 뺨에 주먹의 감각이 남아 있었다. 입가를 훔치자 손등에 피가 묻어났다.

"그 독, 더 있어. 네 도시락에 넣을 수도 있단 말이지."

가토가 혀를 차며 침을 뱉었다. 침이 내 운동화에 명중했다.

"집 잃은 개나 고양이를 찾아보자."

그들이 멀어져 갔다. 내일 작살내자, 그런 말이 들렸다.

다음 날 나는 승홍을 종이에 싸서 교복 주머니에 넣고 등교했다. 만에 하나 그들의 동물 실험이 실패했을 경우에 보여 줄 생각이었다.

하지만 그럴 필요가 없었다.

내가 교실에 나타났는데도 가토 일행은 다가오지 않고 분하다는 표정으로 그저 나를 바라보기만 했다. 내가 자신들을 노려보자 오히려 눈길을 피하기까지 했다.

'무슨 수를 써서라도 두려워하게 만들어야 해.'

구라모치의 말이 떠올랐다.

나는 실험에 사용된 동물이 개였을지 고양이였을지 궁금했다.

9

혹독한 중학 생활이었지만 3학년의 1년은 눈 깜짝할 새에 지나갔다. 여름 방학이 끝날 무렵에는 진로를 생각해야 했다. 하지만 나는 장래에 대해 아무런 꿈도 계획도 없었다. 전에는 아버지 뒤를 이어 치과 의사가 되면 어떨까 생각한 적도 있었지만 이젠 아버지의 병원도 사라지고 없는 데다가 치과 의사가 되려면 의대에 진학해야 하는데 그 비싼 수업료를 낼 금전적 여유가 없었다. 국립 의대에 가는 것도 방법이지만 내 실력으로는 어림없는 일이었다.

그래서 나는 별 망설임 없이 공립 공업 고등학교에 진학하기로 결정했다. 딱히 이과 과목이나 수학을 좋아했던 것은 아니지만 어차피 대학에 못 갈 바에야 졸업 후에 쉽게 취직할 수 있는 공업계가 낫다고 판단한 것이다.

내가 진학한 고등학교에서는 입학하자마자 전공을 정해야 했다. 나는 크게 고민하지 않고 전기과를 택했다. 컴퓨터나 전자라는 단어가 유행하기 시작할 무렵이어서 미래에 어울릴 거라고 기대했던 것이다. 그런 내 선택에 큰 의미가 없다는 사실을 깨달은 것은 그로부터 얼마 지나지 않아서다.

교실 창문으로 건설 중인 고속도로가 보이던 그 고등학교는 내가 오랜만에 얻은 안식처였다. 같은 중학교에서 진학한 아이가 없어서 아무도 나의 과거나 처지를 알지 못할뿐더러 흥미를 갖는 아이도 없었다. 여전히 친구를 잘 사귀지 못했지만, 쉬는 시간에 얘기를 나눌 친구 정도는 있었다.

1학년 여름, 나는 난생처음으로 아르바이트를 하게 되었다. 공영 수영장 매점에서 주스나 아이스크림 같은 것을 파는 일이었다. 학교에서는 아르바이트를 금지했지만 교칙을 중시하는 학생은 거의 없었다.

손님은 많은데 혼자서 여러 가지를 해야 하는 터라 시급에 비해 일이 힘들었지만 나는 그곳에 가는 게 즐거웠다. 그 이유는 바로 에지리 요코를 만날 수 있기 때문이었다.

매점에는 중년 여자 점장과 나 외에도 아르바이트생이 한 명 더 있었다. 바로 요코였다. 그녀는 그 인근의 상업 고등학교에 다니는 학생이었다.

몸집이 작고 얼굴이 동그란 요코는 중학생이라고 해도 믿을 만큼 표정이 천진난만했다. 그런 얼굴에 미소까지 짓는 걸 보고 있자면 분노나 고민 따위의 어두운 감정이 거짓말처럼 사라졌다. 말주변이 없는 나였지만 그녀가 웃는 모습을 보고 싶어서 이런저런 말을 늘어놓기도 했다. 그러면 그녀는 아무리 시답잖은 얘기라도 내 눈을 똑바로 보며 들어 줬고, 마지막에는 반드시 미소를 지었다.

"다지마는 참 재밌어. 재미있는 것만 생각하나 봐."

내게 그런 말을 해 준 사람은 요코가 처음이자 마지막이었다. 아니, 어쩌면 그 시기의 나는 그녀의 말대로 재미있는 젊은이였는지도 모른다. 그녀의 마력이 나를 변화시킨 것이다.

점장은 돈 관리에는 엄격했지만 손님이 없을 때면 우리가 잡담을 해도 간섭하지 않았다. 아니, 간섭은커녕 잠시라도 틈이 나면 시원한 곳으로 농땡이를 치러 가는 덕에 나는 요코와 단둘이 있을 때도 많았다.

요코는 초등학생 때 아버지가 위암으로 돌아가시고 어머니와 단둘이 살았다. 생활은 어머니의 바느질로 꾸려 간다고 했다. 나도 아버지와 단둘이 살고 있다고 하자 요코는 "어머, 정말 기막힌 우연이네."라며 마치 재미있는 일이라도 생긴 것처럼 눈을 깜빡거렸다.

"그런데도 요코는 어두운 구석이 없네. 늘 생글생글 웃으면서 말이야. 참 대단해. 나는 어두워 보인다고들 그러는데."

"엄마가 그랬어. 너한테는 별 장점이 없으니 차라리 웃기라도 하라고. 그리고 나는 성격이 선천적으로 밝은 것 같아. 요코의 요가 한자로 태양(太陽)의 陽 자잖아."

그리고 그녀는 빙그레 웃으며 "다지마도 어둡지 않아. 함께 있으면 즐거운걸."이라고 덧붙였다.

그때 그녀의 목소리, 그녀의 미소를 머릿속으로 얼마나 많이 떠올렸는지 모른다. 죽을 때까지 결코 잊지 못할 것이다. 내가 경험한 멋진 것들 중 하나였다.

그 아르바이트에는 몇 가지 특전이 있었다. 매점에 진열된 상품을 점심으로 먹을 수 있고 아이스크림이 무제한이라는 것도 기뻤지만 무엇보다 좋았던 것은 수영이 공짜라는 점이었다. 매점이 오후 5시에 문을 닫으면 그때부터 수영장 폐장 시간인 오후 6시까지는 마음대로 수영할 수 있었다.

나와 요코는 거의 매일 일이 끝난 후 물에 들어갔다. 누가 빨리 헤엄치는지 경쟁도 하고 잡기 놀이 같은 물놀이도 하는 등 초등학생마냥 신나게 까불며 놀았다. 학교 수영복인 흰색과 감색의 줄무늬 원피스 수영복을 입은 그녀의 하얀 피부는 눈이 부셨다.

아마도 그것이 나의 본격적인 첫사랑이었을 것이다. 나는 이 행복이 영원히 계속되기를 빌었다.

불길한 기운은 8월 들어 찾아왔다.

그날은 날씨가 흐린 탓에 평소보다 손님이 적었다. 물론 나는 요코와 얘기할 시간이 많아서 좋았다.

일이 어느 정도 정리되고 그녀와 다시 이야기를 나눌 수 있어 가슴이 뛰기 시작했을 때였다.

"소프트크림 하나."

등 뒤에서 목소리가 들렸다. 땀이 줄줄 흐르는 무더위 속이었는데도 그 소리를 듣는 순간 온몸에 소름이 돋았다.

뒤를 돌아보니 구라모치 오사무가 히죽거리고 있었다. 그는 내가 이 매점에서 아르바이트한다는 사실을 알고 있었던 것 같다.

"어, 구라모치……."

"야아, 좋아 보이는걸."

수영 팬티 차림인 구라모치는 중학교 때보다 훨씬 성숙해 보였고 훤칠한 체격에 근육이 적당히 붙어 있었다.

"여긴 어쩐 일이야?"

내가 묻자 그는 웃긴다는 듯이 입을 크게 벌렸다.

"그건 내가 묻고 싶은 말이야. 너야말로 왜 이런 데서 아이스크림을 파는 거냐?"

"아르바이트하는 거야."

"그걸 모르는 게 아니라 왜 이렇게 효율성 없는 일을 하냐 이
말이야."

"그렇게 나쁘지는 않아."

"그래 보이지 않는데."

그는 매점 안을 휙 둘러봤다.

"그런데 아이스크림 안 줘?"

"아, 미안."

그때 요코는 화장실에 가고 없었다. 나는 콘에 아이스크림을
담으면서 구라모치가 갈 때까지 그녀가 돌아오지 않았으면 좋
겠다고 생각했다. 어쩐지 그녀를 구라모치에게 보여 주고 싶지
않았다. 나중에 생각해 보니 소름 끼치도록 정확한 직감이었다.

그런데 아이스크림을 받아 들고 돈을 낸 뒤에도 구라모치는
돌아갈 생각을 하지 않고 아이스크림을 핥으면서 이런저런 얘
기를 늘어놓았다. 나는 적당히 대답하면서 어서 다른 손님이 오
기를 바랐다. 하지만 그럴 때일수록 아무도 오지 않는 법이다.
점장은 평소처럼 어디선가 농땡이를 부리고 있었다.

예의 붕어빵 사건 이후 나는 구라모치와 한 번도 만난 적이 없
었다. 그래서 그가 어느 학교로 진학했는지조차 몰랐다. 구라모
치는 소프트크림을 한 손에 쥔 채 자신은 일반계 고등학교로 진
학했으며 영어 회화 동아리와 테니스부에 들어갔다고 자랑스럽

게 떠들어 댔다.

"영어 회화는 몰라도 테니스는 돈이 꽤 들지 않나?"

"그렇지도 않아. 라켓은 선배가 쓰던 걸 물려받았고 코트 사용료도 없는 데다 레슨까지 공짜로 받을 수 있으니 오히려 이득이지. 훈련이 빡센 게 흠이지만, 그것도 1년만 참으면 돼. 선배들이 안 볼 때는 적당히 하면 되고. 학교 대표가 되려는 것도 아니니까."

그런가, 하며 나는 한 수 배운 기분이 들었다. 힘든 훈련과 돈드는 것이 싫어서 나는 동아리에 들지 않았다.

그러던 중에 요코가 돌아왔다. 그녀는 우리가 하는 얘기를 들었는지 "친구?" 하고 물었다.

"응, 초등학교 동창이야."

"그렇구나."

요코가 구라모치를 보며 미소를 지었다.

"안녕하세요."

"안녕하세요."

구라모치도 웃는 얼굴로 답하며 "그쪽도 고등학생?" 하고 물었다.

응, 하고 그녀가 고개를 끄덕였다.

"나는 오사무야, 구라모치 오사무. 그쪽은?"

"에지리."

"이름은? 왠지 미요코일 것 같은데……."

구라모치의 농담에 요코가 한층 밝게 웃었다. 그 표정이 나를 초조하게 만들었다.

그녀가 요코라고 대답하자 구라모치는 한자로 어떻게 쓰느냐고 또 물었다. 그때 이미 구라모치에게는 처음 보는 상대와 막힘없이 대화를 나누는 사교성과 임기응변 능력이 있었다.

"일이 몇 시에 끝나지?"

구라모치가 이번에는 내게 물었다.

나는 대답하고 싶지 않았다. 구라모치가 그다음에 무슨 말을 할지 예상할 수 있었기 때문이다. 그래서 머뭇거리고 있자 요코가 "다섯 시." 하고 대답했다.

"그럼 삼십 분 남았네. 나, 가서 옷 갈아입고 올 테니까 퇴근하는 길에 차나 한잔하자."

"아, 그게……"

나는 요코를 보았다. 그녀가 거절해 주기를 내심 바랐다.

그러나 이번에도 내 바람은 이루어지지 않았다.

"난 좋아."

요코가 대답했다. 그렇다면 나도 가지 않을 수 없었다.

"나도 괜찮아. 하지만 구라모치 너, 누구랑 같이 온 거 아니야?"

"아니, 나 혼자야. 그럼 다섯 시에 보자."

구라모치가 한 손을 흔들며 사라졌다.

"재미있는 친구네."

그가 멀어져 가는 모습을 바라보며 요코가 말했다. 그녀는 구라모치에게 호감을 느낀 것 같았다.

"저 녀석은 옛날부터 말을 잘했어."

"혼자 온 걸 보면 수영을 좋아하나 봐."

"그런가……."

나는 고개를 갸웃했다. 초등학생 때의 기억을 떠올려 봤지만 수영을 특별히 좋아한다는 인상은 받은 적이 없었다.

오늘은 수영 못 하겠네, 하고 넌지시 말해 보았다. 구라모치 때문에 즐거운 시간을 방해받는다는 느낌을 주려는 의도였다.

"그 사람 오면 여섯 시까지 셋이서 같이 수영해도 되잖아. 차는 그다음에 마셔도 되고."

"아니, 됐어. 그 녀석도 옷을 또 갈아입고 싶지는 않을 거야."

내가 대답했다. 요코가 수영복을 입은 모습을 구라모치에게 보여 주고 싶지 않았다.

구라모치는 5시 정각에 왔다. 체크무늬 셔츠에 흰색 바지 차림이었다. 셔츠도 바지도 싸구려로 보이지는 않았다.

구라모치에게 이끌려 가까운 번화가로 갔다. 그는 별 망설임 없이 어느 카페로 들어갔다. 아주 익숙한 몸짓이었다. 구라모치가 아메리카노를 주문하기에 나도 같은 걸로 하겠다고 했다. 나는 아메리카노가 무엇인지, 일반 커피와 뭐가 다른지 전혀 몰랐다. 아니, 애초에 커피라는 걸 제대로 마셔 본 적이 없었다. 요코는 크림소다를 주문했다.

카페에서는 구라모치가 대화를 이끌었다. 그의 말솜씨는 중학 시절 이상이었다. 최근에 본 영화 얘기에서 연예인 가십, 패션, 음악에 이르기까지 막힘이 없었다. 나는 그저 맞장구를 치거나 감탄하거나 놀랄 뿐이었다. 그리고 도무지 뭐가 맛있다는 건지 알 수 없는 묽은 커피를 마셨다.

요코는 평소와 달리 말이 많았다. 그녀가 롤링스톤스 팬이라 는 사실을 그때 처음으로 알았다. 그녀가 또래의 다른 소녀들처 럼 패션에 신경을 쓴다는 것도 전에는 몰랐던 사실이었다. 진로 문제로 화제가 옮겨 갔을 때는 한 번도 본 적 없는 심각한 표정 을 짓기도 했다.

구라모치는 말솜씨만 좋은 게 아니라 상대의 속내를 파악하는 재주도 뛰어났다. 자연스럽게 미끼를 뿌리고, 상대가 어떤 먹이 에 반응하는지 순식간에 파악했다. 그 정보를 바탕으로 상대를 치켜세우거나 상대가 하는 얘기에 관심을 보이거나 때로는 일 부러 반론을 펴기도 하면서 한층 대화하기 편한 분위기를 이끌 어 냈다. 그래서 그의 앞에서는 누구나 자신이 말을 잘한다고 느 끼게 되는 것이었다. 모든 것이 그의 손바닥 안에서 그의 계획대 로 움직인다는 사실을 상대방은 전혀 눈치채지 못했다.

카페에서 보낸 두 시간 동안 대화는 대부분 구라모치와 요코 사이에서 오갔다. 나는 그들의 대화를 옆에서 듣고 있었을 뿐 이다.

카페에서 나오자 구라모치는 요코를 바래다주겠다고 했다.

"내가 갈 데가 있는데, 마침 방향이 같으니까 말이지."

손목시계를 보며 구라모치가 말했다. 카페에서 얘기를 나누는
동안 그는 교묘하게 요코의 집 위치를 알아내려 애썼다.

나도 같이 가겠다고 했더라면 좋았을지 모른다. 하지만 그러
지 못했던 것은 우리 집 방향이 그들이 가는 곳과 너무나 동떨어
져 있었기 때문이다. 요코가 거절해 주기를 기대했지만 그녀는
심지어 구라모치의 제안을 환영하는 눈치였다. 역까지 함께 간
후 거기서 두 사람과 헤어졌다. 두 사람이 전철을 기다리는 모습
을 반대편 플랫폼에서 바라보는데 그들은 나 따위는 이미 잊었
다는 듯 즐겁게 대화를 나누었다.

집에 돌아와 보니 관리실 불이 꺼져 있었다. 나는 열쇠로 문을
따고 관리실로 들어가 불을 켜지 않은 채 다시 안쪽 문을 열고
들어갔다. 방 두 개와 부엌이 있는 그곳이 나와 아버지의 거주
공간이었다.

아버지의 한 맺힌 희망이었던 아파트가 완공된 건 약 1년 전
이었다. 채산이 맞을지 어떨지 불투명한 상황에서 아파트 공사
가 시작되었다. 은행에서 돈을 빌렸지만 그것만으론 부족해서
결국 인연을 끊었던 친척들에게 머리를 숙였다. 돈을 빌려준 사
람은 아버지의 사촌 형이었다. 그분도 돈을 빌려주면서 자신의
아내와 친척들에게 비밀로 해 달라고 했다. 또한 돈을 빌려주는
것은 이번이 마지막이라고 못을 박았다.

아버지는 고급스러운 아파트를 짓고 싶어 했지만 예산이 부족해 불가능했다. 교통이 편리한 곳이 아니어서 임대료를 높게 책정할 수도 없었다. 그런저런 사유로 최종적으로는 독신자나 학생들을 대상으로 한 아파트를 짓게 되었다. 1, 2층을 합해 16채 규모였다. 입구에 지어진 관리실이 우리의 새로운 거주지였다.

예상했던 대로 아파트 운영은 쉽지 않았다. 생각했던 것 이상으로 경비가 들어서 좀처럼 이익이 나지 않았다. 입주자가 나서지 않아 빈 채로 남아 있는 집도 3채나 됐다. 달마다 빚과 이자를 갚고 나면 가까스로 먹고살 수 있을 정도의 돈만 남았다. 내가 아르바이트를 한 것은 요코를 만나고 싶어서만은 아니었던 것이다.

그날 아버지는 밤이 늦어서야 돌아왔다. 잔뜩 취한 아버지를 그 무렵 아버지와 친하게 지내던 마에다라는 남자가 질질 끌다시피 해서 데려다주었다. 마에다는 집 근처 파친코 가게에서 일하는 사람이다. 아버지는 그 파친코 가게에 자주 가곤 했는데, 갈 때마다 마에다가 오늘은 어느 기계가 터질 확률이 높은지 귀띔해 주는 것 같았다. 붙임성은 있지만 교활한 면도 있는 것 같아 나는 그 남자를 좋아하지 않았다.

관리실에 들어서자마자 그대로 바닥에 쓰러진 아버지는 도무지 알아들을 수 없는 말들을 내뱉었다. 입가에는 침이 흘렀다.

"도대체 왜 이렇게 술을 많이 마신 거야?"

아버지를 향해 그렇게 말했지만 사실 거기에는 마에다를 향한 항의가 담겨 있었다. 아버지 지갑에 기대는 마에다가 '한잔 더'를 외치며 아버지를 끌고 다녔을 게 틀림없었기 때문이다.

"아니, 나는 그만 집에 가자고 하는데도 다지마 씨가 자꾸 한잔 더 하자고 해서 말이지……."

거짓말일 게 뻔했지만 나는 "번번이 죄송해요."라고 말했다.

"나야 상관없지. 아침 일찍 출근하는 것도 아니니까. 그런데 어쩐지 오늘 다지마 씨가 좀 이상하더라고."

"이상하다니, 뭐가요?"

"응, 그게, 포장마차에서 어묵을 안주 삼아 마실 때까지는 평소와 다름없었어. 그런데 2차를 가는 도중에 갑자기 길가에 딱 멈춰 서더니 어딘가를 뚫어져라 바라보는 거야. 왜 그러냐고 물어도 대답을 안 하더라고. 그때부터야, 다지마 씨가 이상해진 게. 술이 그리 세지도 않으면서 벌컥벌컥 들이켜더니 이렇게 돼버렸지 뭐야."

아버지는 무얼 봤을까. 무엇이 아버지를 이렇게 무너뜨렸을까.

내가 더 물을까 봐 귀찮았는지 마에다는 도망치듯 돌아갔다. 나는 이불장에서 담요를 꺼내 바닥에 누운 아버지 몸에 덮어 줬다. 여름이니 감기는 들지 않겠지 싶었다.

다음 날 아침 눈을 떠 보니 아버지는 이미 일어나서 텔레비전 앞에 앉아 신문을 읽고 있었다. 미간에 주름을 세우고 불쾌한 표정을 짓고 있는 이유는 내가 어젯밤 일을 물어볼까 봐 미리 입을 막으려는 것이다. 나는 아무 말 없이 식빵을 굽고 달걀 프라이를 해서 아침을 먹었다. 언제부터인가 우리 집에는 자신이 먹을 것을 스스로 해결한다는 규칙이 정착되어 있었다. 아버지는 거의 매일 외식이었고, 나는 인스턴트식품을 먹는 일이 많았다. 슈퍼에서 반찬을 사다 먹을 때도 있었다.

식사를 마친 나는 서둘러 집을 나섰다. 숙취가 심할 아버지야 어떻게 되든, 그보다는 요코가 신경 쓰였다.

그녀는 나보다 먼저 출근해 있었다. 앞치마를 두른 채 나를 보고 빙긋 웃는 표정이 어제와 다름없었다.

"그러고 나서 어떻게 됐어?"

내가 조심스럽게 물었다.

"어제?"

"응."

"별일 없었는데. 곧장 돌아갔어. 왜?"

"아니, 그냥."

"구라모치, 재밌더라. 아는 게 굉장히 많았어."

"그런가."

"그런 사람이면 초등학교 때부터 인기 있지 않았어? 반의 리더 같은 느낌으로 말이야."

"그 녀석이? 아니, 별로 눈에 안 띄는 편이었어."

"어머, 그래? 그렇게 보이지 않던데."

요코는 고개를 살짝 갸웃하더니 뭔가 생각난 듯 쿡, 웃었다.

"다지마야말로 엄청 얌전했다고 하던걸. 국어책 읽을 때 목소리가 너무 작아서 번번이 혼났다면서?"

"그 녀석이 그런 얘기까지 했어?"

"뭐, 어때. 어릴 때 일인데."

그녀는 별것 아니라는 듯이 얘기했지만 나로서는 심각한 문제였다. 나는 자신의 어린 시절에 열등감이 있었다. 당시의 모습을 되도록이면 그녀에게 숨기고 싶었다. 할머니가 살해당했다는 소문이 있다는 것도 감추고 싶었고, 다지마 가문의 몰락과 더불어 학교에서 내 처지가 비참해졌다는 사실도 그녀의 귀에 들어가지 않기를 바랐다.

평소처럼 아이스크림과 주스를 팔면서 나는 구라모치가 다시는 오지 않았으면 좋겠다고 생각했다. 그 간절함이 통했는지 5시가 될 때까지 그의 얼굴은 보이지 않았다. 나는 더없이 상쾌한 기분이 되어 요코에게 말했다.

"그럼 오늘도 수영장에서 기다릴게."

그러자 그녀가 두 손을 모으고 난감한 표정을 지었다.

"미안. 오늘은 일찍 돌아가야 해."

"어……, 그래?"

"응. 수영은 다음에 하자."

"그럼 내일 할까? 아 참, 내일은 쉬는 날이니까 모레나 해야겠다."

"그래. 그럼 나 간다."

그녀는 손을 흔들며 매점을 나갔다.

나는 가슴이 두근거리는 한편으로 섭섭함을 느끼며 그녀 뒷모습을 바라봤다. 왠지 그녀라는 존재가 내게서 한 걸음 멀어진 느낌이었다.

그날은 돌아가니 아버지가 관리실에 있었다. 내 얼굴을 보더니 저녁을 시켜 먹자고 했다. 드문 일이었다. 어차피 돈을 주고 먹을 바에는 음식점에 가서 먹는 게 덜 성가시다는 것이 아버지의 평소 지론이었기 때문이다.

식사 중에도 아버지는 어딘가 모르게 평소와 달라 보였다. 보통 때는 관심도 없던 나의 학교생활을 묻더니 정작 내 대답은 귀담아듣지도 않았다. 아들과 대화하는 시늉을 하면서 마음은 딴 곳에 가 있는 것 같았다. 텔레비전에서 프로 야구를 중계하고 있었지만 아버지가 좋아하는 선수가 삼진 아웃을 당해도 평소처럼 탁자를 두드리지 않았다.

아버지는 시간을 신경 쓰고 있는 게 분명했다. 식사 후 몇 번이나 시계를 보더니 시곗바늘이 10시를 가리켰을 무렵 자리에서 일어섰다.

"나 잠깐 나갔다 오마. 늦을 테니 문단속 잘하고 먼저 자거라."

나는 고개를 끄덕였지만 아버지 눈은 아들을 보고 있지 않았다.

아버지는 여름인데도 재킷을 걸치고 나갔다. 나가기 전에 지갑 속을 살펴보고 머리를 매만지기도 했다.

언젠가 비슷한 장면을 보았던 기억이 났다. 초등학교 6학년 때였다. 아버지는 시마코라는 호스티스에게 푹 빠져서 매일 밤 집을 나갔다. 그때와 비슷한 분위기가 아버지에게서 느껴졌다.

또다시 어떤 여자에게 돈을 퍼붓고 있는 것은 아닌지 불안해졌다. 만일 그렇다면 이번에는 어떤 여자일까. 아버지가 여자와 관계를 맺을 때마다 불행이 찾아왔다. 도미 상과 바람을 피운 뒤에는 이혼이, 시마코에게 정신을 빼앗긴 후에는 파산이 기다리고 있었다. 또 다른 재앙이 닥치는 건 참을 수 없었다.

하지만 한편으로 우리에게 구원의 손길을 뻗어 줄 여성이 어딘가에 있지 않을까 하는 막연한 희망도 있었다. 따뜻한 집밥이 그리웠다. 정신적인 안락함도 필요했다. 아버지가 지금은 저렇지만 멋진 여성과 재혼한다면 예전처럼 믿음직스러운 남자로 돌아올지 모른다는 생각도 들었다.

아버지는 새벽 2시가 다 돼서야 돌아왔다. 나는 자는 척하며 아버지의 분위기를 귀로 살폈다. 예상과 달리 취한 것 같지 않았다. 아버지가 식탁에 앉는 기척이 났다.

아버지는 신문을 펼치지도, 라디오를 켜지도 않았다.

나는 조용히 몸을 일으켜 문틈에 눈을 들이댔다. 아버지의 둥그런 등이 이쪽을 향해 있었다. 와이셔츠가 땀에 젖어 러닝셔츠의 실루엣이 드러나 보였다.

식탁 위에는 컵으로 파는 정종이 놓여 있었다. 들어오면서 산 모양이었다.

아버지는 술을 마시며 나지막이 한숨을 쉬었다. 얼굴은 보이지 않았지만 어딘가 한곳을 바라보는 듯했다.

다음 날은 수영장이 쉬는 날이라 고교 야구를 봤다가 만화를 봤다가 하며 하루 종일 집에서 시간을 보냈다. 아버지는 내내 관리실에 멍하니 앉아 있더니 밤이 되자 다시 외출 준비를 했다.

"또 어디 나가시려고요?"

내가 묻자 아버지는 응, 하고 고개를 끄덕였다.

"어디요?"

"볼일이 있다."

그때도 그랬듯이 아버지는 끝까지 내 얼굴을 보지 않았다.

여자가 있다고 확신했다.

10

프로 야구 야간 경기 중계를 보면서도 마음이 불안했다. 자꾸만 시계로 눈길이 갔다. 요미우리 자이언츠가 이기거나 말거나 신경도 안 쓰였다.

10시가 되자 나는 집을 나섰다. 행선지는 집 근처 파친코 가게였다.

파친코 가게는 이미 문을 닫은 후였다. 유리에 눈을 가까이 대고 가게 안을 들여다보니 마에다가 부채질을 하면서 왔다 갔다 하고 있었다. 유리를 두드리자 그가 이쪽을 봤다. 나라는 걸 알고 웬일이냐는 표정을 지으며 문을 열었다.

"이 시간에 무슨 일이냐? 아버지는 오늘 안 왔는데."

"알아요. 아저씨한테 물어볼 게 있어서 왔어요."

"그래? 뭔데?"

"지난번에 아버지가 취해서 오신 날 말이에요. 그날 포장마차에서 나온 다음에 어디 가셨어요?"

"포장마차에서 나온 다음에?"

마에다가 미간에 주름을 세웠다.

"아아, 그때 말이구나. 포장마차 다음에 '루루'라는 술집에 갔어. 말해 줘도 너는 어딘지 모르겠지만 말이다."

"포장마차랑 가까운 곳인가요?"

"뭐, 가깝다면 가깝다고 할 수 있지. 걸어서 10분 남짓?"

"어디 있는지 가르쳐 주세요. 여기에 약도를 그려 주실 수 있나요?"

나는 준비해 온 메모장과 볼펜을 내밀었다.

"왜, 아버지 찾으러 가려고? 그런 거라면 굳이 갈 것 없지. 전화하면 되잖니. 전화번호를 가르쳐 주마."

"아니에요. 전화는 걸고 싶지 않아요."

"그럼 내가 걸어 줄까? 급한 용건이 있다면서 말이다."

"아니, 그렇게 급한 일은 아니에요. 장소만 가르쳐 주시면 제가 알아서 할게요."

"그래, 알았다. 그런데 내가 약도를 잘 못 그리는데……."

잠시 머뭇거리던 마에다가 내가 건넨 메모장에 선과 사각형과 원을 그리기 시작했다. 결코 잘 그린 약도라고 할 수는 없었지만 위치는 대충 알 수 있었다.

"고맙습니다."

"아버지 만나면 말씀드려라. 아저씨가 아들 좀 그만 걱정시키라고 했다고."

나는 생긋 웃었지만 속으로는 '아저씨가 그렇게 만든 거 아닌가요?'라고 반문했다.

약도에 표시된 곳은 집에서 그리 멀지 않은 번화가였다. 얼마 전에 구라모치와 요코와 함께 갔던 카페도 그 번화가에 있었다.

전철을 타고 역에서 내린 후 중심가와 반대 방향으로 걷기 시작했다. 어둑어둑한 인도에 포장마차 하나가 오도카니 서 있었다. 그곳이 아버지가 지난번에 갔다던 포장마차인 듯했다. 가까이 가니 안에서 맛있는 냄새가 흘러나왔다.

다섯 명 정도 걸터앉을 수 있을 듯한 긴 의자에 손님 세 명이 앉아 있었다. 위쪽에 포렴이 드리워져 있어 손님들의 얼굴은 보이지 않았지만 아버지로 짐작되는 뒷모습은 없었다.

나는 약도를 보며 다시 걷기 시작했다. '루루'라는 술집을 향해 가기는 했지만 그곳이 목적지는 아니었다.

아버지가 몹시 취해서 온 날, 마에다가 말했다.

"포장마차에서 어묵을 안주 삼아 마실 때까지는 평소와 다름없었어. 그런데 2차를 가는 도중에 갑자기 길가에 딱 멈춰 서더니 어딘가를 뚫어져라 바라보는 거야."

마에다에 따르면 그때부터 아버지가 이상해졌다는 것이다. 나는 아버지의 행선지가 '루루'가 아닌 그 도중의 어디쯤일 것이라고 생각했다.

포장마차에서 루루에 이르는 길은 여러 개가 있었다. 나는 그 길들을 죽 훑고 돌아다녔다. 도처에 크고 작은 술집이 있었다. 그래 가지고는 그중 아버지가 어디 있는지 알아내기란 도저히 불가능해 보였다.

포기하고 전철역을 향해 걸음을 옮기기 시작했을 때였다. 별 생각 없이 길 건너편을 바라보다가 자판기에서 누군가 담배를 사는 것을 보고 나도 모르게 걸음을 멈췄다. 아버지가 틀림없었다. 나는 재빨리 옆에 있는 경트럭 뒤로 숨었다. 아버지는 나를 보지 못한 것 같았다.

담배를 뽑아 든 아버지는 옆에 있는 건물로 들어갔다. 1층은 꽃집인데 문이 닫혀 있었고, 아버지는 계단을 올라간 듯했다. 2층은 찻집이었다.

어떻게 할까 망설이며 찻집을 올려다보는데 그 유리창 안쪽에 아버지 얼굴이 나타났다. 나는 또 움찔하며 고개를 숙였다.

하지만 아버지의 시선은 내 쪽이 아니라 찻집 건너편에 있는 한 건물에 닿아 있었다. 그 건물에는 술집 간판이 여러 개 걸려 있었다.

아버지는 누군가를 기다리는 것 같았다. 그리고 그 누군가란 건물에 나란히 간판이 걸린 술집 중 한 곳에 있는 사람이 틀림없었다.

잠시 후 문제의 건물에서 사람들이 나왔다. 아버지가 얼굴을 창에 바짝 갖다 댔다.

건물에서 나온 사람들은 화려한 정장 차림의 여자 셋과 회사원으로 보이는 남자 둘이었다. 여자들은 호스티스일 것이 분명했다.

당신이 찾는 상대가 아닌지 아버지는 그들의 모습을 확인한 후 원래의 위치로 돌아갔다. 아버지 얼굴이 이내 희뿌연 담배 연기로 뒤덮였다.

다섯 남녀는 건물 앞에 서서 한동안 시시덕거렸다. 그러다가 남자들이 걸음을 옮기자 호스티스들은 그 뒷모습을 잠시 지켜보다가 건물 안으로 사라졌다.

얼마 지나지 않아 그 건물에서 또 사람들이 나왔다. 이번에는 손님 한 명에 여자가 둘이었다. 조금 전에 나왔던 여자들은 아니었다.

아버지는 아까와 마찬가지로 유리창에 얼굴을 붙이다시피 하고 그들을 내려다봤다. 그리고 다음 순간 얼어붙은 듯 움직임을 멈췄다. 아버지의 안색이 달라지는 것이 멀리서도 느껴졌다.

나도 다시 시선을 두 명의 호스티스에게 옮겼다. 그리고 마른침을 꿀떡 삼켰다.

둘 중 옅은 푸른색 드레스를 입은 여자는 바로 시마코였다. 전에 봤을 때보다 좀 더 말랐는지 원래도 얼굴이 작았는데 턱이 더 뾰족해 보였다.

이런 곳에서 일하고 있었다니.

마에다와 술을 마시러 갔던 날 밤 아버지는 우연히 시마코를 봤던 것이다. 그리고 괴로운 기억이 떠올라 인사불성이 되도록 술을 마셨을 것이다.

혹시 아버지가 찻집에서 뛰쳐나오지나 않을까 걱정됐다. 그러나 아버지는 유리창 안에서 그녀를 내려다볼 뿐이었다. 시마코는 자신이 불행에 빠뜨린 부자가 설마 그렇게 가까운 곳에서 자신을 지켜보고 있을 줄은 꿈에도 모른 채 손님을 배웅하고 나서 다른 호스티스와 담소하며 건물로 들어갔다.

아버지가 자세를 고쳐 앉는 모습이 보였다. 하지만 자리에서 일어설 기미는 없었다.

20분 정도 기다렸지만 시마코는 다시 나오지 않았다. 머지않아 전철이 끊길 시각이기도 했고, 더 있다가는 사람들이 나를 수상하게 여길 것 같았다. 오늘은 일단 포기하기로 하고 그 자리를 떴다.

새벽 1시가 조금 지나서 들어온 아버지는 얼굴이 몹시 초췌해 보였다. 여태 찻집에서 지켜봤다면 피곤할 만도 하겠다고 나는 생각했다.

"아직 안 잤냐? 내일 아르바이트 있다면서. 어서 자거라."

내 얼굴을 보며 아버지가 말했다. 켕기는 구석이 있어선지 말투가 불퉁스러웠다.

"요즘 많이 늦으시네요."

"아아, 조합 문제로 사람 만날 일이 많아서 그렇다."

아버지는 탁자 앞에 앉아 들고 들어온 스포츠 신문을 펼쳤다. 찻집에서 기다릴 때 시간을 때우려고 샀을 것이다.

이불을 덮고 눈을 감았지만 이런저런 생각에 잠이 오지 않아 뒤척이고 있는데 방문이 열리는 소리가 들려 눈을 떴다.

"아직 안 자는구나."

아버지가 선 채로 말했다.

"네. 왜요?"

"아, 너, 조각칼 있지?"

"조각칼요? 초등학교 때 쓰던 게 있을 거예요."

"그거면 된다. 좀 빌려주겠니?"

"네, 지금 말인가요?"

그래, 하며 아버지는 고개를 끄덕였다. 뭔가 굳게 결심한 표정이었다.

나는 이불에서 기어 나와 책상 맨 아래 서랍을 열었다. 조각칼 다섯 자루와 숫돌이 함께 든 세트가 그 서랍에 있었다. 마지막으로 사용한 것은 저주의 편지로 인해 23통의 '살(殺)' 엽서를 받았을 때였다. 집 근처의 신사 기둥에 이걸로 23이라는 숫자를 새겼었다.

"조각칼은 뭐 하시게요?"

"응, 별일 아니다. 귀찮게 해서 미안하구나."

아버지는 조각칼 세트를 들고 방을 나갔다.

다시 이불 속에 들어가 눈을 감았지만 깊이 잠들지 못하고 걸핏하면 눈이 뜨였다. 그때마다 이상한 소리가 들렸다. 슥슥, 뭔가를 가는 소리였다. 대체 아버지는 뭘 하는 걸까. 깰 때마다 그런 생각을 하다가 도로 잠이 들었다.

다음 날 내가 아침을 먹을 때까지도 아버지는 일어나지 않았다. 상당히 늦게 잠자리에 든 듯했다.

조각칼 세트는 텔레비전 옆에 놓여 있었다. 뚜껑을 열어 보니 조각칼은 다섯 자루 모두 날이 녹슨 채였다. 이 상태로는 사용할 수 없었을 텐데, 생각하며 함께 들어 있는 숫돌을 살펴보았다. 사용한 흔적이 역력했다. 나는 여태까지 그 숫돌에 조각칼을 간 적이 한 번도 없으니 어젯밤 아버지가 사용했음이 분명했다.

밤중에 들리던 소리가 떠올랐다. 분명 칼 같은 것을 가는 소리였다. 그렇다면 아버지에게 필요했던 것은 조각칼이 아니라 숫돌이었다는 얘기다.

나는 부엌으로 가서 싱크대 아래쪽 문을 열었다. 문 안쪽에 칼을 꽂는 자리가 있다. 뭘 해 먹는 일이 거의 없는 우리 집에는 칼이라고는 식칼 한 자루밖에 없었다. 그 식칼의 손잡이가 젖어 있는 것을 보고 나는 얼른 칼을 빼 들었다. 오랫동안 사용한 일이 없으니 칼날이 녹슬어 있어야 마땅한데 칼끝이 은색으로 반짝반짝 빛났다. 아버지가 밤새 간 것이 분명했다.

요리할 일도 없는 아버지가 뭐 하러 아들의 조각칼용 숫돌까지 빌려 가면서 칼을 갈았을까.

　아침부터 무더운 날이었지만 그런 생각을 하자 온몸에 소름이 돋았다.

　아버지는 시마코를 죽일 작정이라고 나는 확신했다.

　아버지를 말릴 생각은 눈곱만큼도 없었다. 시마코 때문에 추락한 우리의 지난날을 생각하면 그 여자를 죽이고 싶은 것도 당연했다.

　그보다 나는 다른 것에 관심이 있었다. 아버지가 과연 어떤 방법으로 그 여자를 죽일까 하는 것이었다. 죽인 다음엔 어떻게 할 것인가, 죽이겠다는 결의는 얼마나 강렬한가, 그런 것들도 궁금했다.

　찻집에서 시마코를 바라보던 아버지의 모습이 언젠가 구라모치네 가게 근처에서 그를 기다리던 내 모습과 겹쳐졌다. 그때 나는 구라모치를 독살하는 데 실패했다. 실제로는 스스로 살인을 회피한 것이었지만 나중에 생각해 보니 그것 역시 실패는 실패였다. 그토록 굳게 결심했건만 그의 거짓인지 진실인지 모를 말에 넘어가 마음이 누그러지고 말았다. 나의 살의라는 것이 결국 그 정도밖에 안 되었던 것이다.

　좀 지나친 표현일지 모르겠지만 나는 아버지가 시범을 보여 주길 바랐다. 할머니가 돌아가셨을 때 엄마가 음식에 독을 넣었

176

다는 소문이 돌았는데, 그때도 만일 그것이 사실이라면 어떤 심정으로 그 일을 저질렀는지 묻고 싶었다.

식칼을 갈아 두었다면 그걸 흉기로 사용할 작정일까. 하지만 만일 그렇다면 뭔가 좀 부족하지 않나 싶었다. 식칼로 찌르는 행위는 충동적이고 계획성이 없어 보인다. 나는 모쪼록 아버지가 냉철한 실행자이기를 바랐다. 가슴 깊이 살의를 불태우며 치밀하게 계획해 대담하게 결행하길 바랐다. 그러기에는 독살이 안성맞춤이었다. 나는 서랍 안에 승홍 병이 있다는 사실을 아버지에게 알려 주고 싶은 심정이었다.

그날 이후 아버지는 밤에 외출하는 일이 거의 없었다. 대신 언제나 골똘히 생각에 잠긴 모습이었다. 살인 계획을 세우고 있다고 나는 해석했다.

아르바이트를 하면서도 일이 손에 잡히지 않았다. 이러고 있는 새에 아버지가 시마코를 죽이러 가지나 않을까 걱정돼서였다. 아버지가 그녀를 죽이는 장면을 내 눈으로 직접 보고 싶었다.

물론 하루 종일 그 생각만 한 것은 아니다. 내게는 또 하나의 심각한 고민거리가 있었다.

에지리 요코에게 무슨 일이 있는 것이 분명했다. 좋은 일인지 나쁜 일인지는 모르지만 그녀의 심경에 변화를 일으킬 만한 사건이 일어난 건 틀림없었다. 내면의 변화는 겉으로도 드러나는 법이다. 그녀는 나날이 변해 갔고, 내가 좋아하던 소녀 같은 순진함이 어느 순간 사라졌다. 천진난만하게 미소 짓는 얼굴이 매력 포인트였는데 최근에는 근심에 잠긴 표정을 보일 때가 많아졌다. 여태까지 보여 준 적 없는 그런 표정이 어른스러운 매력을 풍기기도 했다.

"요코, 요즘 좀 이상해. 무슨 일 있어?"

손님이 뜸할 때 용기를 내어 물어봤다.

"아니, 별일 없는데."

그녀가 미소 띤 얼굴로 대답했다. 하지만 그럴 때도 표정이 어딘가 모르게 전과는 달라 보였다.

"그럼 다행이지만. 혹시 무슨 고민이 있는 거 아닐까 싶었거든. 멍하니 생각에 잠겨 있을 때가 많아서 말이지."

"아니야, 그런 거 없어."

그녀는 손을 내저었다.

"어쨌든 걱정해 줘서 고마워."

"아무 일 없다니 다행이야. 그런데 오늘도 안 돼?"

"안 되나니, 뭐가?"

"수영 말이야. 일 끝나고 혹시 시간 되면 같이 수영하지 않을래?"

"아아……."

그녀의 얼굴이 어색하게 굳어졌다.

"미안. 일이 있어."

"그래? 그럼 됐어."

웃어 보일 생각이었지만 분명 실망하는 표정을 지었을 것이다.

아르바이트가 끝난 후 함께 수영하는 즐거움을 더는 기대할 수 없게 되었다. 요코는 일을 마치면 무언가에 쫓기기라도 하듯 허둥지둥 사라졌다.

그게 언제부터인지 나는 확실하게 알고 있었다. 구라모치와 만난 날 이후였다. 그때부터 그녀가 변했다.

하지만 두 사람 사이에 무슨 일이 있다고는 생각하고 싶지 않았다. 좋아하는 여자를 빼앗기고 싶지 않다는 마음뿐 아니라 순수한 것이 더럽혀지지 않기를 바라는 마음도 내게는 있었다.

"그럼 이번 수요일은 어때?"

다시 한 번 요코에게 물었다.

"수요일?"

"응. 같이 아르바이트할 날도 얼마 안 남았고, 그날이 마지막 쉬는 날이잖아. 괜찮으면 같이 영화 보러 갈래?"

요코에게 데이트 신청을 한 건 그때가 처음이자 마지막이었다. 좀 더 빨리 했더라면 하고 나중에 얼마나 후회했는지 모른다.

그러나 그녀는 미안하다는 듯이 양손을 모으고 대답했다.

"어쩌지. 수요일에도 약속이 있어. 나도 다지마랑 한 번쯤은 데이트해 보고 싶었는데……."

"아아, 그렇구나. 그럼…… 응, 그래. 알았어. 이제 요코를 볼 날도 닷새밖에 안 남았네."

"벌써 그렇게 됐나? 시간이 눈 깜짝할 새에 지나갔구나."

그녀가 손가락으로 날짜를 꼽으며 말했다.

수영장 아르바이트는 추석 연휴가 끝날 때까지만 하기로 되어 있었다.

수요일에 나는 가까운 백화점에 갔다. 데이트가 어렵다면 그녀에게 선물이라도 주고 싶었다.

하지만 여자를 사귀어 본 적이 없어서 막상 고르려니 뭘 사야 할지 감이 잡히지 않았다. 액세서리 코너와 여성용 소품 매장을 몇 번이나 왔다 갔다 한 끝에 결국 별로 인상적이지도 않은 손수건 한 장을 샀다. 좀 더 좋은 선물을 하고 싶었지만 하나같이 비싼 것들뿐이어서 선택의 여지가 없었다.

아르바이트가 끝나기 전날, 아침부터 내 머릿속은 온통 선물을 언제 건넬 것인가 하는 생각뿐이었다.

"오늘도 약속 있어?"

일하던 도중에 불쑥 물어봤다.

"응. 요즘 좀 바빠서……."

"힘들겠다."

"뭐, 그렇지도 않아."

그녀의 말투에 어딘가 모호한 구석이 있었다. 숨기는 것이 있는 느낌이었다.

오후 5시가 되자 마침내 여름 아르바이트가 끝났다. 아르바이트비를 받은 나는 요코와 함께 수영장을 나와 역으로 향했다.

"저 말이지, 10분이면 되니까 시간 좀 내줄래?"

내 말에 그녀는 당황한 표정으로 나를 빤히 바라보았다.

"줄 것이 있어서 그래."

그러자 요코가 눈을 감으며 손으로 머리카락을 쓸어 넘겼다.

"미안해. 시간이 별로 없어."

"그래……."

걸으면서 나는 주머니에 손을 넣었다. 그리고 조그만 종이봉투를 꺼내 "저, 이거." 하고 요코에게 내밀었다. 그녀가 걸음을 멈췄다.

"이게 뭐야?"

"선물이야. 좀 더 멋진 걸 사 주고 싶었는데 뭘 사야 좋을지 떠오르질 않아서 말이야."

그녀는 봉투에서 손수건을 꺼냈다. 그리고 환하게 미소 지었다.

"와아, 예쁘다. 정말 받아도 돼?"

"물론이지. 요코 주려고 산 건데."

"하지만 나는 아무것도 준비하지 못했는걸."

"괜찮아. 내 맘대로 한 일인데, 뭐. 대신 요코 전화번호 좀 알려 주면 안 될까? 다시 만나고 싶은데."

그 말에 요코는 손수건을 쥔 채 고개를 숙이더니 입을 다물었다. 주저하는 눈치였다.

"왜?"

"저……, 전화번호를 가르쳐 주는 건 상관없는데."

그녀가 고개를 들고 나를 올려다봤다.

"있잖아, 나 사귀는 사람 있어. 그러니까 전화해도 아마 못 만날 거야."

"아……."

나는 할 말을 잃고 말았다. 예상을 못한 건 아니지만 그토록 딱 부러지게 말할 줄은 몰랐던 것이다.

"나는, 그러니까……, 그냥 친구로 만나도 되는데."

"미안해, 그럴 주변머리가 없어서."

그녀는 손수건을 봉투에 도로 넣어 내게 내밀었다.

"이거, 받을 수 없어. 마음만 받을게."

"아니야, 그럴 거 없어. 받아 줘."

"하지만……."

"정말 괜찮아. 그리고 내가 그런 꽃무늬 손수건을 쓰기는 좀 그렇잖아."

"하긴……. 그럼 기념으로 받을게."

그녀가 자신의 손가방에 봉투를 넣었다.

아무렇지도 않은 듯 다시 걷기 시작했지만 내 마음은 한없이 가라앉아 있었다. 너무도 허망한 첫사랑의 종말이었다.

"하나만 물어봐도 될까?"

역 개찰구를 지나면서 내가 물었다.

"요코가 사귄다는 상대, 혹시 나도 아는 사람이야?"

요코는 낭패한 표정을 지었지만 놀란 기색은 없었다. 내가 눈치를 챘다는 건 그녀도 알았을 것이다.

그녀가 입을 꼭 다문 채 고개를 끄덕였다.

"그렇구나, 역시."

나는 한숨을 내쉬었다.

"그럼 오늘도 그 친구랑?"

"응."

"그래……"

더 물을 필요가 없었다. 그래 봐야 그녀를 괴롭힐 뿐이었다.

승강장으로 올라가는 계단 아래서 우리는 멈춰 섰다. 나와 그녀는 가는 방향이 반대였다.

"그럼 잘 지내."

내 인사에 그녀는 "응." 하며 고개를 끄덕하고 나서 계단을 올라갔다. 때마침 전철이 들어왔다. 내가 건너편 승강장에 도착했을 때 그녀의 모습은 보이지 않았다.

밥집에 들러 저녁을 먹은 후 집에 들어갔다. 아버지는 슈퍼에서 사 온 닭 꼬치를 안주 삼아 맥주를 마시고 있었다. 이미 큰 병 3개가 비어 있었다.

나는 부엌으로 들어가 유리잔을 가져왔다. 그리고 아버지 앞에 앉아 "한잔해도 돼요?" 라고 물었다.

아버지가 흠칫하더니 눈을 부라렸다.

"뭐야? 고등학생 주제에. 까불지 마."

제 앞가림도 제대로 못하는 아버지에게 그따위 얘기를 들어야 하나 싶었지만 나는 대꾸하지 않고 텔레비전으로 눈을 돌렸다.

야구 야간 경기가 중계되고 있었다.

잠시 텔레비전을 보고 있는데 맥주를 따르는 소리가 들렸다. 돌아보니 아버지가 내 잔에 맥주를 따르고 있었다. 나는 고맙습니다, 하고 맥주를 마셨다. 차가운 기운과 적당한 쓴맛이 입안에 퍼졌다. 물론 맥주를 마시는 게 처음은 아니었다.

"무슨 안 좋은 일이라도 있었니?"

아버지가 물었다.

"아니요. 아버지야말로 무슨 일 있었어요?"

"아니다. 그냥 좀 마시고 싶어서……."

"저도요."

지금 생각하면 실로 우스꽝스러운 광경이다. 아버지와 아들이 각자 자신을 떠나간 여인을 못 잊어 술을 마셨으니 말이다.

취기가 오른 나는 그대로 잠이 들었다. 정신이 든 건 무슨 소리가 들렸기 때문이다. 그것이 현관문 닫는 소리라는 사실을 깨달은 건 눈을 뜨고도 시간이 좀 흐른 후였다. 자정이 넘은 시각이었다.

아버지가 보이지 않았다. 나는 벌떡 일어나 부엌으로 달려갔다. 싱크대 아래쪽 문을 열어 보니 있어야 할 자리에 식칼이 없었다.

심장이 빠르게 고동치기 시작했다. 온몸이 뜨거워지고 겨드랑이에 식은땀이 흐르면서 몸 전체가 떨려 왔다.

서둘러 옷을 갈아입고 집을 나섰다. 주머니에는 그날 받은 아르바이트비가 들어 있었다. 큰길로 나온 나는 택시를 잡아탔다. 혼자 택시를 탄 건 그때가 처음이었다. 행선지를 말하자 택시 기사가 의아하다는 표정을 지었다. 한밤중에 고등학생이 갈 만한 장소가 아니었기 때문일 것이다. 그래도 다행히 승차 거부는 하지 않았다.

역 앞에서 내려 그날 밤과 같은 길을 걸었다. 예의 포장마차도 나와 있었다. 그날 밤 갔던 심야 영업 찻집 건너편에 서서 찻집을 올려다보았다. 아니나 다를까, 창 안쪽에 아버지 모습이 비쳤다. 아버지는 그날과 마찬가지로 맞은편 건물 입구를 지그시 노려보고 있었다. 그런 채로 돌처럼 움직이지 않았다.

그때 차 한 대가 다가오더니 하필이면 내가 서 있는 곳 앞에 와서 주차했다. 나는 길을 건너 좁은 골목에 몸을 숨겼다. 오줌과 토사물의 불쾌한 냄새가 풍겼다.

건물 입구에서 이따금 사람들이 무리를 지어 나왔다. 시마코의 모습은 보이지 않았다.

그렇게 30분쯤 흘렀을까. 마침내 시마코가 안에서 나왔다. 이번에는 혼자였고, 수수한 원피스 차림이었다. 귀가하는 길인 듯했다.

건너편 보도로 걸어가는 그녀의 모습을 보며 어떻게 할까 생각하고 있는데 누군가 급하게 골목 앞을 가로질러 갔다.

고개를 내밀어 보니 아버지가 시마코의 뒤를 쫓아가고 있었다.

11

살짝 굽은 아버지의 등에서는 뭐라 설명하기 힘든 필사의 기운이 뿜어져 나오고 있었다. 나는 아버지가 시마코를 쫓아가 죽일 작정이라는 걸 확신했다.

침을 삼키려 했으나 입안이 바짝 말라 있었다. 혀의 끈끈한 감촉을 느끼며 골목을 빠져나와 아버지를 뒤쫓았다.

시마코는 우리가 쫓아오는 것도 모르는 채 역 방향으로 걸어갔다. 전철이 이미 끊겼을 시각이니 택시를 탈 작정인 것이다. 그리고 아버지는 그녀가 어디서 택시를 잡는지 익히 알 것이다.

아버지의 걸음이 빨라졌다. 나도 두 사람이 눈치채지 못하도록 조심하며 걷는 속도를 올렸다.

아버지가 어떤 식으로 그녀를 죽일지 생각해 봤다. 아무리 새벽이라도 역 앞에는 사람들이 있을 테니 느닷없이 식칼을 치켜들고 달려들면 대소동이 벌어질 게 틀림없었다.

목격자가 있건 말건 개의치 않고 범행을 저지를 작정일까. 물론 그녀를 찌른 뒤에는 도망치겠지만, 도주용 차량도 준비되지 않은 상황에서 무사히 도망치기는 힘들 것이다. 그녀만 죽일 수 있다면 다른 것은 아무래도 상관없다는 것일까.

걸으면서 나는 살인범의 자식이 된 자신을 상상해 봤다. 몸이 떨릴 정도로 무섭기는 했지만 동시에 마음 한구석에는 기대감 비슷한 것도 있었다. 살인범의 아들, 그 말에서 보이지 않는 어떤 힘이 느껴졌다. 그런 힘을 갖게 될지도 모르겠다는 기대가 스멀스멀 피어올랐다.

살인범의 아들이라는 사실을 남들이 알게 된다면…….

아무도 나를 무시하지 못할 것이다. 아니, 무시하기는커녕 모두가 두려워할 것이다. 저 녀석을 화나게 하지 마, 무서운 녀석이야, 무슨 짓을 할지 모른단 말이야, 살인범의 피가 흐르고 있잖아. 그렇게 모두가 겁에 질린 눈으로 나를 바라보는 장면을 상상하는 것도 나쁘지 않았다.

시마코가 걸음을 멈춘 곳은 역에서 몇십 미터 정도 떨어진 어느 건물 앞이었다. 그녀는 큰길을 향해 서서 택시를 기다렸다.

아버지가 건물 벽에 바짝 붙은 채 그녀 쪽으로 다가갔다. 시마코는 도로를 향해 있어 아버지가 다가오는 것을 알아차리지 못했다. 나는 심장이 격렬히 고동치는 것을 느꼈다. 손에 땀이 흘렀다.

시마코와 어느 정도 거리가 가까워지자 아버지는 일단 걸음을 멈추고 주위를 살폈다. 나는 옆에 있던 음료수 자판기에 몸을 숨겼다. 나와 아버지의 거리는 20미터 정도였다.

아버지가 웃옷 안주머니에 손을 넣으며 천천히 시마코에게 다가갔다. 나는 그대로 그녀의 등을 힘차게 찌르는 아버지의 모습을 상상했다.

하지만 내 상상과 달리 아버지는 시마코 뒤에 바짝 달라붙듯이 서 있기만 했다.

그때 하얀색 택시가 다가왔다.

그녀가 택시를 부르려고 손을 들어 올리다가 멈칫했다. 아버지가 그녀의 귀에 대고 뭔가 속삭인 듯했다.

택시가 그냥 지나쳐 가고 나서도 두 사람은 한동안 움직이지 않았다. 남들이 보기에는 그저 손님이 호스티스에게 말을 거는 것처럼 보일 것이다. 한번 어떻게 해 보려고 치근덕거리는 손님과, 귀찮지만 단골손님이라 딱 잘라 거절하지 못하는 호스티스. 딱 그 짝이었다.

이윽고 두 사람이 움직이기 시작했다. 그런데 아무래도 그 움직임이 부자연스러웠다. 가만 보니 시마코의 등에 두른 아버지의 손에 식칼이 쥐어 있었다.

떨어져서 보기에도 시마코의 몸이 경직되어 있는 것을 쉽게 알 수 있었다. 얼굴도 새파랗게 질려 있을 것이다. 아버지 역시 심상치 않은 표정일 것이 분명했다. 시마코는 앞만 보고 있었고 아버지도 주위를 살피거나 뒤를 돌아볼 여유는 없어 보였다.

두 사람이 앞에 있는 건물 모퉁이를 돌았다. 뒤쫓아 가 보니 좁고 어두운 길이 나타났다. 가로등도 없고 네온 불빛도 비치지 않는 곳이었다.

나는 모퉁이에 멈춰 서서 얼굴만 내밀고 두 사람의 행동을 지켜봤다. 두 사람이 다시 골목 같은 곳으로 들어가는 걸 보고 빠른 걸음으로 뒤쫓아 갔다.

골목에 가까이 갔을 때 그녀가 작게 비명을 질렀다. 서둘러 골목으로 다가가서 상황을 살폈다. 아버지가 내 쪽으로 등을 돌린 채 서 있고 그 맞은편 땅바닥에 시마코가 주저앉아 있었다. 아버지가 밀쳐 넘어뜨린 모양인지 원피스 자락이 흐트러져 있었다.

"너 때문에 내가 무슨 일을 당했는지 알아?"

아버지의 격앙된 목소리가 골목에 메아리쳤다. 등이 위아래로 심하게 요동치고 있었다.

"몰랐어요. 그 녀석이 제멋대로 그런 거예요. 저는 정말 몰랐어요."

그 녀석이란 아버지 머리를 내리쳤던 그녀의 애인일 것이다.

"너, 그 녀석에 대해서 내게 얘기한 적 없잖아. 남자가 있다고 한 번도 얘기하지 않았어!"

아버지가 고함치고 나서 숨을 가쁘게 몰아쉬었다.

"그런 얘기를 어떻게 하겠어요. 저는 호스티스잖아요. 애인이 있다는 말을 손님한테 할 수는 없어요."

"넌 처음부터 날 속일 작정이었어."

그러자 시마코가 증오심 가득한 눈으로 아버지를 올려다봤다. 호스티스가 손님을 좀 속였기로서니 뭐가 그리 나쁜가요, 라고 항변하는 듯한 표정이었다. 하지만 다음 순간 그녀의 눈에서 스르르 힘이 빠졌다. 아버지가 식칼을 들고 있다는 사실을 의식한 듯했다.

"미안해요. 하지만 속일 생각은 아니었어요."

"거짓말하지 마!"

"정말이에요. 그래서 어떻게든 그 남자랑 헤어지려고 발버둥 쳤어요. 더는 당신을 속이고 싶지도 않았고, 그 녀석이 당신의 존재를 알면 무슨 짓을 할까 두려웠거든요. 하지만 늦고 말았죠. 당신에게는 정말 미안하게 됐어요. 거짓말이 아니에요. 제발 부탁이니 믿어 주세요."

그녀가 애원조로 말했다.

'저런 인간한테 속으면 안 돼!'라고 나는 마음속으로 외쳤다. 죽여 버려야 해. 우리가 이렇게 밑바닥으로 떨어진 게 다 저 여자 때문이잖아. 그걸 잊으면 안 돼.

아버지에게 내 마음속 외침이 전해지길 간절히 바랐다.

"그럼 왜 도망갔지?"

아버지가 물었다.

"무서웠어요. 당신이 화를 낼 것 같아서요. 아무리 설명해도 믿어 주지 않을 거라고 생각했어요. 그리고 당신을 볼 면목도 없었고요. 너무나 미안해서……. 사실은 만나서 다 털어놓고 싶었어요. 당신을 배신할 생각은 추호도 없었다고 말하고 싶었어요. 정말이에요."

시마코의 말에서는 진실의 부스러기조차 느껴지지 않았다. 하지만 문제는 그 말이 아버지 귀에 어떻게 들릴까 하는 것이었다. 아버지 얼굴이 보이지 않아 불안했다.

"나는, 나는 말이지, 후유증 때문에 의사 노릇도 그만뒀어. 집도 내놓아야 했고, 친척들과도 연이 끊겼어. 이제 내겐 남은 게 아무것도 없어."

"정말 미안하게 생각해요. 사과해 봐야 소용없겠지만, 제가 할 수 있는 일이 사과뿐이네요. 하지만 알아주세요. 저도 그 녀석을 증오해요. 당신을 그런 지경에 빠뜨린 그 녀석을 마음 깊이 증오해요. 복수하려고 몇 번이나 마음먹었지만 여자 혼자 힘으로는 아무것도 할 수 없었어요. 너무 분해서 잠을 못 이룰 정도였어요."

시마코는 모든 책임을 교묘하게 애인에게 뒤집어씌우고 있었다. 더 나아가 자신도 피해자라고 주장했다.

"아직도 그 녀석을 만나나?"

아버지의 말투에 미묘한 변화가 있다는 걸 느끼고 나는 초조해졌다. 아버지의 분노가 가라앉고 있었다.

"그럴 리 있겠어요. 그 녀석이 교도소에서 나왔는지 어쨌는지도 나는 몰라요. 그 녀석에게 원한이 있는 건 사실이지만 그래도 두 번 다시 마주치고 싶지 않아요. 처음에는 당신이 무서워서 도망쳤지만 이제는 그 녀석 눈에 뜨이고 싶지 않다는 마음이 훨씬 커요."

말 같지도 않은 소리를 잘도 늘어놓는군, 하고 나는 생각했다. 모든 걸 그 남자 탓으로 돌리는 게 상책이라고 판단한 듯했다.

아버지는 아무 말이 없었다. 표정은 볼 수 없지만, 좀 전에 비해 등이 작아진 것처럼 보였다.

그런 아버지를 올려보던 시마코의 표정에도 변화가 있었다.

두려움이 사라지고 여유를 되찾은 듯했다. 그녀는 흐트러진 옷매무새를 가다듬고 그 자리에 무릎을 꿇었다.

"이런 말 아무리 해 봐야 무슨 소용이겠어요. 당신이 나를 용서해 줄 리 없죠. 당신, 나를 죽일 작정이었죠? 그래서 칼까지 준비해 온 거 아니에요? 그걸로 나를 찌르면 분이 풀리겠어요?"

아버지는 식칼을 쥐고 있는 당신의 손을 내려다봤다. 그 손에는 한밤중에 아들의 조각칼과 세트인 숫돌에 날을 갈아 둔 식칼이 들려 있었다.

"그걸로 분이 풀린다면,"

시마코는 가슴을 젖히고 심호흡을 했다.

"찌르세요. 나는 당신에게 아무것도 해 줄 수 없으니 하다못해 분풀이라도 하세요."

그녀가 두 손을 가슴 앞에 모으고 눈을 감았다.

아버지는 움직이지 않고 그대로 서 있었다. 동요하는 게 분명했다. 자신이 썼던 시나리오와는 전혀 다른 방향으로 상황이 전개되고 있는 것이다. 시마코가 대든다면 그걸로 분노를 증폭시킬 수 있으리라고 생각했는지도 모른다.

아버지의 왼손이 힘없이 늘어졌다. 쥐고 있던 식칼이 바닥에 툭 떨어졌다.

"당신을 찌르고 싶은 건 아니야."

아버지가 낮은 소리로 말했다.

"찌르세요."

아버지는 고개를 저었다.

"그럴 수 없어."

시마코가 다시 한 번 숨을 깊이 들이마셨다. 일생일대의 연극이 무사히 끝난 데 대한 안도의 한숨일 것이다. 그런 사실을 아버지가 알아챘을 리 없었다.

그녀가 천천히 일어서며 원피스에 묻은 흙을 손으로 털어 냈다.

"나, 멀리 떠날 거예요."

시마코의 말에 아버지가 고개를 획 들었다.

"떠난다고, 왜?"

"왜냐면,"

그녀가 핸드백을 움켜잡았다.

"당신을 볼 면목이 없으니까요. 내가 이곳에 있다고 생각하면 불쾌할 거 아니에요. 당장 내일이라도 사라지겠어요."

그리고 그녀는 아버지를 스쳐 지나 내가 있는 쪽으로 걸음을 옮겼다. 나는 내밀었던 고개를 급히 움츠렸다.

"잠깐 기다려."

아버지의 목소리가 들렸다.

"당신을 내내 찾았어, 당신 얘기를 듣고 싶어서. 진심을 알고 싶었어."

"이제 알지 않았나요? 더 알고 싶은 게 남았어요?"

두 사람의 입장이 완전히 역전되고 있었다. 시마코의 의기양양한 얼굴이 눈에 선했다. 다음 순간 믿기지 않는 말이 들려왔다.

"시마코, 우리 다시 시작하자. 돌아와 줘, 제발."

나는 살그머니 고개를 내밀었다. 이번에는 시마코의 등이 보였다. 그녀의 맞은편에 아버지가 바닥에 무릎을 꿇고 앉아 있었다.

"뭘 다시 시작하자는 거죠? 있을 수 없는 일이에요. 나는 당신을 큰 곤경에 빠뜨린 여자란 말이에요."

"아니야, 생각해 보니 당신에게 원한을 품은 건 당치 않은 일이었어. 나는 그저 당신과 같이 있고 싶었을 뿐이야. 제발 부탁이야, 시마코."

"하지만……."

"다 내 잘못이야."

아버지가 두 손으로 땅을 짚고 고개를 숙이는 모습을 보며 나는 머릿속이 혼란스러웠다. 여자를 죽이려던 아버지가 그 여자에게 무릎을 꿇은 것이다.

아버지에게 환멸이 느껴졌다. 아니, 아버지의 살의가 겨우 그 정도였다는 사실에 실망했다는 표현이 옳을 것이다. 아버지에게 살인은 역시 무리였다.

택시를 잡아타고 집으로 돌아와 버렸다. 아버지는 그로부터 두 시간쯤 후에 돌아왔다. 이불을 덮고 누웠지만 잠이 오지 않았다.

아버지는 맥주를 마시며 때때로 콧노래를 흥얼거렸다.

황당하다고 할 수밖에 없는 일이 벌어진 날로부터 열흘쯤 후에 여름 방학이 끝났다. 무엇 하나 좋은 일이 없었던 여름이었다. 에지리 요코에게 실연당했고, 아버지의 어리석음을 목격했다. 오랜만에 만난 같은 반 녀석들은 검게 탄 나를 보고 놀랐지만 내겐 그 검게 탄 흔적도 고통스러운 추억의 증거일 뿐이었다.

아버지는 그 후로도 자주 외출했다. 다만 그 목적이 그 전과 전혀 다르다는 건 표정을 보면 알 수 있었다. 아버지는 들떠 있었고, 옷차림에도 신경을 썼다. 물론 식칼을 가지고 나가는 일은 없었다.

시마코에게 감쪽같이 넘어간 아버지는 그녀가 일하는 술집의 단골이 된 것 같았다. 아버지가 들고 있는 성냥을 보고 그런 사실을 알게 됐다. 화가 난다기보다 어이가 없었다.

시마코와 관계를 회복했다고 생각한 아버지는 기쁨에 취해 있었다. 휴일에도 그녀를 만나는 눈치였다. 나는 수년 전 그들과 함께 긴자에 갔을 때를 떠올렸다. 그런 일을 당하고도 아버지는 아무런 교훈을 얻지 못한 것이다.

그로부터 두 달이 흐른 어느 토요일, 나는 혼자서 인스턴트 라면을 끓여 점심으로 먹으면서 조간신문을 읽었다. 나는 사회면 기사를 좋아했다. 특히 살인 사건에 관한 기사는 아무리 사소한 것이라도 집중해서 읽었다.

그날 사회면에는 살인 사건에 관한 기사는 없었고, 대신 어느 학교에서 일어난 투신자살 사건이 실려 있었다. 나는 그 기사를 비스듬히 내려다보며 라면을 먹다가 갑자기 젓가락을 내팽개치

듯 내려놓고 신문을 움켜쥐었다. 식욕이 순식간에 달아났다.

사건이 일어난 학교는 에지리 요코가 다니던 고등학교였다. 그리고 투신자살한 학생은 바로 에지리 요코였다.

사건은 방과 후에 일어났다. 클럽 활동이 있던 오후 6시 반까지는 평소 그대로였다. 오후 7시가 가까워지자 학생 대부분이 하교하고 남은 학생은 몇 명뿐이었다. 그 몇 명이 우연히 사건을 목격했다. 4층짜리 건물의 4층 창문에서 누군가 뛰어내린 것이다. 떨어진 곳은 콘크리트 바닥이었다.

사체는 두개골이 깨어지고 얼굴도 심하게 손상되어 누구인지 알아보기 힘들었다. 다만 사체에서 발견된 학생 수첩으로 1학년생인 에지리 요코임이 판명되었다. 유서 같은 것은 어디서도 발견되지 않았다.

나는 기사를 몇 번이나 읽고 또 읽었다. 도저히 믿을 수 없었다. 명랑한 성격이 최대의 매력이던 요코에게 죽고 싶을 만치 심각한 고민이 있었을 거라고는 상상하기 힘들었다.

나는 큰 슬픔에 빠졌다. 실연은 쓰라린 경험이었지만 그럼에도 에지리 요코와 보낸 시간이 소중하다는 사실에는 변함이 없었다. 수업 중에도, 또 혼자 있을 때도 끊임없이 그녀에 관한 기억을 끄집어내 머릿속에서 재생했다. 그녀의 미소 띤 얼굴은 언제나 내 가슴을 먹먹하게 만들었다.

구라모치가 마음에 걸렸지만 그 녀석에 대해서는 굳이 생각하지 않기로 했다. 행복한 추억 가운데 유일한 상처가 그의 등장이었다.

그녀가 죽은 지 2주일이 흘렀을 무렵, 집에 전화 한 통이 걸려왔다. 그때 아버지는 외출 중이었다.

"여보세요. 다지마 씨 댁인가요?"

연륜이 느껴지는 여자 목소리였다.

"네. 그런데 아버지는 지금 집에 안 계세요."

"아니, 아버지가 아니라, 혹시 다지마 가즈유키라는 학생 있나요?"

"제가 가즈유키인데요."

그러자 상대 여자가 아아, 하고 탄식에 가까운 소리를 냈다.

"저는 에지리라고 합니다. 에지리 요코의 엄마예요."

"네?"

나는 말문이 막혔다. 너무나 뜻밖이었다.

"저, 우리 요코를 알지요?"

"네, 알아요. 같이 아르바이트를 했어요."

"아니, 그것보다⋯⋯."

상대가 잠시 머뭇거렸다. 선뜻 말하기가 곤란한 듯했다. 나는 그녀가 하려는 말이 무엇인지 알 것 같았다.

"자살했다는 건 알고 있습니다. 신문에서 봤어요."

"네, 역시⋯⋯."

그러고서 그녀는 다시 입을 다물었다. 나는 마음이 불안해졌다.

"저, 요코 일로 할 얘기가 있는데요."

주저주저하는 말투였다. 고민 끝에 전화했으리라는 것은 설명하지 않아도 알 것 같았다.

"네에, 무슨 얘기신데요?"

"그건……, 직접 만나서 얘기하고 싶어요. 궁금한 것도 많고 해서요."

"아, 네에……."

나는 만날 수 있다고 대답했다. 우리 집 주소를 듣고 난 그녀는 지금 바로 가도 괜찮겠느냐고 물었다. 시각이 오후 6시를 넘어서고 있었다. 나는 괜찮다고 대답했다.

전화를 끊고 약 40분 후에 그녀가 나타났다. 눈초리가 조금 처진 것만 빼면 둥근 얼굴과 커다란 눈망울이 요코와 닮은꼴이었다.

아버지는 귀가 전이었다. 아버지가 이 시각에 집에 없다는 건 밖에서 시마코와 식사하고 있다는 것을 의미했다.

요코 어머니에게 관리실의 허름한 소파에 앉으라고 권한 뒤 나는 관리인용 책상 앞에 놓인 의자에 앉았다.

"다지마 군에 관한 얘기는 딸한테 들었어요. 아르바이트를 하는 동안 우리 요코가 신세를 많이 졌다고 하더군요."

"아닙니다. 저야말로……."

"저, 솔직하게 말해 줬으면 좋겠어요."

요코 어머니가 고개를 약간 숙인 채 말했다.

"우리 요코와 사귀었나요?"

"그건…… 연인이었냐는 말씀인가요?"

"네, 그래요."

그녀가 눈을 치켜뜨고 나를 바라봤다.

나는 고개를 저었다.

"아닙니다. 친하게 지내긴 했지만 그렇진 않았어요."

"정말인가요?"

"정말입니다."

나는 단호하게 대답했다.

요코 어머니는 눈앞에 있는 젊은이의 말이 거짓인지 아닌지 판단하려고 애쓰는 눈치였다. 꾹 다문 입술과 날카로운 시선이 그런 사실을 말해 줬다.

"지난여름 그 아이가 누군가와 사귄 것은 확실해요. 그 아이가 다니던 학교에는 여학생밖에 없으니 그런 상대가 생겼다면 아르바이트하는 곳밖에 없을 거라고 생각했어요."

"저는 아닙니다."

"그래요?"

"네."

"연인이라는 의식은 없더라도, 뭐랄까, 그러니까, 도를 조금 벗어난 일이 없었나요? 여름이란 건 여러 가지 의미에서 사람을 개방적으로 만들잖아요. 그러니까……"

거기까지 말한 그녀가 갑자기 입을 다물었다. 말을 너무 많이 한 것을 후회하는 듯했다.

그 말을 듣기 전까지 나는 구라모치의 이름을 밝힐 작정이었다. 하지만 그 말을 듣는 순간 그런 생각을 접었다. 요코가 자살한 이유를 깨달았기 때문이다. 요코 어머니는 요코가 자살한 이유를 알고 싶은 것이다.

"저는 아무것도 모릅니다. 요코와 얘기를 나눈 것도 매점에 있을 때뿐이었고, 밖에서 차 한잔 같이 마신 적이 없습니다."

요코 어머니는 한동안 내 얼굴을 뚫어져라 바라보다가 "믿어도 되겠죠?" 라고 물었다. 나는 말없이 고개를 끄덕였다.

다음 날 저녁, 나는 구라모치 오사무에게 전화를 걸어 그의 집 근처 공원으로 불러냈다.

"오랜만이야. 여름에 만나고 처음이지? 잘 지냈냐?"

잠시 후 나타난 그는 산뜻하다고도 할 수 있는 미소를 지으며 내 옆에 와서 앉았다.

"뭐야, 급한 일이라는 게?"

"요코가 자살한 거 알지?"

나는 단도직입적으로 물었다.

그가 생각을 더듬기라도 하듯 미간에 주름을 잡았다.

"요코라니, 그게 누구지?"

그 질문에 나도 모르게 눈을 부릅뜨고 말았다.

"에지리 요코 말이야, 나랑 수영장에서 아르바이트하던."

"아아."

구라모치는 입을 크게 벌리고 고개를 끄덕거렸다.

"맞아, 그런 애가 있었지. 아니, 그 애가 자살했어? 언제?"

"2주쯤 전에."

"그래? 까맣게 몰랐네. 내가 신문을 자주 보지 않아서 말이지."

나는 구라모치가 거짓말을 하고 있다고 확신했다. 만약 지금 처음 듣는 얘기라면 몹시 놀랐어야 마땅하다. 두 사람은 연인이었지 않은가.

"요코와는 그날 이후 안 만났어?"

"그날……이라니, 언제?"

"우리 셋이 카페에 갔던 날 말이야."

"아하, 그날! 응. 그 후로는 만난 적이 없는데."

나는 하마터면 주먹을 날릴 뻔했다. 그러지 않은 이유는 따로 생각이 있었기 때문이다.

"요코, 임신이었던 것 같아."

딱 까놓고 말했다. 그러면서 구라모치의 얼굴을 유심히 살폈다. 사소한 표정의 변화 하나라도 놓치지 않으려 애쓰면서.

순간 구라모치의 얼굴에 낭패의 빛이 스치는 걸 나는 보았다.

"흠, 그래? 그래서?"

"자세한 사정은 모르지만 아마 그 일로 괴로워서 자살한 모양이야. 그런데 애아빠가 누군지는 밝혀지지 않았대."

"그거 엄청난 사건이네."

그리고 구라모치가 새삼 나를 뚫어져라 바라봤다.

"다지마 너, 그 얘기 누구한테 들었어?"

"요코가 다니던 학교에 내가 아는 애가 있어. 학교 안에 소문이 쫙 퍼졌나 보던데."

"그래? 소문이 났단 말이지……."

구라모치가 허공을 응시했다. 그는 분명 동요하고 있었다.

요코가 임신했다는 건 내 추측에 불과했다. 하지만 구라모치의 반응을 보고 그 추측이 적중했음을 알았다. 동시에 그가 요코 배 속에 있던 아이의 아빠임을 확신했다.

"다지마, 미안하지만 나 볼일이 있어. 다른 용건 없으면 이만 갈게."

그가 갑자기 벤치에서 일어섰다.

나는 잠시 생각하다가 "그래, 알았어."라고 대답했다.

구라모치는 빠른 걸음으로 공원을 빠져나갔다. 내가 모든 걸 알고 있다는 사실을 그가 눈치챘음이 분명했다. 그래서 도망친 것이다.

그의 뒷모습을 바라보다가, 그에게 주먹을 날리지 않길 잘했다고 생각했다. 그에게는 좀 더 큰 벌을 줘야 한다.

나는 아버지처럼 한심한 남자가 아니다. 결코 분노의 불꽃을 스스로 꺼 버리지 않을 것이다. 반드시 해내고야 말 것이다.

속으로 그렇게 다짐했다.

12

아버지는 여전히 시마코에게 농락당하고 있었다. 거의 매일 밤 외출했고, 새벽이나 다음 날 아침에야 집에 돌아왔다. 다음 날이 휴일인 경우에는 한낮이 되도록 돌아오지 않을 때도 있었다.

낮에는 잠만 잤고, 아파트 관리 업무는 거의 내팽개친 상태였다. 이름만 관리실이지 날이면 날마다 비어 있는 꼴을 보다 못해 내가 방과 후에 관리실에 가서 앉아 있곤 했다. 세입자들은 내가 오기를 기다렸다는 듯이 들이닥쳐서 갖가지 불평을 늘어놓았다.

"복도 전구는 언제 교체해 줄 거야? 어두워서 위험하잖아."

"윗집 베란다에서 빗물이 샌다고 했잖아. 벌써 2주나 됐는데 뭘 그렇게 꾸물거려?"

"우리 집 창문 밑에 고양이가 죽어 있어. 빨리 치워야지. 썩으면 냄새난단 말이야."

아버지에게 그런 민원 사항을 전하지 않은 건 아니었다. 관리 일지에도 기록해 두고, 칠판에도 적어 두고, 아버지에게 직접 얘기하기도 했다. 그러나 아버지는 늘 만취 상태로 돌아왔고, 일지나 칠판은 거들떠보지도 않았다. 그런 와중에도 어느 세입자가 직접 아버지에게 불만을 털어놓았는지 하루는 밥을 먹으면서 문득 중얼거렸다.

"아파트 관리인이란 참 골치 아픈 직업이야. 의외로 할 일이 많다니까."

이제와서 뜬금없이 무슨 소리인가 싶어 나는 "그야 당연하죠. 입주민들이 편히 살도록 돌봐야 하니까요."라고 대답했다.

그러자 아버지가 "흠……." 하고 잠시 생각하는 표정을 짓더니 "우리가 관리까지 맡겠다고 한 건 잘못인지도 몰라. 사람을 고용하면 어떨까?" 라고 말하는 것이었다.

정말 어이가 없었다. 사람을 고용할 여유가 없으니까 우리가 직접 하기로 한 것 아닌가. 게다가 관리인을 들이면 우리는 관리실에서 살 수 없게 된다.

그렇듯 아버지는 일할 의욕이 전혀 없었고 머릿속에 여자랑 놀 생각만 가득했다. 전에는 이런 얼간이가 아니었는데. 한때는 존경하기도 했던 아버지를 이 지경으로 추락시킨 시마코라는 여자에게 깊은 증오심이 끓어올랐다.

"아버지, 좀 적당히 하시는 게 좋겠어요."

나는 작정하고 말했다.

밥을 먹던 아버지가 고개를 들고 "뭘 말이야?"라며 나를 봤다.

"좋아하는 여자가 있다는 건 나쁘지 않다고 생각해요. 하지만 매일 밤 나가는 건 좀 문제가 있어요."

아들이 여자 문제를 지적하자 겸연쩍어진 아버지는 그런 모습을 감추려는 듯 성난 표정을 지었다.

"그게 무슨 엉뚱한 소리냐? 어린놈이 건방지게……. 내가 나가는 건 사업상 만날 사람이 있어서야. 아버지 하는 일에 나서지

마라.”

“무슨 사업 때문에 누구를 만나는데요?”

“너는 말해 줘도 몰라.”

“아버지가 관리인 업무를 소홀히 해서 내가 피해를 보고 있단 말이에요. 제발 좀 제대로 하세요.”

“시끄러워!”

아버지가 테이블을 꽝 내리쳤다.

“얹혀 사는 주제에 왜 그리 말이 많아! 여름 방학 때 아르바이트 좀 했다고 우쭐한 거냐? 사업이라는 게 네 생각처럼 만만한 것이 아니야.”

그 말에 어이가 없었던 나는 아버지 얼굴을 똑바로 쳐다봤다. 일할 의욕을 완전히 상실한 인간이 저런 말을 하다니. 화가 난다기보다 우스웠다. 농담이라면 또 모르겠지만 아버지는 진심인 것 같았다.

“그 사람이지, 옛날에 긴자에서 만났던 여자?”

아버지가 눈을 둥그렇게 떴다. 시마코와 다시 만난다는 사실을 내가 모를 것이라고 생각했던 모양이다. 나는 아버지 눈을 노려보며 계속 말했다.

“그 여자 때문에 우리가 이 꼴이 됐잖아요.”

“그 여자 책임이 아니야.”

아버지가 내 눈길을 외면했다.

“그래서 용서해 준 거야?”

"그런 문제가 아니라니까."

"그 여자랑 만나는 건 어쩔 수 없다고 쳐요. 하지만 매일같이 술을 마시러 가는 건 문제가 있지 않나요? 데이트는 다른 사람들처럼 휴일에 하면 되잖아요."

"시끄러워. 어른에게는 어른의 세계가 있는 법이다."

그러고서 아버지는 신문을 주워 들고 관리실로 가 버렸다.

아무리 생각해도 내 지적은 정당했다. 좋아서 만나는 건 하는 수 없다 쳐도 매번 그 술집까지 가는 건 너무 심하지 않은가. 휴일에 만나면 돈도 적게 들고 둘만 있을 수도 있는데 말이다. 아버지도 내심 그렇게 하고 싶을 테지만 시마코에게 무시당하는 게 두려웠을 것이다. 추락한 당신의 모습을 들킬까 봐 전전긍긍했을 것이다.

그 후로도 아버지는 계속 시마코가 일하는 술집에 가는 것 같았다. 한번은 그 술집에서 보낸 청구서를 본 적이 있는데, 내 상식으로는 도저히 이해할 수 없는 숫자가 적혀 있었다.

지금 생각해 보면 당시 아버지는 지옥의 불길 위에서 외줄 타기를 하는 심정이었을 것이다.

말할 것도 없이 우리 집 경제 상황은 말이 아니었다. 예금도 바닥난 지 오래였다. 통장의 숫자가 야금야금 줄어드는 걸 보면서 아버지는 무슨 생각을 했을까. 못 본 척 그저 눈을 감았을까.

그러나 아무리 외면하려 해도 현실을 벗어날 수는 없는 법이다. 마침내 돈이 바닥을 드러냈다는 사실을 내가 알아챈 것은 어느 저녁의 일이다.

그날 아버지는 어쩐 일로 외출하지 않고 관리실에 앉아 있었다.

텔레비전을 보면서 인스턴트 라면을 먹고 있던 나는 관리실 쪽에서 아버지가 누군가와 얘기를 나누는 소리가 들려 귀를 쫑긋 세웠다. 상대는 세입자 중 한 사람으로 자녀가 둘 있는 주부였다.

문을 살짝 열고 문틈으로 관리실 쪽을 내다봤다. 의자에 앉은 아버지의 뒷모습이 보였다. 상대방 얼굴은 보이지 않았다.

"네, ○○엔, 맞습니다. 영수증 여기 있습니다."

아버지가 말했다.

"아 참, 그리고 아저씨, 창문 좀 빨리 수리해 주세요."

"네, 네. 알겠습니다. 다음 주에 바로 처리하겠습니다."

아버지는 당신의 유일한 장기인 입에 발린 친절로 상대방을 대했다.

그리고 세입자가 돌아간 후 나는 믿기지 않는 광경을 목격했다. 세입자에게 받은 월세를 아버지가 당신의 지갑에 넣은 것이다. 원래 그 돈은 안쪽 방에 있는 금고에 보관해야 마땅했다. 그렇게 해서 그달의 월세를 모두 모은 뒤 은행에 가져가는 것이 순서였다.

나는 살그머니 문을 닫았다. 더 그러고 있다가는 얼마나 더 추악한 꼴을 보게 될지 알 수 없었기 때문이다. 그런데 마치 그런 나를 무시하기라도 하듯 이번에는 전화 다이얼을 돌리는 소리가 들렸다.

"여보세요. 그래, 나야. 뭐 하고 있었어? 아, 그래? ……아니, 별일은 아니고, 오랜만에 맛있는 거라도 먹으러 가면 어떨까 해서 말이야. ……게는 어때? 곧 제철이잖아."

아버지의 통화 내용을 듣던 나는 몸이 어둠의 나락으로 떨어지는 듯한 느낌이 들었다. 그러면서 아버지가 정말로 어리석은 인간이 아니기만을 기도했다.

그러나 그 기도는 이뤄지지 않았다.

아버지가 나간 뒤 관리실에 들어가 관리 장부를 펼쳐 보니 이미 절반 이상의 세입자가 월세를 낸 상태였다. 이번에는 금고를 열어 봤다. 만 엔짜리 지폐 따위는 한 장도 없고 푼돈이라고 할 만한 돈만 달랑 들어 있었다.

활짝 열린 금고 앞에서 나는 큰대자로 뻗고 말았다. 일어날 기력이 없어 한동안 그러고 있었다.

예금도 거의 바닥난 마당에 임대료마저 들어오는 족족 써 버리면 생활이 유지될 리 없었다. 아파트를 지을 때 대출받은 돈도 다 갚지 못한 상태였다.

그런데도 아버지는 정신을 차리지 못했다. 여전히 시마코가 일하는 술집에 출근하다시피 했을 뿐 아니라 그녀에게 비싼 옷과 액세서리까지 선물하는 것 같았다.

어쩌면 그때 아버지는 자포자기 상태였는지도 모른다. 간신히 되찾은 여자에게 자신이 경제적으로 파탄 날 걸 각오하고 헌신했다고 해야 납득이 가능했다. 오른손이 부자유스러운 데다 사회적 지위나 재산, 친척까지 잃고 만 아버지는 시마코라는 젊은 육체에 집착할 수밖에 없었던 것이다.

어찌 됐든 돈이 바닥을 드러내는 날은 찾아오게 되어 있었다. 월세를 착복한 건 아버지로서 최후의 수단이었을 것이다.

어느 날부턴가 아버지가 밤에 외출하는 일이 눈에 띄게 줄었다. 시마코를 포기한 거라면 그나마 다행이겠지만 유감스럽게도 그건 아니고 돈이 떨어진 것뿐이었다. 그 증거로 아버지는 늦은 밤이 되면 전화를 걸었다.

"여보세요. 나야. 지금 들어온 거야? ……그럴 리 없는데……. 30분 전에도 전화했었어. 왜 그렇게 늦지? 영업은 진즉 끝났지 않았나? ……그렇다면 어쩔 수 없지만, 너무 늦게 다니지 마."

소곤소곤 통화하는 아버지 목소리를 자주 들을 수 있었다. 아버지는 당신이 그 술집에 가지 못하는 만큼 시마코의 행동이 신경 쓰이는 모양이었다. 매일 밤 그녀가 귀가할 시간에 전화기를 들었다. 깊은 밤에 들려오는 아버지의 나지막한 음성은 집 안 공기를 불길하게 흔들었다.

어느 날의 일이다. 그날은 개교기념일이어서 학교에 가지 않았다. 점심 무렵 문방구에서 살 것이 있어 잠시 나갔던 나는 돌아오는 길에 아버지를 봤다. 아버지는 역 쪽을 향해 걷고 있었는데 어쩐지 예감이 좋지 않았다. 짙은 색 선글라스와 구부정한 자세 등으로 미루어 사람들 눈을 피하는 느낌이었다. 나는 그 즉시 아버지를 따라붙었다. 이런 식으로 미행하는 것이 벌써 몇 번째인지 몰랐다.

아버지가 전철 표를 끊는 걸 보며 의심은 확신으로 바뀌었다. 당시 아버지는 전철을 타는 일이 거의 없었던 것이다.

정기권이 있던 나는 그걸로 개찰구를 통과했다. 그리고 승강장까지 따라가 약간 떨어진 곳에서 아버지를 지켜봤다. 아버지는 내가 미행한다는 사실을 전혀 모르는 듯했다. 아버지 손에는 유명 베이커리의 케이크 상자가 들려 있었다.

잠시 후 전철이 들어왔다. 아버지를 뒤따라 전철을 탔다.

아버지는 세 번째 정거장에서 내렸다. 생각보다 가까운 거리라 의아했다. 이 정도 거리라면 자전거를 타도 됐을 텐데 말이다.

역을 나선 아버지는 어느 주택가로 향했다. 상점이 별로 없는 곳이어서 미행하기 쉽지 않았다. 만일 아버지가 한 번이라도 뒤돌아봤다면 들켰을지도 모른다. 하지만 아버지의 머릿속에는 이제부터 만날 상대에 대한 생각만 가득한 것 같았다.

새로 지은 하얀색 맨션 앞에 도착한 아버지는 그곳이 익숙한 듯 주저 없이 안으로 들어갔다. 나는 건물 밖에서 맨션 복도가 한눈에 보이는 곳을 찾아 그곳에서 아버지가 나타나기를 기다렸다.

잠시 후 아버지가 2층 복도에 모습을 드러냈다. 그리고 두 번째 집 앞에 멈춰 서더니 주머니에서 열쇠를 꺼내 문을 열었다. 아버지는 두 집 살림을 하고 있었던 것이다.

30분 정도 기다렸지만 아버지가 나올 기미가 보이지 않자 나는 용기를 내어 건물 안으로 들어갔다.

아버지가 들어간 집 앞에 서서 안에서 들려오는 소리에 귀를 기울였다. 그러나 우리가 사는 날림 아파트와는 달리 아무 소리도 들리지 않았다. 더는 할 수 있는 일이 없어 그저 문만 바라보았다.

한동안 그러고 있는데 문 바로 안쪽에서 인기척이 들렸다. 나는 깜짝 놀라 들어온 방향과 반대쪽으로 내달렸다.

복도 모퉁이까지 가서 몸을 숨기고 상황을 관찰했다. 문이 열리고 아버지가 나왔다. 뒤를 이어 시마코도 나왔다. 그녀는 스웨터에 플레어 스커트를 입고 머리를 뒤로 아무렇게나 묶은 모습이었다.

"그럼 내일 또 올게."

아버지의 말에 그녀는 "기다릴게요."라고 대답하고 아버지가 계단 아래로 사라질 때까지 지켜보고 있었다.

시마코가 집으로 들어가는 것을 확인한 후 나도 계단을 향해 움직였다.

그런데 그녀의 집 앞을 지나치려 했을 때 느닷없이 문이 벌컥 열리더니 안에서 그녀가 나왔다. 하마터면 문에 부딪칠 뻔했던 나는 놀란 표정으로 서서 그녀를 바라보았다.

마지막으로 본 것이 수년 전이므로 나를 기억하지 못할 것 같아 모르는 척 지나가려는 순간 그녀가 "잠깐만요." 하고 나를 불렀다.

하는 수 없이 뒤를 돌아봤다. 시마코가 내게 다가왔다.

"너는 다지마 씨의……."

그녀는 나를 기억하고 있었다. 시치미를 뗄 수 없어 천천히 고개를 끄덕했다.

"역시 그렇구나. 못 본 사이에 이렇게 컸네. 그런데 여긴 어떻게……?"

대답할 말이 없어 나는 입을 다물었다.

"아버지를 미행했니?"

역시 대답하지 않았지만 그건 긍정한 것이나 다름없었다.

"그랬구나."

알겠다는 듯 고개를 끄덕이던 그녀가 팔짱을 끼고 나를 빤히 바라봤다.

"나한테 무슨 용건이라도?"

아니요, 라고 대답하려다가 문득 한 가지 생각이 떠올랐다.

"부탁이 있어요."

"부탁이라……."

그녀는 잠시 생각하다가 "그럼 들어와." 하고 말했다. 그리고 내가 뭐라고 대꾸할 틈도 없이 현관문을 열었다.

안으로 들어서자 바로 복도가 있고 그 안쪽에 부엌이 있었다.

부엌 옆은 다다미방으로, 조그만 테이블과 텔레비전, 서랍장 등이 있었다. 물건들이 하나같이 새것으로 보였다. 그리고 그 이상으로 눈길을 끄는 것이 방 한구석에 쌓여 있는 종이 박스였다. 종이 박스는 부엌 한쪽에도 쌓여 있었다.

"아직 정리를 못했어. 이사 온 지 얼마 안 돼서 말이야."

"이사했어요?"

"그래."

시마코가 의자를 권했다. 나는 말없이 앉았다.

"그래서, 부탁이라는 게 뭐지?"

그녀가 물을 끓이기 시작했다. 식탁 위에 찻잔과 찻주전자가 있었다. 아버지도 이 찻잔을 사용했겠지 하며 두 사람이 이 식탁에 마주 앉아 있는 모습을 상상했다.

내가 심호흡을 하자 그녀가 쿡, 웃음을 터뜨렸다. 고등학생이 긴장해서 앉아 있는 모습이 우스웠던 모양이다.

내가 용기를 내어 말했다.

"아버지와 헤어져 주세요."

순간 시마코의 얼굴에서 웃음기가 사라졌다. 하지만 그녀는 이내 미소를 되찾았다.

"왜?"

"아버지를 좋아하지도 않잖아요. 그런데 왜……."

"사귀느냐 이거야?"

나는 그녀의 눈에서 시선을 떼지 않은 채 고개를 끄덕했다.

"후……."

시마코가 한숨을 내뱉었다.

"나, 아버지 싫어하지 않아. 그리고 굉장히 잘해 주셔서 감사하게 생각해. 그런데도 안 돼?"

"결혼할 것도 아니잖아요."

"결혼? 아버지가 그런 얘기는 꺼내지도 않았어. 그러니 나도 생각해 본 적이 없고."

그럴 리 없었다. 아버지는 시마코를 독점하고 싶어 했다.

"우리는 말이지, 그런 사이가 아니야."

그녀가 타이르듯이 말했다.

"결혼이 전부는 아니야. 어른이 되면 말이지, 복잡한 문제가 한두 가지가 아니거든."

너는 어려서 몰라, 그런 뜻으로 들렸다.

"지금 집안 형편이 말이 아니거든요."

"말이 아니라니?"

"집에 돈이 바닥났어요. 아버지가 요즘은 술 마시러 안 가죠? 안 가는 게 아니라 못 가는 거예요."

그러자 그녀가 코웃음을 쳤다.

"그럴 리가. 커다란 맨션도 있고, 임대료도 계속 들어올 텐데. 우리 가게에 못 오시는 건 바빠서겠지."

"맨션이 아니라 싸구려 아파트예요. 빚도 잔뜩 있고요. 그런데다 이번 달에 받은 월세도 아버지가 다 써 버렸단 말이에요."

"설마⋯⋯."

"정말이에요. 그러니까 더는 아버지 돈을 쓰지 마세요."

"그렇지만⋯⋯."

그때 슈우, 하고 주전자가 김을 내뿜었다. 시마코가 일어서서 가스레인지의 불을 껐다. 그러나 차를 타지는 않았다.

"나도 난처해. 다지마 씨가 찾아오는 걸 난들 어쩌란 말이니. 이 집도 다지마 씨가 세를 얻었는걸."

나는 할 말을 잃고 말았다. 아버지가 이 집 열쇠를 꺼낼 때부터 짐작은 했었다.

그때 전화벨이 울렸다. 그녀가 "잠깐만." 하고 종이 박스 위에 놓인 전화를 받았다.

"여보세요. ⋯⋯아아, 저⋯⋯, 지금 친구가 와 있어요. 그래서 좀⋯⋯ 아, 네."

그녀가 전화를 끊은 후 나를 바라보며 "가게 주인이야."라고 말했다.

"음, 어디까지 말했더라?"

"아버지와 헤어질 수 없다는 건가요?"

내 물음에 그녀는 고개를 갸우뚱한 채 잠시 생각하다가 입을 열었다.

"생각해 볼게."

"아버지는 지금 정상이 아니에요."

시마코가 찬찬히 내 얼굴을 바라보더니 "그럴지도 모르지."라고 대답했다.

집에 돌아와 보니 아버지는 텔레비전 앞에 비스듬히 누워 맥주를 마시고 있었다. 옆방으로 들어가 책상에 앉은 후 숙제를 하는 척했지만 머릿속이 아버지에 대한 분노로 들끓었다. 집안을 이 꼴로 만들어 놓은 주제에 그 여자에게는 갖은 사치를 다 시키다니. 사는 곳뿐 아니라 가구와 가전제품 등도 모두 새로 마련해 줬을 것이다.

처음으로 아버지에 대한 살의가 용솟음쳤다. 물론 실제로 아버지를 죽이겠다고 결심한 건 아니지만 몇 번이나 그런 장면을 상상했다. 엉망으로 취한 채 자고 있는 아버지의 해마 같은 뒷모습을 보고 있자면 목을 조르고 싶어졌다.

시마코를 죽이는 상상도 했다. 그러다 보면 얼마간은 진심으로 살인 충동을 느꼈다. 사람을 비웃는 듯한 표정을 짓는 그녀의 가느다란 목을 꽉 조르는 장면을 몇 번이고 머릿속에 그렸다. 동기는 충분하다고 생각했다. 죄책감에 시달리지도 않을 것이다. 말하자면 정당한 살인인 셈이다.

그렇게 시마코를 죽인다는 상상은 나를 설레게 했지만, 체포될 거라는 걱정이 늘 그것을 포기하게 만들었다.

그러다가 어느 추운 겨울날 저녁, 마침내 지옥의 사자가 찾아왔다. 그들은 셋이었다.

셋 다 양복을 입었고, 나이는 서른에서 마흔 사이로 보였다. 그중 한 사람은 금테 안경을 끼고 커다란 검은색 가방을 들었고 나머지 두 사람은 마치 들러리처럼 보였다.

"아버지 계시니?"

금테 안경이 물었다. 그때 나는 관리실에, 아버지는 안쪽 방에
있었다. 아버지가 안에 계시다고 말하자 세 사람은 아무런 양해
도 구하지 않고 들어와 방문을 열어젖혔다.

당황해하는 아버지의 목소리가 들렸다. 멋대로 들어왔으니 화
를 내야 마땅한데 아버지 음성은 겁에 질려 있었다. 세 사람이
모두 안쪽 방으로 들어간 후 방문이 쾅 닫혔다.

그다음 대화는 내용이 거의 들리지 않았다. 다만 "어떻게든 해
볼 테니까……."라는 아버지 목소리만 간간이 흘러나왔다. 가
늘고 떨리는 소리였다.

잠시 후 문이 열리고 세 남자가 나왔다. 그들은 내게는 눈길조
차 주지 않았다. 관리실을 나설 때 금테 안경이 뒤돌아보며 "그
럼 내달입니다."라고 외쳤다. 아버지가 안쪽 방에서 그들을 향
해 고개를 수그렸다.

"다음 달이라니, 뭐가요?"

남자들이 돌아간 뒤 아버지에게 물었다.

"아무것도 아니다."

"아무것도 아니긴 뭐가 아무것도 아닌데요?"

"시끄럽다."

아버지는 바닥에 벌렁 드러누웠다.

"너랑 상관없는 일이야."

드러누운 아버지의 등을 보며 불길한 무언가가 다가오고 있음을 확신했다.

그날 이후 아버지는 초췌해져 갔다. 아니, 어쩌면 그것은 그보다 훨씬 전에 시작됐을지도 모른다. 지옥의 사자들이 찾아올 것을 예상하지 못했을 리 없기 때문이다.

아버지는 나날이 수척해졌다. 혈색이 나쁘고 얼굴에는 항상 기름이 흘렀다. 눈은 움푹 패고 피부는 탄력을 잃어 뺨이 추하게 늘어졌다. 눈이 충혈된 것은 잠을 잘 못 자기 때문일 것이다.

그런데도 아버지는 이따금 외출했다. 행선지는 보나 마나 시마코의 집일 터였다. 파멸을 눈앞에 두고 짧은 순간이나마 쾌락에 몸을 맡기고 싶었을 것이다.

그로부터 2주쯤 후였다고 생각한다. 저녁 식사 중에 아버지가 불쑥 물었다.

"너, 마쓰도에 사는 숙모를 어떻게 생각하니?"

"마쓰도 숙모요?"

마쓰도 숙모란 아버지 쪽 친척으로 나는 만난 적이 별로 없었다.

"그건 왜……."

"싫지는 않지?"

"딱히 좋지도 싫지도……."

"그래?"

인스턴트 우동을 먹던 아버지가 젓가락을 내려놓았다.

"너, 당분간 그 숙모 집에 가 있어라. 아버지가 얘기해 둘 테니."

"가 있으라니, 그게 무슨 말이에요?"

"응. 있잖니, 여기는 더 있을 수가 없게 됐다."

마침내 올 것이 왔다, 그런 생각이 스쳤다.

"왜요?"

"그러니까…… 여길 팔았거든."

"팔다니, 왜요?"

머리로 피가 몰리는 느낌이었다.

"복잡한 사정이 있어. 나중에 얘기해 주마. 하여간 그런 줄 알아라."

"그럼 아버지는 이제 어떡할 건데요? 다른 일 하시게요?"

"그래야겠지."

아버지가 내 눈길을 피하며 꺼져드는 목소리로 대답했다.

"뭘 하실 건데요?"

"그건 아직 모르겠다."

"하지만……."

"걱정 마라, 금방 데리러 갈 테니. 그때까지만 마쓰도 숙모 집에 있어. 알았지? 고등학교는 다니게 해 달라고 부탁해 놓으마."

"싫어요. 잘 알지도 못하는 친척 집에서 살긴 싫어요. 아파트 팔지 말아요."

"이미 결정된 일이다. 어린애처럼 굴지 말고 참아라."

"싫어요. 죽어도 싫다고요."

나는 자리에서 벌떡 일어섰다.

"가즈유키!"

"왜요! 아버지 정말 너무 멋대로 하는 거 아니에요?"

나는 밥상을 발로 걷어찼다. 밥상 위에 놓여 있던 우동 그릇이 엎어지면서 하얀 면과 국물이 쏟아졌다. 고명 하나 없는 우동이었다.

나는 신발만 신고 집을 뛰쳐나왔다. 아버지 목소리도 더는 들리지 않았다.

그날 밤 거리를 얼마나 배회했는지는 기억나지 않는다. 공원과 전철역, 상가를 걸어 다녔던 기억만 어렴풋이 있을 뿐이다.

집에 돌아오니 아버지가 보이지 않았다. 내가 엎었던 밥상과 방바닥은 모두 말끔히 치워져 있었다. 나는 물을 마시러 부엌으로 갔다.

싱크대 아래쪽 문이 열려 있고 그 안쪽에 꽂혀 있어야 할 식칼이 보이지 않았다.

순식간에 몸이 뜨거워졌다. 아버지가 어디로 갔을지 짐작이 갔다. 나는 다시 신발을 신고 나가 아파트 앞에 놓여 있던 자전거에 올라탔다.

시마코가 사는 맨션 앞에 자전거를 세운 후 계단을 뛰어 올라갔다. 그리고 집 앞까지 가서 문손잡이를 돌렸다.

문이 잠겨 있지 않았다. 그대로 문을 열고 안으로 들어갔다.

집 안은 캄캄했다. 벽을 더듬어 스위치를 눌렀지만 불이 들어오지 않았다.

다시 현관문을 열자 밖에서 불빛이 스며들면서 현관에 놓여 있는 아버지의 낡은 구두가 보였다. 그것 말고 다른 신발은 없었다. 문을 닫자 집 안이 다시 옅은 어둠 속에 빠졌다.

손으로 벽을 더듬으며 안쪽으로 들어갔다. 부엌에 발을 들여놓는 순간, 전에 왔을 때와는 뭔가 다르다는 생각이 들었다. 나는 그 자리에 선 채 어둠에 눈이 좀 더 익기를 기다렸다.

마침내 흐릿하게나마 집 안의 모습이 눈에 들어왔다. 그리고 무엇이 달라졌는지 알게 됐다. 한마디로 모든 것이 달라져 있었다. 전부 사라진 것이다. 식탁도, 내가 앉았던 의자도, 종이 박스들도 사라지고 없었다.

옆방을 들여다보던 나는 흠칫했다. 방 한가운데에 거무스름한 사람 형체가 있었다. 아버지였다. 내 쪽으로 등을 향한 채 책상다리를 하고 앉아 있었다.

모든 것이 이해되었다. 시마코가 도망간 것이다. 아마 아버지의 초췌한 모습을 보고 돈이 바닥난 것을 알아차렸을 것이다. 그리고 돈이 떨어진 아버지가 자신에게 기댈까 봐 자취를 감춘 것이다. 아버지에게서 가로챈 것들과 함께 말이다.

바닥에 아버지가 들고 왔을 식칼이 떨어져 있었다. 아버지는 시마코를 죽이고 자신도 죽을 작정이었을 것이다. 나는 식칼을 주워 들고 다시금 아버지 등을 바라봤다.

이 얼마나 비참한 뒷모습이란 말인가. 이 얼마나 어리석은 인간이란 말인가.

증오라기보다는 혐오에 가까운 감정이 치밀었다. 이렇게 멍청한 인간의 자식이라서 나 역시 괴롭힘을 당했던 것이다. 보기만 해도 불쾌해지는 뒷모습이었다.

칼을 든 손에 힘이 들어갔다. 나는 한 걸음 아버지에게 다가갔다.

"찌르고 싶지?"

아버지가 느닷없이 중얼거렸다. 낡은 우물 밑바닥에서 들려오는 듯한 소리였다. 나도 모르게 몸이 굳어졌다.

"찔러도 좋아."

그 말을 하고서 아버지는 천천히 내 쪽으로 몸을 돌렸다. 그리고 무릎을 꿇더니 고개를 숙였다.

"미안하다, 이것밖에 안 되는 아비라서."

그 모습을 본 순간 내 혐오감은 정점에 달했다. 나는 칼을 내 어깨높이로 치켜들었다. 이대로 내려찍기만 하면 돼, 하고 생각한 순간 아버지가 고개를 들었다.

"아니면 같이 죽을까?"

아버지 얼굴이 눈물로 번들거렸다. 그런데도 표정은 웃고 있었다. 완전히 혼이 나가 버린 듯한 웃음이었다.

한 줄기 차가운 바람이 가슴속을 훑고 지나갔다. 동시에 뭔가 빨려 나가는 것을 느꼈다. 분노의 충동이 내게서 빠져나간 것이다. 나는 칼을 휘두를 기력을 잃고 말았다.

오른손을 늘어뜨리는 것과 동시에 칼이 손에서 미끄러져 떨어졌다.

그대로 돌아서서 현관으로 향했다. 신발을 신고, 뒤도 돌아보지 않고 그곳을 나왔다.

13

그날 밤 아버지는 돌아오지 않았다. 예상했던 일이었다. 더 나아가 나는 아버지와 다시는 만나지 못할 것이라고 막연히 느꼈다.

그 예상은 빗나가지 않았다. 다음 날에도, 또 그다음 날에도 아버지는 돌아오지 않았다.

며칠 후 친척들이 찾아왔다. 마쓰도 숙모도 그중 한 사람이었다. 그들은 하나같이 "큰일 났네." "이 일을 어째." 하는 말만 되풀이했다. 아무도 나와는 눈을 맞추려 하지 않았다. 혹시 아버지가 갈 만한 곳을 아느냐고 물었지만 다들 모른다고만 했다.

그날, 지옥의 사자들도 찾아왔다. 그들은 별 소동을 벌이지 않고 담담히 사무적인 절차를 진행했다. 친척들은 괴로운 표정으로 그들의 얘기를 들었다.

며칠 후 나는 최소한의 짐만 챙겨 아파트를 나왔다. 도쿄 미타

카에 살고 있는 친척이 데리러 온 것이다. 조경업을 하는 그 집에는 빈방이 하나 있었다. 거기서 학교를 다니게 되었지만 그 집에서 내 생활을 모두 책임져 주는 것은 아니었다. 약 3개월 후, 나는 다른 친척 집에 맡겨졌다. 그리고 그로부터 2, 3개월 후에는 또다시 다른 친척 집으로 옮겼다.

아버지가 말해 두겠다고 했던 마쓰도의 숙모네 집으로 간 건 고등학교 3학년 때였다. 나는 시집간 그 집 딸이 쓰던 방을 사용하게 되었다. 그러나 책상과 책꽂이를 제외한 방 안의 물건들에는 손을 대지 못하게 했다. 벽장 양쪽 문이 마주치는 부분에는 여러 장의 종이가 붙어 있었고 거기에 봉인까지 찍혀 있었다. 옷장에는 자물쇠가 채워져 있었다.

방에 조그만 스테레오가 하나 있었는데, 그걸 들으려면 허락을 받아야 했다. 하지만 나는 가끔씩 허락 없이 헤드폰을 끼고 FM에서 흘러나오는 유행가나 팝송을 들었다. 살벌한 생활 속에서 유일하게 마음이 평화로워지는 시간이었다. 사실 레코드를 듣고 싶었지만 그런 것들은 모두 벽장 속에 있었을 것이다.

책꽂이에는 소설과 옛날 참고서, 소녀 취향의 만화 등이 있었고 여성 잡지도 몇 권 꽂혀 있었다. 그런 잡지를 본 적 없었던 나는 그 자극적인 내용에 당황했다. 성에 관해 상당히 노골적인 표현이 많았고 여성도 섹스에 관심이 있다는 사실을 처음으로 알았다. 한동안 나는 그런 잡지를 읽는 은밀한 즐거움에 빠졌다.

눈치를 보는 생활은 피곤했지만, 나중에 생각해 보니 좋은 사람들이었다. 별로 가깝지도 않은 친척인 내게 식사와 잠자리를 제공하고 학교까지 보내 줬으니 말이다. 나를 귀찮아하는 느낌을 준 적은 많았지만 노골적으로 싫은 내색을 보이거나 기분 나쁜 말을 내뱉은 적은 없다. 벽장을 봉인하고 옷장에 자물쇠를 채운 것은 어찌 보면 당연한 일이다. 시집을 갔다고는 해도 자기 방을 내주기란 쉽지 않을 것이다. 가끔씩 친정에 오는 그녀는 내게 마음 편히 지내라고 말해 주기도 했다.

하루는 옷장과 벽 사이에 무언가 끼여 있는 것을 우연히 발견했다. 30센티미터 자를 넣어 끌어내 보니 조그만 종이봉투였다. 그 안에는 사용하지 않은 콘돔이 6개 들어 있었다.

콘돔이라는 것이 있다는 사실은 알고 있었지만 실제로 본 것은 그때가 처음이었다. 이 방 주인이 어떤 경위로 그것을 갖게 되었고 왜 그런 곳에 넣어 뒀는지는 모르겠지만 그걸 본 것만으로도 내 머릿속에는 방 주인이 섹스를 하는 광경이 그려졌고 그런 상상은 나를 몹시 흥분시켰다. 난생처음으로 콘돔을 씌우고 자위행위를 했다. 머릿속에서 내가 범한 상대는 물론 방 주인이었다. 죄책감과 금기를 깼다는 의식이 뒤얽혀 나를 자극했고, 더할 나위 없이 강렬한 쾌감이 밀려왔다. 사정 후에는 허탈해진 마음으로 쓰고 난 콘돔을 어디다 버릴지 생각했다.

아버지의 행방은 여전히 오리무중이었다. 친척들이 얼마나 열심히 아버지를 찾았는지는 잘 모른다. 적어도 마쓰도 숙모네는 현재의 상태가 계속되는 것이 달갑지 않았을 것이다. 다만 내 문제를 해결하는 데 아버지를 찾기보다는 다른 해결책을 모색한 듯하다. 그 증거로 한번은 숙모가 내게 물었다.

"있잖니 가즈유키, 너희 엄마랑 살 생각은 없니?"

아버지를 찾아내기보다 엄마에게 나를 맡기는 편이 쉬울 것이라고 판단한 모양이었다. 하지만 나로서는 이제 와서 엄마와 함께 살고 싶은 생각이 없었다. 엄마가 나에 대해 애정이 있는지도 의심스러울 뿐 아니라 엄마의 무책임함에 몹시 화가 나 있기도 했다. 그러나 나는 잘 모르겠다고 대답했다.

"그래도 엄마랑 같이 사는 편이 나을 텐데."

숙모는 그 후로도 몇 번이나 그렇게 말했다. 그때마다 나는 고개를 갸웃거리며 잘 모르겠다고 대답했다. 나로서는 최대한의 양보였다. 숙모도 마지못해 고개를 끄덕였다.

결국 엄마에게 나를 떠맡기려는 계획은 좌절된 듯했다. 엄마가 어디 사는지 모를 리 없었으니 엄마 쪽에서 거절했을 가능성이 컸다. 엄마가 다른 남자와 행복한 가정을 꾸렸다는 사실은 이미 오래전에 내 눈으로 목격해서 알고 있었다. 그 후로 숙모는 엄마와 함께 살라는 얘기를 다시는 꺼내지 않았다.

고3이므로 진로를 생각해야 할 때였지만 내게는 선택의 여지가 없었다. 내가 모르는 사이에 이미 모 업체로 취직이 결정되어 있었다. 회사 이름은 '○○조선'이었지만 실제로는 배가 아니라 오로지 중기 제조에만 힘을 쏟는 회사였다.

졸업식이 있고 얼마 지나지 않아 나는 도쿄의 후추라는 지역에 있는 독신자 기숙사에 들어갔다. 전철역에서도 멀고 버스 정류장에서도 걸어서 20분 가까이 걸리는 곳이었다. 공장은 버스 정류장 근처에 있었다.

기숙사는 길고 좁은 4평짜리 방이 줄지어 있는 쪽방촌 같은 곳이었다. 그 좁은 방을 두 명이 사용했다. 내 룸메이트는 고스기라는 이름의, 한눈에 보기에도 불량스러워 보이는 남자였다. 매사에 시비를 걸어야 직성이 풀리는 성격인지 기숙사에 들어오자마자 방이 좁다고 투덜거렸고 그러고 나서는 지급된 작업복이 촌스럽다고 불평을 늘어놨으며 작업모를 쓰면 머리 모양이 망가진다고 불평했고 보안경은 멍청해 보여서 싫다고 불평했다. 기숙사 밥이 맛이 없고 목욕탕에서 따뜻한 물이 잘 나오지 않는 것도 그로서는 저주를 퍼부을 일이었다. 그중에서도 못마땅해한 것은 사감이 멋대로 방을 뒤지고 다니는 일이었다. 처음 그 사실을 알았을 때 고스기는 양산을 집어 들고 사감 방으로 달려갔다. 나를 포함해 여러 명이 그가 마구 고함치는 소리를 들었다. 그러나 그는 양산으로 사감의 머리를 후려칠 정도로 바보는 아니었다.

고스기는 쉴 새 없이 불평을 늘어놓았지만 나에 대해서는 별말을 하지 않았다. 그는 게시판을 보지 않는 탓에 연락 사항을 제대로 파악하지 못했는데, 그때마다 내가 알려 주어서 창피를 모면하거나 질책을 당하지 않았기 때문이다. 신입 사원이 써야 하는 일지를 내가 대신 써 준 일도 있었다. 근본적으로 불량한 친구는 아니었던 것 같다. 그런데 모자를 쓰면 금세 망가질 걸 알면서도 머리를 닭 볏처럼 세우려고 이른 아침부터 부산하게 헤어드라이어로 머리를 매만지는 데는 완전히 두 손을 들 수밖에 없었다.

하여간 그 독신자 기숙사는 내가 오랜만에 손에 넣은 '나만의 성'이었다.

내가 배치된 곳은 로봇용 모터 생산 라인이었다. 처음에 맡은 일은 불량품을 해체하는 일이었고, 그다음에는 검사와 포장 일을 하게 됐다. 둘 다 중노동으로, 야근할 때마다 체중이 2킬로그램은 빠지는 것 같았다.

내가 속한 반에는 반장 이하 13명의 사원이 있었다. 모두 다 선배였다. 그중 나보다 세 살 위인 후지타는 온갖 구실을 만들어 나를 괴롭혔다.

그는 하는 짓이 음흉했다. 예를 들면 내 바로 앞 공정을 담당한 그는 자기 차례가 오면 일단 공정을 중지시켰다가 갑자기 대량으로 부품을 흘려보내 업무에 익숙지 않은 나를 당황스럽게 만들었다. 그뿐 아니라 때로는 일부러 불량품을 섞어서 보내기도 했다. 내가 당황한 나머지 불량품을 발견하지 못하도록 그런 짓을 하는 것이다. 실제로 불량품을 발견하지 못한 적이 몇 번 있었고 그럴 때마다 반장은 나를 불러 호되게 꾸짖었다. 후지타의 계략 때문이라고 항변하고 싶었지만 증거가 없으니 입 다물고 있을 수밖에 없었다.

내가 어느 정도 업무에 익숙해지자 후지타는 믿기지 않는 행동을 저질렀다. 내가 잠시 한눈을 파는 사이에 검사를 마친 제품이 들어 있는 상자에 불량품을 집어넣은 것이다. 운 좋게도 내가 불량품을 발견했으니 망정이지 그대로 출고되었더라면 거래처에서 항의하는 등 큰 소동이 벌어졌을 것이다.

후지타가 왜 그렇게 나를 미워했는지 그 이유는 잘 모르겠다. 그가 모든 후배를 괴롭혔던 건 아니고 유독 나만 미워했던 것 같다. "저 녀석은 생긴 게 마음에 안 들어."라고 말했다는 소문이 있었던 걸 보면 생리적으로 내가 싫었을지도 모른다.

하지만 단지 마음에 안 든다는 이유만으로 그토록 괴롭힌다는 건 납득할 수 없었다. 참다못한 나는 어느 날 작업을 하다 말고 후지타에게 다가갔다. 그는 보안경 너머로 나를 노려보며 '뭐야?' 하는 표정을 지었다.

"아까 검사를 마친 제품들 속에 불량품을 집어넣었죠?"

"그런 적 없는데."

후지타는 내 눈길을 외면하고 작업을 계속했다.

"도대체 왜 그러는 겁니까. 나를 골탕 먹이려고 일부러 그러는 거예요?"

"그런 적 없다잖아. 왜 시비야!"

"시비는 선배가 먼저 걸었잖아요."

그 말에 후지타는 대답하지 않았다. 그는 나를 무시한 채 작업을 계속했다.

"앞으로는 그런 짓……."

거기까지 말했을 때 등 뒤에서 경보 사이렌이 울렸다. 돌아보니 내 작업대에 제품이 가득 쌓여 있었다. 황급히 내 자리로 돌아갔지만 이미 타이밍을 놓쳐 부품을 운반하는 컨베이어 벨트가 멈춰 서고 말았다.

"다지마!"

반장의 날카로운 고함이 들렸다.

"멍청히 서 있으면 어떡해? 정신 차리고 제대로 해!"

죄송합니다, 라고 사과하는데 실실 웃는 후지타의 옆얼굴이 눈에 들어왔다. 순간 울컥 화가 치밀어 올라 손에 들고 있던 검사용 기구를 그에게 던졌다. 기구는 정확하게 후지타의 오른쪽 어깨에 가서 부딪혔다.

"뭐 하는 짓이야!"

"너 때문이잖아."

"그게 내 탓이라고? 너, 머리가 어떻게 된 거 아니야?"

이번에는 옆에 있던 스패너를 집었다. 그대로 후지타에게 다가갔다.

"야, 이 새끼야!"

그런 소리가 들리는 것과 동시에 뒤에서 누가 내 양쪽 팔을 힘주어 붙들었다. 반장이었다.

"다지마, 너 뭐 하는 거야!"

"이 자식이 자꾸 못살게 굴잖아요."

안전화를 신은 발로 후지타를 차려고 했지만 발이 그에게 닿지 않았다.

후지타가 능글능글 웃으며 뒷걸음질 쳤다.

"무섭네, 그 자식. 너, 뭐 잘못 먹었냐?"

"후지타, 이 녀석 왜 이래?"

반장이 후지타에게 물었다.

후지타는 얼굴 앞에서 손을 휘휘 저었다.

"모르겠어요. 이 녀석이 느닷없이 시비를 거네요."

"시비가 아니잖아!"

"시끄러워. 너희 둘 다 따라와."

반장은 우리를 공장 구석까지 끌고 갔다. 사정을 얘기했지만 반장은 내 말을 믿으려 하지 않았다.

그날 이후 나는 직장에서 점차 고립되어 갔다. 라인 작업에서 배제된 채, 제품이 든 박스를 창고까지 운반하는 일이 주 업무가 되었다. 나를 팀워크나 깨뜨리는 존재로 간주한 듯했다. 휴식 시간에 모두들 화투나 포커를 해도 나는 혼자 떨어져서 책을 읽었다.

룸메이트인 고스기가 방에 몰래 여자를 데리고 들어온 건 그러저러한 일로 회사 생활이 우울해지기 시작했을 무렵이었다. 야근을 마치고 방에 돌아와 자고 있는데 고스기가 여자와 함께 들어왔다. 나도 놀랐지만 그는 더 놀라는 눈치였다. 내가 야근조라는 사실을 잊은 듯했다.

"나오코야."

고스기가 쑥스러워하며 그녀를 내게 소개했다. 쇼트커트 머리에 몸집이 작은 여자였다. 그녀가 고개를 움츠리며 꾸벅 인사했다.

고스기가 그녀를 데려온 것이 처음은 아닌 듯했다.

"여자를 데려오는 사람이 나만 있는 건 아니야."

고스기가 변명하듯 말하며 히죽거렸다.

"그러는 녀석들이 더러 있어. 하지만 아무도 고자질하거나 그러지는 않아. 서로 돕고 살아야지. 안 그래?"

결국 나더러 입을 다물어 달라는 얘기였다. 물론 나도 고자질할 생각은 없었다.

나오코는 우리와 같은 회사 여자 기숙사에 살았다. 우리와 입사 동기였지만 근무하는 공장은 달랐다. 고스기와는 친목회에서 만났다고 했다.

그런데 잡담을 나누던 중에 뜻밖의 사실을 알게 됐다. 나오코가 에지리 요코와 같은 고등학교 출신이었던 것이다. 나는 그녀에게 에지리 요코라는 동창생이 있지 않았냐고 물었다. 나오코는 동그란 눈을 반짝거리더니 같은 반이었다고 했다. 그것도 비교적 친한 사이였다는 것이다.

"같은 반이라면…… 1학년 때였겠네."

"응. 그게 말이지……."

"알아, 나도."

나는 고개를 끄덕이며 그녀의 말을 잘랐다. 요코가 고등학교를 다닌 것은 1학년 가을까지다.

고스기가 무슨 말이냐며 궁금해하기에 나는 요코가 자살한 얘기를 들려주었다. 고스기가 어두운 낯빛이 되어 "그런 일이 있었구나." 하고 중얼거렸다.

"그래서, 왜 자살했는지 밝혀졌어?"

내 물음에 나오코는 눈을 내리깔고 잠시 대답을 망설였다.

"소문은 이것저것 많았는데……."

뭔가 아는 눈치였다.

"임신했다면서?"

넌지시 그녀를 떠봤다.

"응. 아마 사실일 거야. 요코 엄마가 상대 남자를 찾아다녔으니까."

역시 내 예상대로였다.

"아니, 임신 때문에 자살했단 말이야?"

고스기가 끼어들었다.

"내가 다니던 고등학교에도 임신한 아이가 있었어. 그런데 별로 고민하는 것 같지 않던데. 졸업식 때도 만삭의 몸으로 당당하게 참석하더라고."

"그야 개인차가 있겠지. 그리고 그 아이라고 왜 고민하지 않았겠어."

"그럴까."

"배가 부른 채 졸업식에 참석했다는 건 아이를 낳을 작정이었다는 거지."

나오코가 말했다.

"그렇다면 부끄러운 마음도 있겠지만 좋아하는 남자와의 사이에 아이가 생긴 거니까 기쁜 마음이 더 컸을 거야. 하지만 아이를 낳을 수 없는 경우라면 얘기가 다르지."

"고등학교 1학년이었으니까 낳기 힘들었을 거야."

내가 말했다.

"그럼 아이를 지우면 되잖아."

"남의 얘기라고 함부로 말하네. 맹장 수술하고는 차원이 달라."

"맹장 수술이 훨씬 힘들걸. 내가 아는 여자 하나는 고등학교 때 이미 두 번이나 아이를 지웠어. 본인도 태연하던데."

"그렇게 보인 거겠지."

"그야 물론 고민은 좀 했겠지만 자살 같은 건 꿈도 안 꿨을 것 같아."

"그러게 개인차가 있다니까."

고스기와 설전을 벌이는데 나오코가 "그런 게 아니야."라고 말했다.

"중요한 건 남자 쪽 마음이야. 남자의 사랑을 확신할 수 있다면 슬프지만 낙태를 참아 낼 수도 있겠지. 하지만 요코의 경우는 그렇지 않았을 거야."

"그렇지 않았다니?"

나는 나오코 얼굴을 봤다.

그녀가 잠깐 고개를 숙였다가 다시 들었다.

"자살하기 얼마 전에 요코가 이상한 짓을 했어."

"이상한 짓이라니?"

"학교 계단을 계속 오르내렸어, 그것도 엄청난 속도로. 본 사람이 여럿이야. 나도 한 번 봤고."

"왜 그랬는데?"

고스기가 물었다.

나오코는 고개를 흔들었다.

"그때는 나도 몰랐어. 그런데 친구 하나가 요코가 울면서 전화하는 걸 봤다는 거야. 방과 후에 학교 공중전화에서 말이지."

"누구랑?"

짚이는 녀석이 있었지만 짐짓 그렇게 물었다.

"그건 모르겠어. 하지만 그 친구가 요코가 하는 얘기를 들었대."

"무슨 얘기?"

가슴이 두근거리기 시작했다.

"요코가 울면서 '이제 그만두고 싶다'고 했다나 봐."

"그만두다니, 뭘?"

"거기까지는 못 들었대. 다만, 이제 그만두고 싶다, 더는 이런

235

짓을 하고 싶지 않다, 그러면서 울더라는 거야. 상대는 뭔가를 계속 설득하는 것 같았고."

"흠, 그게 뭐였을까."

고스기가 팔짱을 끼고 생각하는 표정을 지었다.

상황이 조금씩 이해되기 시작됐다. 그러나 머릿속에서 점점 확고해져 가는 추리를 더는 발전시키고 싶지 않았다. 너무도 비참하고 불쾌한 내용이기 때문이었다. 나는 입을 다물고 잠시 방바닥을 내려다보았다.

"끔찍한 일일 거야."

나오코가 불쑥 입을 열었다.

나오코도 요코가 흘린 눈물의 의미를 알아차렸다는 것을 나는 확신했다.

"뭐가?"

둔감한 고스기는 아직도 무슨 얘기인지 모르는 듯했다.

"전화 상대는 남자였을 거야."

내가 말했다.

"아마도 요코를 임신시킨 녀석이겠지."

"임신한 게 싫어서 울었다는 거야?"

"아니. 이미 임신을 했는데 싫다느니 어떻다느니 말해 봐야 뭐 하겠어."

"그럼 뭔데?"

나는 나오코를 바라봤다. 그녀와 눈이 마주쳤지만 그녀는 입을 열고 싶지 않은 눈치였다.

"남자가 요코에게 낙태하라고 한 거지."

하는 수 없이 내가 말해 버렸다.

"뭐라고? 그런 거야?"

고스기는 상상도 못했다는 표정으로 나와 나오코를 번갈아 봤다.

나오코가 가만히 고개를 끄덕이더니 "아마도."라고 대답했다.

"너, 몰라? 임신부는 심한 운동을 하면 안 되는 거야. 계단을 그렇게 빠른 속도로 오르내리는 건 금물이란 말이야."

"그건 알지만,"

고스기는 헤어스프레이로 고정시킨 자신의 머리를 손으로 만졌다.

"병원에 가면 될 걸 왜 그런 짓을 하는 거지?"

"병원에 가면 돈이 들잖아."

"그야 그렇지만……."

"홀어머니와 단둘이 살던 요코는 어머니에게 부담을 주고 싶지 않았을 거야. 아니, 임신했다는 사실 자체를 알리고 싶지 않았겠지."

"남자가 내면 되잖아, 자기가 임신시켰는데."

"그 녀석이 돈이 없었겠지. 아니면 그런 일에 돈을 쓰고 싶지 않았든가."

나는 오목을 두던 구라모치 오사무의 뒷모습을 떠올렸다.

"지독한 놈이네. 그래서 그런 방법으로 유산시키려고 했던 거구나. 계단을 오르내리도록 해서 말이야. 그러니 울 수밖에. 그러고 싶지 않은 것도 당연하고."

고스기가 분개했다.

"왜 그 남자가 하라는 대로 했을까."

내가 중얼거렸다.

"그럴 수밖에 없지 않았을까. 요코도 아이를 낳을 수 없다는 사실 정도는 알았을 거야. 그런데 돈이 없으니 병원에는 못 가고…… 좀 더 불량한 애였다면 친구들한테 말해서 돈을 마련했을 테지만 말이지."

그리고, 라고 나오코는 덧붙였다.

"그 남자를 좋아한 것 아닐까? 그래서 시키는 대로 할 수밖에 없었을지도 몰라. 말을 안 들었다가 남자에게 버림받을까 봐 두려웠던 거지."

"그렇게 나쁜 녀석을 좋아했단 말이야?"

"응. 아마 그랬을 거야."

나오코가 고개를 끄덕였다.

고스기는 머리를 절레절레 흔들며 "이해가 안 되네."라고 중얼거렸다.

야근까지 했는데도 그날은 잠이 오지 않았다. 누워서 이불을 뒤집어써도 가슴속에서 분노와 슬픔이 치밀어 올라 견딜 수 없었다.

에지리 요코와 수영장에서 보낸 시간이 내게는 그 무엇과도 바꿀 수 없는 소중한 추억이었다. 구라모치는 내게서 그 소중한 추억을 빼앗아 갔을 뿐 아니라 비열한 방법으로 그녀를 죽게 만들었다. 그것은 살인에 필적하는 행위다.

인적이 드문 학교 계단을 말없이 오르내리는 요코의 모습이 눈앞에 떠올랐다. 이를 악물고서 숨을 몰아쉬고 땀을 흘리면서 좋아하는 남자의 명령을 따랐던 것이다. 새 생명이 자라는 자신의 몸을 학대하는 일은 더없이 괴로웠을 것이다. 하지만 그 이상으로 사랑하는 남자에게 그런 명령을 받은 것 자체가 서글펐을 것이다. 그런데도 그녀는 거부하지 않았다. 오로지 유산하는 것만이 그 남자의 사랑을 되찾을 방법이라고 믿었던 게 아닐까. 아니면 너무나 큰 절망 속에서 냉정한 판단력을 잃고 그저 기계적으로 계단을 오르내린 것일까.

그러나 정신력에도 한계가 있는 법이다. 어느 선을 넘어선 순간 그녀의 마음속에서 무언가 무너졌고, 그녀는 계단 오르내리기를 멈추고 옆에 있는 교실로 들어갔을 것이다. 교실 창문에서 보이는 광경이 그녀에게는 아주 매력적으로 비쳤을지 모른다. 모든 고통을 멈추고 괴로움에서 벗어나게 해 줄 공간처럼 여겨졌을지도 모른다.

비장한 결의 끝에 한 행동이 아니라 마치 꿈을 꾸는 듯한 기분으로 요코는 공중에 몸을 던진 것이다. 적어도 나는 그렇게 생각하고 싶었다. 그렇게라도 생각하지 않으면 견딜 수 없었다.

동시에 구라모치 오사무에 대한 증오심이 되살아났다. 내 안에 오랫동안 봉인돼 있던 그 감정이 하나의 극적인 사건에 의해 선명하게 되살아난 것이다.

그런 놈을 살려 둬서는 안 된다는 생각이 들었다. 그 같은 격정은 그때까지 싹텄던 살의와는 종류가 다른 것이었다. 나 자신을 위해서가 아니라 요코를 위해서 죽여야 한다.

14

물론 당장 구라모치 오사무를 죽이러 가겠다는 것은 아니었다. 가슴속에서 분노가 소용돌이쳤고, 어린 시절부터 간직해 온 살인을 향한 동경도 절실했으나 그것을 실행하기에는 뭔가 부족했다. 구라모치에 대한 증오심이 조금만 더 컸거나 약간의 충동과 자기도취감만 있었더라도 나는 그때 바로 살인을 저질렀을지 모른다. 그런데 그 당시의 나에게는 그런 것들이 결여되어 있었다. 익숙지 않은 회사 생활을 하루하루 무사히 보내는 것만으로도 나는 벅찼다.

시간은 순식간에 흘러 어느덧 연말이 다가왔다. 나는 여전히 생산 라인에서 배제된 상태였고, 구라모치를 죽이겠다는 생각은 어느 틈엔가 사라지고 없었다.

그러나 중요한 건 살인 의지가 잠시 사라졌을 뿐 완전히 소멸

된 건 아니라는 사실이었다. 그걸 깨달은 건 어느 곳에 가서 무언가를 봤을 때였다.

　그 장소는 공작 공장의 창고였다. 공작 공장이란 생산 라인에 사용되는 기계를 만들거나 조립하는 공장이다. 나는 그때 반장의 지시로 생산 원료를 가지러 그곳에 갔다.

　창고에는 창고지기가 있어 전표를 보여 주면 거기에 기재된 물품을 창구까지 가져다주었다. 다만 물품이 너무 무겁거나 창고지기가 바쁠 경우 직접 들어가서 가지고 나오는 경우도 있었다.

　내가 갔을 때 창고지기는 그다지 바빠 보이지 않았다. 그런데도 전표를 본 그는 고개를 한 번 끄덕하더니 내게 말했다.

　"직접 가져가게. 어디 있는지 알지?"

　내가 안다고 대답하자 그는 고개를 숙이고 다시 서류를 들여다봤다. 내가 창고에 자주 드나들어서 창고지기도 마음을 놓았던 것 같다.

　물론 나는 필요한 물품이 어디에 있는지 알았고, 그걸 익숙하게 다룰 줄도 알았다. 평소처럼 카트에 물품을 싣고 나오는데 옆쪽에 있는 캐비닛의 문이 열려 있었다. 그것은 약품을 보관하는 캐비닛이었다. 갈색 병과 흰색 병이 여럿 들어 있었다.

　호기심이 생긴 나는 카트를 세워 놓고 캐비닛 앞에 쪼그려 앉아 무슨 약품이 있는지 살펴봤다.

　병에는 라벨들이 붙어 있고 거기에 약품 이름과 화학식이 적혀 있었지만 하나같이 모르는 것들뿐이었다. 그리고 좀처럼 사용하지 않는 약품들인지 대부분 먼지가 뽀얗게 앉아 있었다.

내 심장이 크게 고동치기 시작한 건 다시 그 반대편 캐비닛 문을 열었을 때였다. 맨 아래 칸에 커다란 갈색 병이 있었는데 라벨에 시안화칼륨(KCN)이라고 적혀 있었다.

이른바 청산가리였다. 그것이 독약의 제왕이라는 건 예전부터 알던 사실이었고, 그런 만큼 한번쯤 보고 싶기도 했다. 바로 그 동경하던 독약이 눈앞에 있었다.

과거에는 금속 가공 공장에서 제련이나 도금을 할 때 청산가리를 사용했다. 그러나 이제는 낡은 방식이 되어 거의 사용하지 않기 때문에 이렇게 먼지를 뒤집어쓴 채 캐비닛에 들어 있는 것이다.

그런 보물을 눈앞에 둔 나는 잠시 고민했다. 자신이 유혹에 흔들리고 있다는 사실을 느끼는 것과 동시에 빨리 그 자리를 떠나야 한다는 양심의 경고음이 울렸다.

그러나 그 경보는 서서히 약해지다가 결국 사라지고 말았다. 나는 물품을 넣으려고 가져온 비닐봉투를 한 장 꺼낸 뒤 청산가리 병을 캐비닛에서 꺼내 조심스럽게 뚜껑을 열었다. 병 속에는 약간 굳어진 하얀 분말이 길고 가느다란 스푼과 함께 들어 있었다.

청산가리가 강알칼리성 물질이어서 피부에 닿기만 해도 염증을 일으킨다는 사실을 알았던 나는 손에 묻지 않도록 조심하면서 흰 결정 세 스푼을 비닐봉투에 퍼 담았다. 그리고 봉투 속 공기를 최대한 빼낸 후 입구를 고무 밴드로 묶었다. 청산가리가 공기와 접촉하면 탄산칼륨으로 변한다는 사실도 알았기 때문이다.

비닐봉투를 주머니에 넣은 후 무심한 표정으로 창고를 나왔다. 창고지기 앞을 지날 때는 태연한 목소리로 그에게 말을 붙였다. 그는 여전히 고개를 숙인 채 내 말에 대답했다. 신참 작업자가 악마의 약을 가지고 나오리라고는 상상조차 하지 못하는 얼굴이었다.

나는 청산가리를 기숙사 책상 서랍에 감춰 두었다. 제일 걱정되는 점은 룸메이트 고스기가 무심코 청산가리에 손을 대는 것이었지만, 고스기 같은 정의파 마초가 남의 책상 서랍을 뒤지는 일 따위 하지 않으리라는 것은 그간 같이 지낸 경험으로 확신할 수 있었다.

청산가리를 손에 넣은 것을 계기로 내 안에 잠들어 있던 살인 의지가 되살아났다. 언젠가는 사용해 보리라. 저걸 먹으면 어떤 식으로 죽을까. 소설에 자주 나오는 것처럼 피를 토하며 죽을까. 아몬드 향이 난다고 하던데 과연 그럴까.

권총을 수중에 넣은 사람마냥 스스로 강해졌다는 착각에 빠졌다. 짜증 나게 하는 녀석은 이걸 먹여 죽여 버릴 테다.

중학 시절 일이 떠올랐다. 승홍을 손에 넣은 나는 그걸로 누구든 죽일 수 있다는 사실을 과시함으로써 집단 따돌림을 피했다. 어른의 세계에서도 그 방법은 유효할 터였다. 그리고 후지타는 더할 나위 없이 좋은 표적이었다. 여전히 음험한 짓을 되풀이하는 그에게 비밀 병기의 존재를 알리면 어떤 표정을 지을까.

그러나 나는 그런 생각을 이내 접었다. 내게 청산가리가 있다는 사실이 누구에게도 알려져서는 안 된다. 그건 물론 구라모치를 염두에 두었기 때문이다.

"아아, 돈 좀 왕창 벌 수 있는 일이 어디 없나. 지금 같아서는 결혼반지도 사기 힘들겠어."

휴식 시간에 동료들과 카드놀이를 하며 멍청한 소리를 지껄여대는 후지타를 바라보면서 나는 '만일 구라모치를 살해할 계획이 없었다면 네가 실험 대상이 됐을 거야.'라고 생각했다.

결혼반지 운운하는 건 후지타에게 결혼 계획이 있기 때문이었다. 상대는 옆 조에서 일하는 직원이었다. 저렇게 비열한 인간에게도 결혼 상대가 있다는 사실은 뜻밖이었다. 물론 그 직원도 일이 바쁠 때면 생리 휴가를 내는 것으로 유명했으니 유유상종이라고 할 수 있었다.

그런저런 일로 한 해가 저물고 나는 정월 연휴를 기숙사에서 지내게 되었다. 달리 갈 곳이 없었기 때문이다. 고스기가 집에 다니러 간 덕분에 방을 혼자 쓰게 되어 쾌적했다.

연휴가 끝나고 2, 3일쯤 지났을 때 마쓰도 숙모가 보낸 커다란 봉투가 도착했다. 속에 연하장이 들어 있었다. 그 연하장과 함께 전에 살던 아파트에서 보내온 우편물도 몇 개 있었다. 그간 내게 온 우편물을 모아서 보내 준 것이다. 발신자는 대부분 고등학교 친구들이었다

그중 한 장을 집어 든 순간 온몸이 확 달아올랐다. 구라모치 오사무의 이름이 적혀 있었던 것이다. '근하신년'이라는 글자와 탈춤 추는 사자 그림 사이에 다음과 같은 내용이 있었다.

"요즘은 뭘 하고 지내냐? 대학생? 아니면 사회인? 흥미로운 얘기가 있는데 한번 만나자. 연락해라. 안 하면 후회할걸. 그럼."

주소는 도쿄 네리마로 돼 있었다. 전화번호가 적혀 있는 걸로 봐서 만나자는 얘기는 빈말이 아닌 듯했다.

이거야말로 신이 주신 기회가 아닐까 싶었다. 저쪽에서 먼저 만나자고 했으니 내가 접근해도 의심받을 걱정은 없다.

어느 토요일, 드디어 나는 전화를 걸었다. 구라모치는 전화를 받자마자 내 목소리를 알아차린 듯했다.

"전화 잘했어. 기다리고 있었어."

진심인지 아닌지는 알 수 없지만 그는 들뜬 목소리로 그렇게 말했다.

"잘 지내지?"

"그럭저럭."

내가 근황을 설명하자 구라모치는 "견실한 회사에서 꿋꿋하게 지내고 있네."라고 감탄과 야유가 섞인 어조로 말했다.

"너는 어때?"

나는 최대한 다정하게 물었다.

"응, 연하장에도 썼지만, 흥미로운 일이 있어. 한번 만날까? 만나서 자세히 얘기해 줄게."

"무슨 얘긴데?"

"그건 만나서 편안히 얘기하는 게 좋을 것 같아. 내일 어떠냐? 난 시간 있는데. 간만에 둘이서 맥주라도 한잔하자."

"그래. 그러지, 뭐."

"좋아. 그럼 장소는……."

구라모치는 이케부쿠로역 앞에 있는 카페 이름을 말했다.

약속 당일 나는 청산가리를 가져가야 하나 말아야 하나 고민했다. 되도록이면 치밀하게 계획해서 살인을 실행하고 싶었다. 충동적으로 범행을 저질렀다가 금방 경찰에 체포되면 어쩌나 걱정되기도 했다.

그럼에도 나는 결국 청산가리가 든 비닐봉투를 주머니에 넣어 가지고 기숙사를 나섰다. 아무런 의심도 받지 않고 그와 접촉할 기회가 다시 생기리라는 보장이 없었다. 시마코를 죽이지 못했던 아버지의 뒷모습이 떠올랐다. 운명의 여신은 그리 자주 나타나지 않는다.

나는 싸구려 스웨터에 더플코트라는 흔해 빠진 차림으로 약속 장소로 갔다. 그 카페는 낮에도 어두컴컴한 데다 넓어서 웬만큼 눈에 띄는 행동을 하지 않는 한 다른 손님이나 종업원이 내 얼굴을 기억할 염려가 없어 보였다.

구라모치는 카페 한쪽 구석의 2인용 테이블에 앉아 있었다. 약속 시각보다 몇 분 빨리 도착했는데도 그가 먼저 와 있는 건 의외였다. 꽤나 중요한 용건이 있는 모양이었다.

"오랜만이다. 좀 야윈 것 같은데."

나를 발견한 구라모치가 다가와서 말했다.

"회사에서 혹사당해서 그런가? 구라모치 너는 요즘 뭐 하고 지내냐? 대학에는 안 간 것 같던데."

"물건 파는 일을 해. 말하자면 세일즈지."

"뭘 파는데?"

"여러 가지. 그런 얘기는 다음에 하자."

구라모치는 빗질 자국이 선명할 정도로 깔끔하게 빗어 넘긴 머리를 하고 있었다. 세일즈맨이라서 그런가 보다고 나는 생각했다. 옷차림도 화려해 상당히 어른스러워 보였다. 모르는 사람 눈에는 우리가 동년배로 보이지 않을 것 같았다.

해도 그만 안 해도 그만인 잡담을 나누며 커피를 한 잔씩 마신 뒤 우리는 카페를 나왔다. 구라모치가 맥주를 마시러 가자고 했고 나로서는 거절할 이유가 없었다.

닭튀김과 삶은 콩 등의 평범한 안주를 먹으며 맥주 몇 잔을 비웠다. 그는 오로지 내 일에 대해서만 물을 뿐 자신의 일에 관해서는 대충 얼버무렸다. 그가 무슨 일인가 꾸미고 있다고 직감했다.

"얘기를 들어 보니 상당히 중노동이네. 그 월급에 그런 힘든 일을 하다니, 너무 안 남는 장사 아니야?"

구라모치는 내 기분은 아랑곳없이 함부로 말했다.

"그렇게 생각하지는 않아. 일단 월급이 꼬박꼬박 나오는 것만으로도 감사해. 그 회사에 있는 한 잘 데도 걱정 없고 말이야."

"잘 곳이야 어떻게든 해결할 수 있지. 그런데 말이야, 그렇게 사는 게 과연 행복할까? 기름범벅이 돼서 일생을 회사의 노예로 살다니, 너무 허무하지 않아? 그런 데서 죽도록 일해 봐야 벌 수 있는 돈도 뻔하고 말이야. 버는 돈이 뻔하다는 건 뻔한 인생을 산다는 거야. 평범한 여자와 결혼해서 토끼 굴 같은 집을 마련한 다음 평생 빚이나 갚으며 사는 거라고."

"그래도 상관없어. 결혼해서 내 집을 가질 수 있다면 그걸로 충분히 행복할 거라고 생각해."

"득도한 사람처럼 말하네. 그다음에 무슨 일이 기다릴지 생각해 본 적 있어? 보나 마나 별로 똑똑하지 않은 아이가 두 명 정도 태어날 거고, 진절머리 나도록 따분한 가정생활을 하게 될 거야. 몇십 년 동안, 아니 죽을 때까지 말이야. 아직 스무 살도 안 됐는데 그런 길을 선택하겠다는 거야?"

나는 열변을 토하는 구라모치의 입을 멀뚱히 바라보다가 말했다.

"그런 것조차 얻지 못하는 사람이 많아. 나는 고등학교를 졸업하기도 너무 힘들었어. 앞으로는 되도록이면 평온하게 살 거야. 드라마틱하지 않아도 상관없어."

내 말에 그는 고개를 절레절레 흔들었다.

"한심하기 짝이 없는 소리를 하네. 우린 아직 젊어. 포기하긴 이르단 말이야. 야, 다지마, 얼마 되지도 않는 용돈을 몽땅 오목에 쏟아붓던 시절도 있었잖아. 그 시절의 너는 도대체 어디로 사라져 버린 거야?"

나는 깜짝 놀라 구라모치의 얼굴을 새삼스레 바라보았다. 용돈을 오목에 쏟아붓도록 만든 장본인이 바로 구라모치 아닌가. 게다가 그는 오목 집 남자와 한통속이었다. 그 일을 내가 잊었을 리 없는데 태연스럽게 그 얘기를 꺼내다니, 구라모치의 정신 상태가 의심스러웠다. 하지만 구라모치는 내가 놀라든 말든 개의치 않고 계속 말했다.

"내 말 잘 들어. 그런 일은 빨리 때려치우는 게 좋아. 이 세상은 착실하다고 상을 주는 곳이 아니거든. 좋은 수를 생각해 낸 인간만이 성공을 거두는 시스템이란 말이지."

거기까지 듣고서야 나는 그가 무슨 말을 하려는지 알았다.

"너 세일즈를 한다고 했지. 그게 좋은 수라는 거야?"

내 말에 그가 빙긋 웃었다.

"그런 셈이지. 내 얘기를 들으면 깜짝 놀랄걸. 그런 방법이 있었나 하고 말이야. 그리고 필시 내게 끼워 달라고 애걸할 거야."

"글쎄, 과연 그럴까."

내 말에 그가 얼굴을 내게 바짝 들이댔다.

"지금 우리 집에 같이 가자. 가서 자세히 얘기해 보자고. 전철로 10분밖에 안 걸려. 길게 얘기하지도 않을 거고."

구라모치가 마침내 본론으로 들어가려는 것이다. 그가 무슨 얘기를 할지 궁금하기도 했지만 그보다 어떤 집에 사는지 봐 두고 싶었다. 그를 살해할 계획을 세울 때 참고가 될 것 같았다.

"그래, 좋아."

내 대답과 동시에 구라모치는 계산서를 들고 카운터로 향했다. 내가 허겁지겁 쫓아가 지갑을 꺼냈지만 그는 가볍게 손을 내저었다.

"됐어, 내가 낼게. 내가 만나자고 했잖아."

"하지만……"

"됐다니까."

그는 만 엔짜리 지폐를 카운터에 건넸다. 그러고 나서 내 귀에 대고 속삭였다.

"내 얘기를 듣고 나면 이 정도는 푼돈으로 여겨질 거야."

내가 그의 얼굴을 빤히 바라보자 구라모치는 즐겁다는 듯 한쪽 눈을 찡긋했다.

네리마역에 내려 몇 분쯤 걷자 그가 사는 2층짜리 아파트가 나타났다. 지은 지 얼마 안 되는지 퇴색하지 않은 외벽의 흰색이 눈부셨다.

"들어가자."

구라모치에게 이끌려 집 안으로 들어서자 맨 먼저 커다란 옷장이 눈에 들어왔다. 그 옆에 침대와 책꽂이가 있고 바로 옆 부엌에는 식탁과 냉장고, 전기밥솥, 오븐 등이 있었다. 내가 사는 기숙사와는 달라도 너무 달랐다. 어엿한 집안 살림이라 불릴 만한 것이 갖추어져 있었다.

"대단하네. 웬만한 건 다 있는걸."

"뭐, 대충은. 하지만 대부분 중고야. 선배한테 싸게 샀어."

"선배라니, 어떤 선배?"

"직장 선배. 너, 커피 마실래?"

"아니, 됐어. 그보다, 할 얘기가 뭔데?"

내가 관심을 보이는 듯하자 구라모치의 표정이 밝아졌다. 자신이 던진 미끼를 내가 물었다고 여긴 모양이었다.

우리는 식탁을 사이에 두고 마주 앉았다. 구라모치가 커다란 봉투를 식탁 위에 올려놓고 거기서 종이 몇 장을 꺼냈다. 봉투에 '호즈미 인터내셔널'이라고 인쇄되어 있었다.

"그게 뭐야?"

"내가 일하는 회사에 관한 거야. 너도 한자리 끼워 줄까 하고."

그가 내 눈앞에서 팸플릿을 펼쳤다. 거기에는 루비, 사파이어 같은 형형색색의 보석 사진이 즐비했다. 광채에 초점을 맞춰 촬영했기 때문인지 사진인데도 눈이 부셨다.

"보석을 파는 회사야?"

나도 모르게 눈을 화들짝 떴다.

"이 회사에서 파는 물건이 보석인 건 사실이지."

구라모치가 애매하게 대답했다.

"하지만 회사의 목적은 돈을 버는 게 아니야. 상부상조하는 조직을 만드는 거지."

"상부상조?"

"서로 돕는 정신 말이야. 다 같이 행복하게 살자는 거지. 그래서 보석을 파는 거고."

"무슨 말인지 하나도 모르겠네."

내가 고개를 갸우뚱거리자 구라모치는 잠깐 기다리라고 하더니 찬장으로 가서 서랍을 열었다. 그동안 나는 말없이 실내를 관찰했다. 가전제품과 가구 일습이 갖춰져 있긴 했지만 구라모치 말대로 중고라서 그런지 어딘가 모르게 지저분해 보였다. 청소도 언뜻 보기에는 잘되어 있는 것 같지만 자세히 보면 구석구석에 먼지가 쌓여 있었다.

"여기서 너 혼자 사는 거야?"

"응. 불편한 건 많지만 마음은 편해. 기숙사는 프라이버시가 보장되지 않잖아."

"꼭 그렇지만은 않은데. 누가 여기 오기도 해? 여자 친구라든가……."

그러자 구라모치가 어깨를 흔들며 웃었다.

"그런 거 없어. 심심풀이로 만나는 여자가 있긴 하지만 여기 데려오지는 않지. 뒷일이 골치 아프니까 말이야."

그 말에 에지리 요코 사건이 번개처럼 머릿속에 되살아났다. 동시에 분노도 무럭무럭 피어올랐다. 요코 역시 그에게는 심심풀이에 불과했을 것이다. 그런 여자가 덜컥 임신을 했으니 당황했을 것이고, 그녀의 자살은 그보다 더 골치 아팠을 것이다. 그래서 끝까지 그녀와의 관계를 잡아떼기로 한 것이다.

지금 여기서 죽이는 방법도 있어, 라고 나는 생각했다. 내가 이 집에 들어오는 걸 본 사람이 아무도 없다.

커피를 마시지 않겠다고 한 것이 후회됐다.

내 본심을 알 턱이 없는 구라모치가 조그만 상자를 들고 왔다.

"열어 봐."

뚜껑을 여니 보석이 몇 개 들어 있었다. 하나같이 조그만 것들
이었다.

"엄청나지?"

구라모치가 내 표정을 살폈다.

그러네, 라고 대답했다. 하지만 예전에 보았던 엄마의 보석함
에는 이보다 훨씬 크고 아름다운 보석들이 들어 있었다.

"이거 다 합하면 최소한 백만 엔이야."

"응."

별 감흥이 일지 않았다.

"60만 엔에 살래?"

"뭐?"

고개를 획 들어 구라모치를 봤다. 그는 웃고 있지 않았다.

"농담이지?"

"돈이 부족하면 할부도 괜찮아. 이자는 최소한으로 해 달라고
위쪽에 부탁해 볼 테니까."

"농담하지 마."

"농담이 아니야. 얼토당토않다고 생각할지 모르지만, 내 설명
을 들으면 생각이 달라질걸."

"설명할 필요도 없어. 내가 보석을 사서 뭐 하게?"

"팔면 되지."

"판다고?"

"그래, 파는 거야. 내가 말했다시피 이건 백만 엔의 가치가 있는 물건이야. 백만 엔에 팔면 순식간에 40만 엔을 버는 거지."

40만 엔이라는 액수를 듣는 순간 마음이 살짝 흔들렸다. 하지만 제정신으로 돌아오기까지는 얼마 걸리지 않았다.

"이런 걸 어떻게 파냐. 내 주위엔 보석을 살 만한 사람도 없어."

"친척들이 있잖아. 이게 다 합해 백만 엔이라고 하면 엄청 좋아할걸."

나는 고개를 저었다.

"친척에겐 폐 끼치지 않기로 했어. 게다가 요즘 들어 만난 적도 없고, 앞으로도 만날 일이 없을 거야."

"그래? 그렇다면 할 수 없지."

구라모치가 한숨을 쉬었다.

"그럼 말이야, 40만 엔이면 어때?"

"뭐, 40만 엔?"

"그래, 40만 엔. 어때?"

"어떻게 갑자기 20만 엔이 내려갈 수 있어? 그런 거라면 애초부터 40만 엔이라고 했어야지. 지금 나한테 장사하자는 거야?"

"아니야, 아니야."

구라모치가 손을 내저었다.

"진정하고 내 말을 들어 봐. 40만 엔에 사려면 조건이 있어. 네가 호즈미 인터내셔널 회원이 되어야 해."

"왜?"

"회원이 되면 특가로 살 수 있거든. 단, 회원이 되면 각자에게 할당량이 주어져. 하지만 그건 별것 아니야. 생각하기에 따라서는 꿈같은 얘기가 될 수도 있고. 보석을 싸게 사고 싶어서 마지못해 회원이 되었다가 이 일이 원래 하던 일보다 보람도 있고 돈도 잘 벌려서 결국 다니던 대기업을 그만둔 사람도 있어. 그 사람 지금은 1년 수입이 천만 엔도 넘어."

얘기가 본격적으로 펼쳐지자 나는 마음의 경계를 단단히 했다.

"할당량이란 건 뭔데?"

"그건 아주 간단해. 우선 입회금 2만 엔을 낸 다음 자기가 산 보석 세트를 누군가에게 팔면 돼. 그러면 회사는 회원에게 깎아 준 액수만큼을 그 보석을 사는 사람에게 받는 거야. 아무에게도 손해는 없지."

"그렇구나."

그 말 자체는 이치에 닿는 것처럼 느껴졌다.

"하지만 그러면 회원은 돈을 어떻게 버는데?"

"수당이 들어와. 보석 세트 하나를 파는 데 5만 엔."

"수십만 엔짜리를 파는데 겨우 5만 엔이야?"

"얘기를 끝까지 들어 봐. 회원이 의무적으로 팔아야 하는 건 한 세트지만, 그 이상 팔면 안 된다는 규칙은 없어. 많이 팔면 그만큼 수당이 많이 들어와."

"그건 알겠는데, 60만 엔이나 하는 보석이 그렇게 많이 팔리겠어? 그런 거라면 애초부터 회원 가입을 안 하고 그냥 자기가 보석을 사서 팔겠지."

"바로 그 부분이 핵심이야. 내가 보석 한 세트를 의무적으로 팔아야 한다고 했지 그걸 반드시 60만 엔에 팔아야 한다고는 하지 않았잖아."

구라모치는 검지를 세워 보이며 빙긋 웃었다.

"60만 엔이 아니라면……."

"40만 엔에 팔아도 돼. 보석을 산 사람을 회원으로 가입시키기만 하면 말이지."

"아아……."

삽시간에 눈앞이 밝아지는 느낌이었다.

"그런 거야?"

"게다가 40만 엔에 팔아도 회사에서는 수당을 줘. 얼마나 고마운 일이야? 단, 최초로 보석을 팔았을 때는 2만 엔을 주지. 그럼 그다음부터는 어떻게 되느냐. 여기부터가 재미있는 부분인데 말이지."

구라모치가 내 쪽으로 몸을 기울이고서 말을 이었다.

"네가 권유해서 가입한 회원이 또 다른 회원을 데려올 경우에도 그 수당의 몇 퍼센트가 네 주머니로 들어가도록 되어 있어. 그 회원이 새끼를 치고 새끼 회원이 또다시 새끼를 칠 무렵에는 네 계좌로 십만 엔 단위의 돈이 들어갈 거야. 그렇다면 보석을 파는 것보다 회원을 늘리는 편이 훨씬 이득이라고 생각되지 않아?"

구라모치의 매끄러운 말솜씨에 내 머릿속에서는 숫자가 이리저리 흘러 다녔다. 그 탓인지 머리가 약간 멍해지는 느낌이었다.

"그러니까 맨 처음에 필요한 돈은 보석 값 40만 엔과 입회비 2만 엔이구나."

"그 40만 엔도 없어지는 게 아니야. 보석이라는 형태로 손에 남지. 그러니까 실질적인 투자는 2만 엔에 불과하다 이 말이야. 그 정도라면 쥐꼬리만 한 월급을 받는 사람이라도 어떻게든 마련할 수 있는 돈 아닌가?"

나는 팔짱을 끼고 나지막이 신음했다. 구라모치를 죽일 계획을 구체화하기 위해 찾아왔는데 그의 얘기에 완전히 넘어가 버린 것이다.

"해 볼 테야? 나는 벌써 2백만 엔이나 벌었어."

"2백만 엔……."

"그게 전부가 아니야. 앞으로도 계속 들어올 거야."

그리고 구라모치는 목소리를 낮추어 말했다.

"하루라도 빨리 가입하는 게 유리해. 그래야 네 밑으로 회원이 빨리 생겨날 거 아니야. 네가 가입하겠다면 내일 아침 일찍 서류를 접수시켜 줄게. 월요일이라 사람이 많이 몰리겠지만, 내가 한번 힘을 써 보지, 뭐."

"글쎄……."

나는 잠시 망설이다가 대답했다.

"할부로 해 준다면 할 수도 있을 것 같은데."

"그럴래?"

"응. 그럼 해 볼까 싶어."

그러자 구라모치가 자리에서 일어서더니 깔깔대기 시작했다. 그는 어리둥절해하는 나를 손가락으로 가리키며 배를 잡고 웃었다.

"이봐, 다지마 가즈유키 선생, 정신 좀 차리시지 그래. 이따위 속임수에 넘어가서야 되겠어?"

15

일종의 다단계 판매라고 구라모치는 설명했다.

"생각해 봐. 회원이 새끼를 치고 새끼 회원이 또 새끼를 치고……, 그런 식으로 회원을 늘려 가면 그 숫자가 금방 일본 인구수를 넘어서게 돼. 게다가 실제로 보석을 살 만한 돈이 있는 사람은 많지 않으니 회원 늘리기는 일찌감치 벽에 부딪치겠지. 원금을 회수하려고 해도 신규 회원이 될 사람이 없는 상황에 이르는 것이 수학적인 귀결이야."

"그렇지만 일찌감치 가입하면 돈을 벌 수도 있지 않을까?"

"벌 수 있지. 적어도 처음 시작한 놈은 말이야. 하지만 초기 회원이 아니면 원금 회수도 어려워."

"지금 시작해도 늦었다는 거야?"

내 질문에 구라모치가 히죽거리며 고개를 끄덕였다.

"당연하지. 초기 설립자들이 돈을 벌고 나면 그걸로 끝이야. 뒤늦게 들어온 사람들은 봉이라고나 할까."

"그래도 보석은 남잖아. 보석을 팔면 원금은 회수되는 거 아니야?"

"누구한테 파는데?"

구라모치의 눈이 여전히 웃고 있었다.

"누구한테 팔든 그야 상관없지 않을까? 보석상에 팔아도 되고, 최악의 경우에는 전당포도 있고."

"전당포에 가면,"

구라모치가 팔짱을 끼고 고개를 갸웃했다

"5만, 아니 3만 엔이라도 받으면 다행이야."

"하지만 네가 백만 엔의 가치가 있다고 했잖아."

"그건 개인의 가치관에 따라 다르겠지만 아마 전당포 아저씨가 백만 엔으로 쳐주지는 않을 거야. 질 나쁜 인조 보석을 담보로 돈을 내줄 바보들은 아니니까."

"뭐, 인조 보석이라고?"

나는 다시 보석을 들여다봤다.

"그것도 상당히 조잡해. 유리는 아니지만, 장식품으로조차 쓰기 어려울 정도야. 하지만 아마추어들은 그냥 봐서는 구분을 잘 못하지. 보석이란 그런 거야. 모두들 보석에 대해 아는 체하지만 사실은 가격표를 보고 이러니저러니 할 뿐이야."

"그럼 사기잖아."

"나는 천연 보석이라고 한 적 없어. 설사 그렇게 얘기했다 한들 증거도 없고 말이야."

나는 구라모치를 노려봤다.

"더러운 수법이야."

그러나 그는 내 비난에 아랑곳하지 않았다.

"돈을 번다는 건 그런 거야. 누군가에게서 돈을 합법적으로 빼앗는 거지. 합법적이기만 하면 더럽고 깨끗하고가 없어."

그가 보석함을 한쪽으로 치웠다.

"왜지? 왜 나한테 수법을 까발리지? 날 속일 셈으로 여기까지 데려온 거 아니야?"

그러자 구라모치가 나를 바라보며 의외라는 듯이 어깨를 으쓱 했다.

"내가 너를 속일 생각이었다면 이런 것까지 얘기해 주겠냐? 아까 네가 속아 넘어갔을 때 모른 척하고 계약서에 사인하라고 했겠지."

"나는 네가 날 유혹해서 속이려고 했다고만 생각했어."

"야, 다지마. 우리, 친구잖아. 그것도 아주 어릴 때부터 함께 놀던 친구 아니야? 그런데 설마 너를 속이겠어? 말도 안 되는 소리지."

진지한 얼굴로 그렇게 말하는 구라모치를 나는 물끄러미 바라봤다. 친구인 내게 저주의 편지를 보낸 사람이 누군데…….

"너, 여기 오기 전에 나한테 좋은 수가 있다고 했잖아. 그래서 네게 끼워 달라고 애걸할 거라고 말이야. 다단계 판매 수법을 공개하는 게 그거랑 관계가 있는 거야?"

"그 얘기를 지금부터 하려는 거야. 우선 뭐 좀 마실까. 커피가 싫으면 맥주로 할래?"

"그래."

구라모치는 냉장고에서 캔 맥주 두 개를 꺼내 와 그중 하나를 내 앞에 놓았다. 나는 캔 뚜껑을 따면서, 이 맥주 캔에 청산가리를 넣기는 어려울 거라고 생각했다.

"방금도 말했지만, 다단계 판매는 맨 처음에 사업을 시작한 놈들만 돈을 벌어. 나중에 가입한 사람들은 손해만 볼 뿐이지."

구라모치가 맥주를 한 모금 마시고서 말했다.

"그건 나도 알겠어."

"자, 중요한 건 여기서부터야."

그는 식탁에 한쪽 팔을 괴고 몸을 앞으로 내밀었다.

"한마디로 이 사업에서 거래의 목적은 물건을 파는 게 아니야. 온갖 방법을 동원해서 회원을 늘리는 거지. 그렇다면 이 대목에서 또 하나의 사업이 가능해."

"또 하나의 사업이라니?"

"사람들을 회원으로 가입하도록 끌어들이는 거야. 회원이 늘면 조직이 돈을 벌게 되고, 우리는 그 대가를 받는 거지."

나는 구라모치에게서 시선을 떼지 않았다. 그는 내 시선을 의식하면서 두세 번 고개를 끄덕였다.

"그게 네가 하는 사업이야?"

"지금은 그래."

구라모치는 뭔가 더 깊은 의미가 있는 듯이 대답한 후 맥주를 들이켰다.

"그럼 나한테 좋은 수가 있다고 한 게……."

"바로 그 일이야. 나쁜 얘기는 아니지 않아? 회원으로 가입하는 바보들과 달리 우리는 손해를 보는 일이 절대 없어. 할당량도 없고. 요구되는 건 연기력뿐이야."

"연기력이라니?"

"차차 알게 될 거야."

구라모치는 보수에 대해 설명했다. 시급으로 따지면 내가 지금 받고 있는 월급과는 비교가 되지 않는 액수였다. 정말 그렇게 큰돈을 벌 수 있을까 싶어 새삼 놀라웠다.

"실은 요즘 신규 가입자가 줄고 있어. 그래서 이번에 대대적으로 캠페인을 펼치려고 하는데 사람이 부족하지 뭐냐. 믿을 만한 친구가 있느냐고 위에서 묻는데, 맨 먼저 다지마 네가 생각나더라. 오늘 너를 만나는 건 윗선에도 보고했어."

"보고했다고? 내 이름을 말했다는 거야?"

구라모치는 고개를 저었다.

"이름까지는 아니고, 초등학교 때부터 사귄 죽마고우라고만 했어. 지금까지 내 얘기를 들어서 알겠지만 이 사업은 비밀 엄수가 절대적이야. 그러니 아무하고나 손을 잡을 수는 없지 않겠어? 어때, 지금 하는 일을 계속해도 되니까 아르바이트하는 셈 치고 해 볼래?"

나는 맥주를 한 모금 삼킨 뒤 숨을 크게 내쉬었다.

"내키지 않아. 결국은 사람을 속이는 일이잖아."

"아까도 말했지만 돈을 번다는 건 곧 누군가에게서 돈을 빼앗는 거야. 결단을 내리지 못하면 언제까지고 손해를 볼 수밖에 없어."

"아니."

나는 맥주 캔을 손에 쥔 채 고개를 저었다.

"난 관두겠어. 그렇게 환상적인 돈벌이가 있을 리 없어."

"나를 믿어 주면 좋을 텐데."

구라모치는 그 이상 내게 강요하지 않았다.

캔 맥주를 비우고 자리에서 일어났다. 살인 계획을 실행하지 못할 바에야 그와 함께 있을 이유가 없었다. 더욱이 나의 살의가 시들어 가는 걸 스스로 느끼고 있었다. 어찌 된 영문인지 구라모치와 얘기를 나누다 보면 언제나 그의 페이스에 말려든다.

"묻고 싶은 게 있는데."

현관에서 신발을 신으며 내가 말했다.

"뭔데 그렇게 정색을 하고 그래?"

"너, 에지리 요코라는 여자애 기억하지?"

보나 마나 시치미를 뗄 거라고 생각하고 물었는데 그가 의외의 반응을 보였다. 허를 찔린 것처럼 입을 살짝 벌리더니 이마에 주름을 세웠다.

"물론 기억하지. 수영장 여자애 말이지?"

"그래. 그 애가 죽었다는 얘기는 했지?"

"응. 몇 년 전에 죽었다면서."

그가 코 언저리를 긁었다.

"우리가 고등학교 1학년 때 죽었어. 자살이야."

"그래, 그것도 들었어."

구라모치가 어쩐 일인지 순순하게 나와 당혹스러웠다. 그녀의 죽음마저 모르는 척할 거라고 예상했기 때문이었다. 그는 자신의 뒷목을 주무르며 입을 열었다.

"네가 그 여자애에게 마음이 있었던 건 알아. 수영장에서 처음 봤을 때 이미 감 잡았지."

구라모치가 뜻밖의 말을 했다.

"그런 얘기를 하자는 게 아니야."

"들어 봐. 좋아했으니까 그 아이가 죽은 게 신경 쓰이는 거 아니야. 하지만 빨리 잊는 게 좋아, 그런 애는."

"그런 애라니?"

내 입가가 일그러지는 것이 느껴졌다.

구라모치는 깔끔히 빗어 넘긴 머리를 손가락으로 훑어 내리며 난처한 표정을 지었다.

"있잖아, 다지마. 너는 나랑 그 아이 사이를 의심하는 거지? 네가 좋아하는 여자를 빼앗아 갔다고 생각하는 거잖아."

나는 아무 말 없이 숨을 크게 들이쉬었다 내쉬며 그를 노려봤다. 솔직히 말해 낭패한 심정이었다. 그가 이런 말을 하리라고는 전혀 예상치 못했던 것이다.

"실은 나, 그 애랑 잤어. 너한테 감춘 건 미안해."

그리고 그는 머리를 살짝 숙였다. 그의 머리에 난 가마를 나는 멍하니 바라보았다.

"역시 네가 요코의……"

"잠깐. 그렇다고 그 애가 내 아이를 임신했다고 생각하면 곤란해."

"그 애랑 잤다면서 발뺌할 셈이야?"

나는 한 걸음 그에게 다가섰다.

구라모치는 나를 제지하듯 양손을 뻗었다.

"이런 말은 하고 싶지 않았어. 네가 그 애에게 마음을 빼앗겼었다는 걸 아니까. 하지만 네가 오해하는 것 같아서 어쩔 수 없이 말하는 거야."

"도대체 하고 싶은 말이 뭐야?"

"그러니까…… 그쪽에서 먼저 나를 유혹했어."

"뭐라고?"

"네 소개로 그 애를 알게 되고 나서 그 애에게 전화가 왔어. 놀러 가자고 말이야. 네가 마음에 걸리긴 했지만 어쩌다 보니 가게 됐지. 그건 사과할게. 하지만 말이야, 그 애, 아주 엉뚱하더라고."

"무슨 뜻이야?"

내 가슴에 검은 구름이 드리우기 시작했다. 숨을 쉬기가 힘들었다.

"처음 데이트한 날이었어. 그 애가 그러는 거야, 섹스를 해 본 적이 있냐고. 그 순진한 얼굴로 그런 말을 해서 깜짝 놀랐어. 해 본 적 없다고 솔직히 대답했지. 그랬더니 뭐라는 줄 알아? 해도 좋아요, 그랬어."

"거짓말······."

나는 신음하듯 말했다. 눈을 감자 이내 요코의 웃는 얼굴이 떠올랐다. 그 얼굴과 구라모치의 말은 전혀 어울리지 않았다.

"거짓말이 아니야. 나도 처음에는 농담인 줄 알았어. 그래서 그럼 한번 해 볼까, 하고 나도 농담으로 받아쳤지. 그런데 나더러 얼마 있냐고 묻는 거야."

"돈 말이야?"

설마 하고 생각했다.

"그날은 그 애랑 처음 하는 데이트라서 돈을 넉넉히 가지고 나갔어. 5천 엔 정도 있다고 했더니 그거면 된다면서 어디서 할 거냐고 물었어."

"거짓말이야!"

나는 스스로도 깜짝 놀랄 만큼 큰 소리로 외쳤다. 그리고 나는 세차게 고개를 저었다.

"거짓말이야. 말도 안 되는 소리야."

"거짓말 아니라니까. 나도 그 애가 그렇게 말하고 나서야 비로소 농담이 아니라는 걸 알아차렸단 말이야. 그리고 그때부터 가슴이 두근거렸어. 볼썽사납게도 주눅이 들어서 말이지. 그런데 그 애는 아무렇지도 않은 말투로 자기는 밖에서 해도 좋다고 하더라."

"밖에서?"

"응. 그래서 그 근처 강변까지 걸어간 다음 인적이 드문 장소를 찾아서……."

구라모치는 말을 흐렸다.

나는 다시 고개를 저었다.

"믿을 수 없어."

하지만 스스로 생각해도 목소리에 힘이 빠져 있었다.

"사실이야. 물론 그 애는 처음이 아니었어. 아주 능숙하더라고. 내가 민망할 정도로 말이야. 그리고 끝나자마자 팬티를 입더니 '자, 5천 엔' 하면서 손을 내밀었어."

"매춘부처럼 말이야?"

"매춘부처럼이 아니라 매춘부 그 자체였어. 그 애, 집이 가난한 것 같더라. 그래서 수영장 아르바이트도 했겠지. 하지만 그것만으로는 부족해서 그런 짓을 했을 거야."

구라모치의 얘기를 듣는 동안 마치 몸 안에 있는 심지가 타들어 가는 것처럼 몸이 뜨거워지고 심장의 고동이 흐트러졌다. 귓속에서 울리는 맥박 소리를 들으며 '그럴 리 없어. 그 애가 그런 짓을 할 리 없어'라고 마음속으로 몇 번이나 외쳤는지 모른다.

"분명히 말하지만 나는 콘돔을 사용했어. 그것도 내가 준비한 게 아니라 저쪽에서 가져왔어. 그러니까 그 애는 애초부터 그럴 작정이었던 거야. 돈이 있을 만한 상대를 발견하면 자기가 먼저 접근해서 몸을 팔아 돈을 벌었던 거지. 상대한 남자가 한둘이 아닐 거야. 그리고 나는 그때뿐이었지만 개중에는 단골도 있었을 거고."

그럴 리 없어, 라고 외칠 기력은 이제 없었다. 나는 에지리 요코에 대해 아무것도 몰랐던 것이다.

"사실 나는 너도 했을 거라고 생각했어."

구라모치의 말에 나는 고개를 들었다. 그의 입술 끝에 묘한 미소가 묻어 있었다.

"그러니까 너와는 동기간이 되었다고 생각한 거지. 그런데 이제 보니 너, 안 한 모양이구나? 그 아이도 참 인색하지. 어차피 닳는 것도 아닌데, 같이 아르바이트하는 사이에 한 번 정도는 공짜로 해 줘도 좋잖아."

결국 나는 구라모치에게 덤벼들고 말았다. 머릿속에서 분노와 슬픔과 경악 같은 것들이 맹렬히 회오리쳤다.

그러나 구라모치는 내 주먹을 피한 다음 도리어 내 팔을 잡아 힘껏 밀쳤다. 나는 차가운 바닥에 나가떨어지고 말았다. 누운 채 그를 노려보기만 했을 뿐 일어설 기력이 없었다.

구라모치가 거칠게 숨을 내쉬며 의자에 앉았다.

"네가 충격받을 것 같아서 여태까지 입 다물고 있었던 거야. 하지만 오해는 풀어야 하지 않겠어?"

"그 애의 고등학교 때 친구들이랑 얘기를 해 봤지만 그런 말은 없었어. 자신을 임신시킨 남자에게 아이를 지우라는 말을 듣고 자살했다고만 했지."

"그건 소문일 뿐이야. 그리고 말이지, 자신이 다니는 학교 학생들을 상대로는 매춘을 하지 않는 법이야."

나는 입술을 꾹 깨물었다. 맞는 말이었지만 그렇다고 완전히 납득할 수 있는 것도 아니었다.

"증거 있어? 그 애가 그랬다는 증거가 있난 말이야."

"그런 건 없어. 내가 증인일 뿐이지."

"그 애는 그런 짓을 할……."

"사람은 외모만으로 알 수 없어. 이 세상 사람들은 서로 속고 속이며 살고 있어."

구라모치가 내 앞에 한쪽 무릎을 세우고 앉아 내 어깨에 손을 얹었다.

"이번 토요일에 보자. 세상이 어떤 곳인지 가르쳐 줄게."

토요일에 구라모치에게 이끌려 간 곳은 새로 지은 빌딩의 어느 방이었다. 초등학교 교실 정도 넓이에 파이프 의자가 30개 정도 줄지어 있고 그중 3분의 2 이상이 먼저 온 사람들로 차 있었다.

나와 구라모치는 앞에서 세 번째 줄 오른쪽 끝에 앉았다. 나는 평상복이었지만 구라모치는 양복 차림이었다.

"아까 얘기한 대로만 하면 돼. 그런 다음에는 입 다물고 있고."

회색 양복 차림의 젊은 남자가 앞에 서서 참석자들을 살피듯이 시선을 이리저리 움직이다가 입을 열었다.

"여러분, 오늘 이렇게 호즈미 인터내셔널의 세미나에 참석해주셔서 대단히 감사합니다. 그럼 이제 시작하도록 하겠습니다. 먼저 호즈미 고타로 회장의 인사 말씀이 있겠습니다."

한 남자가 단상에 올라섰다. 검은 테 안경에 어찌 보면 지적이라고도 할 수 있는 보통 체격의 남자였다. 나이는 마흔이 될까 말까. 회장이라는 직함에 비해 젊어 보였다.

호즈미 회장이 인사말을 시작했다. 말투가 또렷하고, 이따금 강한 악센트로 힘을 주어 말하기도 했다. 내용은 이 세상에 기회가 얼마나 많이 널려 있으며 지금의 상품 매매 시스템이 얼마나 어처구니없는 것인지, 돈을 벌려면 먼저 남이 돈을 벌도록 도와주는 상부상조의 정신이 있어야 한다, 같은 주장들이었다. 말의 흐름에 막힘이 없고 농담도 적재적소에 구사했다. 상당히 숙달된 언변이었다.

그가 인사말을 하는 동안 그의 등 뒤에 칠판이 놓였다. 호즈미는 분필을 쥐더니 '소비자 = 판매자'라고 쓰고 거기에 동그라미를 쳤다.

"이게 무슨 의미인지는 잘 아시겠지요. 우리가 물건을 사려고 할 때 누구의 말을 제일 신뢰합니까? 점원의 말 따위는 믿지 않습니다. 점원은 일단 물건을 팔고 나면 고객이야 어찌 되든 그만이라는 식이니까요. 가장 믿을 수 있는 건 실제로 그 물건을 사서 써 본 사람의 말 아니겠습니까. 여러분도 그렇지 않나요? 지인들끼리 정보를 교환하잖습니까. 그렇다면 물건을 산 사람이 직접 판매하면 좋지 않을까요. 설득력 있는 얘기 아닙니까? 물론 자신이 피해를 보았으니 남들도 좀 당해야지, 그렇게 생각하는 사람도 없는 건 아니지만 그런 놈들은 결국 동료들 사이에서 따돌림을 당할 테니까 걱정할 필요가 없고요."

중간 중간에 적당히 소탈한 말투를 섞는 것도 일종의 기교인 듯했다. 실제로 참석자들이 점점 그의 화술에 말려들고 있다고 느껴졌다.

이야기의 주제가 보석으로 옮겨 갔다. 호즈미는 자신들이 특별한 루트를 개발하고 불필요한 비용을 줄여 고급 원석을 값싸게 수입하고 있다고 득의만만하게 설명했다.

"하지만 문제는 지금부터!"

호즈미가 목소리 톤을 높였다.

"아무리 값싸게 들여와도 여러분 손에 도착할 때까지 여러 단계를 거치면 아무 의미가 없어요. 큰 가게를 차리려 해도 경비가 너무 많이 듭니다. 그래서 우리가 생각해 낸 것이 바로 이겁니다."

그는 조금 전에 '소비자 = 판매자'라고 쓴 부분을 분필로 몇 차례 두드렸다.

판매 시스템에 관한 이야기가 시작됐다. 그 내용은 구라모치가 해 준 설명과 별 차이가 없었다. 다른 점이 있다면 말솜씨였다. 속임수라는 걸 알고 듣는데도 호즈미가 온몸으로 뿜어내는 분위기와 교묘한 화술 때문에 그대로만 하면 돈을 벌 수 있을 것 같은 착각이 들었다. 그들의 수법을 아는 내가 그렇게 생각할 정도니 처음 듣는 사람이 속아 넘어가는 것도 당연했다.

호즈미의 강연이 끝난 뒤 사회자가 다시 단상에 올라섰다.

"그럼 이번에는 지난번 세미나에 참석하셨던 분 중 이미 실적을 거둔 회원의 보고를 듣고자 합니다. 와타나베 가즈오 씨, 부탁드립니다."

소개를 받고 일어선 사람은 다름 아닌 구라모치였다. 구라모치는 단상으로 올라가 어눌한 말투로 인사말을 시작했다. 물론 연기였다.

"와타나베입니다. 방금 사회자가 저를 지명하셔서 깜짝 놀랐습니다."

그리고 자신이 호즈미 인터내셔널에 가입한 후 오늘까지 얼마나 많은 이익을 올렸는가 하는 성공담이 이어졌다. 말할 것도 없이 지어낸 내용이었다. 그에게는 호즈미에게 필적할 만한 화술은 없었지만 하루아침에 성공한 평범한 청년을 표현하기에 모자람이 없는 연기력이 있었다. 세미나장에 모인 사람들은 그가 늘어놓는 사례 하나하나에 귀를 기울였다.

이야기를 마친 구라모치가 박수를 받으며 자리로 돌아왔다. 그는 여전히 순진한 청년 같은 얼굴을 하고 있었지만 눈만은 나를 보며 '어때?' 하고 으스대는 듯했다. 나는 '잘했어'라는 의미를 담아 그에게 윙크를 보냈다.

구라모치가 맡은 일이라는 게 바로 이런 것이었다. 즉 성공담을 자랑하는 역할이다. 그런 역할이 왜 필요한지 이곳에 오기 전에 물었을 때 그는 단순명쾌하게 대답했다.

"실제로는 그렇게 큰 성공을 거둔 사람이 없으니까. 성공담을 늘어놓는 사람이 간부들뿐이라면 수상하지 않겠어? 그래서 우리 같은 사람이 나서야 하는 거야."

다른 한 '연기자'의 성공담이 끝난 후 다시 사회자가 단상에 섰다.

"그럼 세미나는 이것으로 마치겠습니다. 이제부터 그룹별로 담당자가 배정될 예정이니 옆방으로 이동해 주시기 바랍니다."

옆방에는 둥근 테이블이 몇 개 놓여 있었다. 참석자들은 회원의 안내에 따라 네 명이 한 테이블에 앉았다.

자리에 앉던 나는 깜짝 놀랐다. 맞은편 자리에 후지타가 있었다. 그 역시 나를 알아보고 놀라는 표정을 짓더니 이내 불쾌한 듯 눈썹을 찌푸렸다.

일전에 그가 "돈 좀 왕창 벌 수 있는 일이 어디 없나." 하고 중얼거리던 일이 생각났다. 결혼을 앞두고 돈이 절실한 모양이었다.

우리 테이블에 여성 회원 하나가 다가와 인사했다. 그녀는 갖가지 팸플릿을 펼쳐 보이며 호즈미 회장이 얼마나 위대한 인물인지, 호즈미 인터내셔널의 시스템이 얼마나 뛰어난지를 빠른 말로 지껄여 댔다.

"지금까지 들으신 내용 중에 궁금한 점 있으세요?"

그러자 한 여자가 조심스러워하며 입을 열었다.

"여기서 보석을 사면 그걸 팔 때도 도움을 주시나요?"

"판매 루트가 없는 분에게는 저희가 보석점을 소개해 드립니다. 그 가게에서 보석이 판매된 시점에 여러분 손에 대금이 들어가는 겁니다."

"하지만 액세서리라면 모를까, 원석이 팔릴까요?"

"보석점에 따라서는 액세서리로 가공해 주는 곳도 있으니 여러분 스스로 디자인해서 보석점에 진열하는 방법도 있습니다. 가공비는 들지만 그만큼 더 비싸게 팔리기 때문에 그런 방식을 택하는 분도 많습니다."

"제가 직접 디자인할 수도 있군요. 멋지네요."

질문했던 여자의 눈이 빛났다.

나는 혀로 입술을 축였다. 다음은 내가 질문할 차례였다.

"회원을 여러 명 가입시켜도 괜찮나요?"

"물론입니다. 많이 가입시킬수록 수당이 늘어납니다."

"그러면 저를 가입시킨 회원까지 이득을 보잖아요. 그건 뭔가 불공평한 것 같은데요. 제가 저를 가입시킨 회원보다 실적이 좋을 수도 있는데, 제가 번 돈을 그 회원이 가로챈다는 느낌이 드는군요."

"상부상조하는 시스템이라 실적이 우수한 회원이 저조한 회원의 구멍을 메우는 측면이 있는 건 사실입니다. 하지만 저희도 실적이 우수한 분이 마냥 하위 등급에 머무는 것은 부당하다고 여기고 회원을 일정 수 이상으로 가입시키면 등급이 올라가는 시스템을 갖췄습니다."

여성 회원은 내 질문에 막힘없이 대답했다. 미리 입을 맞춰 둔 대로 질문했으니 당연했다.

나보다 앞서 질문했던 여자도 사실은 바람잡이였다. 즉 내가 앉은 테이블에 있는 다섯 사람 중 셋이 호즈미 측 사람이었던 것이다.

우리가 던지는 갖가지 질문에 여성 회원은 즉시즉시 대답했다. 이런 곳에 갑자기 이끌려 온 사람들은 상황을 냉정하게 분석하기 힘든 법이다. 던지는 질문마다 조리 있는 대답이 나오면 점차 신뢰감을 갖는다. 후지타와 다른 한 사람이 고개를 점점 많이 끄덕거리고 있다는 사실을 나는 놓치지 않았다.

"어떠세요, 저희와 함께 일을 해 보지 않으시겠습니까?"

여성 회원이 한통속인 다른 여성에게 물었다. 상대 여성은 크게 고개를 끄덕였다.

"네, 꼭 하고 싶습니다."

"감사합니다. 그럼 이 서류를 갖고 저쪽 테이블로 가십시오."

여성 회원의 눈이 이번에는 후지타에게 향했다. 여기서부터가
진짜 사업이었다.

"어떠세요?"

"나는, 글쎄요……, 어떻게 해야 할지."

후지타가 머리를 긁적였다.

그가 논리적 사고에 약하다는 것을 나는 알고 있었다. 망설이
는 이유는 40만 엔이라는 거금을 투척할 용기가 없어서이기도
하겠지만 뭔지 모를 찜찜함 때문이기도 할 것이다. 그가 내 쪽을
흘낏 봤다. 내가 어떻게 하는지 탐색하려는 것이다.

오늘 내 임무는 조금 전에 한 질문뿐이었다. 그런 다음에는 입
다물고 앉아 있기만 하라고 구라모치가 말했다. 그런데도 나는
입을 열었다.

"이왕 가입할 거라면 빠를수록 유리하겠죠?"

사전에 말을 맞추지 않은 질문이 느닷없이 튀어나오자 여성
회원의 얼굴에 당황한 기색이 어렸다.

"아아…… 네, 그렇죠."

"예를 들어 다음 세미나 때 가입하면 오늘 가입한 사람의 하위
회원이 되는 거잖아요?"

"네, 맞습니다."

"그럼 저도 가입하겠습니다. 늦을수록 손해니까요."

나는 서류를 받아 들고 가입 수속용 테이블로 갔다. 거기에는 구라모치가 앉아 있었다.

"뭐냐, 그 애드리브는?"

그가 의외라는 표정으로 물었다.

"그냥."

나는 좀 전에 내가 앉아 있던 테이블을 돌아봤다. 후지타가 여성 회원의 설명을 들으며 입회용 서류를 건네받고 있었다.

16

새해가 밝고 얼마 지나지 않았을 무렵이었다. 점심을 먹은 뒤 로커 룸에 갔더니 어디선가 말소리가 들렸다. 내 로커 뒤쪽에서 나는 소리 같았다. 둘이 얘기를 나누고 있는데 한 사람은 후지타가 분명했다.

"일단 설명이라도 들으러 가자고. 절대 손해 볼 일 없을 테니까. 나한테 감사하게 될걸."

"하지만 아르바이트는 금지잖아."

상대의 음성도 귀에 익숙했다. 옆 작업장에서 일하는 후지타의 동기였다.

"우리만 입 다물면 회사에 알려질 일이 없어. 휴일에만 하면 되니까 시간도 별로 안 빼앗길 테고. 별문제 없을 테니 설명회에 한번 와 봐."

예의 보석 판매 얘기였다. 후지타는 그 일이 사기라는 것도 모른 채 회원 모집에 열심이었다. 하루빨리 40만 엔을 갚은 후 떼돈을 벌겠다고 결심한 듯했다.

상대는 생각해 보겠다는 애매한 대답을 남기고 로커 룸을 나갔다.

내가 로커를 열자 소리가 들렸는지 맞은편에서 후지타가 고개를 내밀었다. 사람이 있다는 걸 알고 당황한 것 같았다. 나를 발견한 그는 안도하는 표정을 짓더니 이내 입술을 일그러뜨렸다.

"뭐야, 너였어?"

그리고 이번에는 미소까지 지었다.

"듣고 있었냐?"

"들렸어요."

그와 눈을 마주치지 않은 채 대답했다.

"열심이시네요."

"내가 미리 말해 두는데 말이야,"

후지타가 내 어깨를 잡았다.

"공장 녀석들한테는 손대지 마. 이쪽 놈들은 전부 내 고객이란 말이다. 알았어?"

후지타는 나도 그 판매 조직의 신규 회원이라고 철석같이 믿는 듯했다.

"직장에서는 안 할 겁니다."

"그래, 잘 생각했어. 물론 너 같은 촌뜨기가 권해 봤자 아무도 들어 주는 사람이 없겠지만 말이야."

그 촌뜨기의 연기에 감쪽같이 넘어간 사람이 누군데, 하고 묻고 싶은 심정이었다.

"사내에서 그런 일 하면 안 좋아요. 들통나면 질책받는 걸로 끝나지 않을 텐데요."

"흥."

후지타가 코웃음을 쳤다.

"들통이 왜 나? 내 동료들 중에 고자질이나 하는 더러운 녀석은 없어. 만약 들통난다면 범인은 너야."

그러면서 후지타는 내 멱살을 움켜쥐고 나를 노려봤다. 나는 그의 손을 뿌리치지 않은 채 그의 얼굴을 마주 보았다.

잠시 후 후지타가 스스로 내 멱살을 놓았다.

"하긴 네가 떠들 일은 없겠지. 우리는 한패니까 말이야."

"몇 명이나 모았어요?"

"웬만큼. 조만간 몇십 명 모아서 곧장 간부 클래스로 올라갈 거야. 그렇게 되면 너는 내 밑이 되는 거지. 기대되는걸."

후지타는 손등으로 내 가슴을 툭 치더니 작업복 바지 주머니에 양손을 찔러 넣고 통로를 걸어갔다. 그 뒷모습을 보고 있자니 구라모치가 했던 말이 떠올랐다. 지난번 설명회가 끝난 뒤 그가 내게 귀띔했다.

"솔직히 말해 간부들은 지금 튈 준비를 하고 있어. 어느 시점에 손을 떼면 좋을지 그 타이밍을 노리고 있단 말이야. 슬슬 경찰이 냄새를 맡을 때가 됐거든. 이제부터는 신입 회원을 아무리 많이 모아 와도 돈이 안 나올 거야. 보석 대금이랑 입회금까지 전부 챙겨서 도망갈 작정이니까."

혐의는 출자법 위반이라고 구라모치는 덧붙였다.

"경찰을 끝까지 피할 수 있을까?"

"끝까지 피할 필요는 없어. 벌어들인 돈을 숨길 시간만 있으면 되는 거야. 설사 체포된다 해도 회장 이외의 간부들은 아무것도 몰랐다고 우기면 그만이거든. 회장 역시 회원들을 속일 의도는 없었다고 하면 되고."

"그게 통할까?"

"통하고말고. 그러고 나서 그 사건에 대한 관심이 식으면 다시 새로운 사기 아이템을 개발해서 또 멍청한 인간들을 꾀는 거지."

구라모치가 자랑하듯이 말하고 나서 자신의 콧등을 긁적거렸다.

후지타가 회사 동료들에게 얼마나 회원 가입을 권유했는지는 잘 모르겠다. 다만 그 동료라는 사람들이 그가 말했던 것처럼 믿을 만하지는 않았던 것 같다. 수상한 보석 매매에 관한 소문은 생각보다 빨리 퍼졌다. 나는 그 사실을 룸메이트 고스기를 통해 알았다.

"어쩐지 수상쩍단 말이야. 회원이 되면 보석을 싸게 살 수 있고 다른 회원을 가입시키면 수당도 받을 수 있다고 하지만, 그렇게 좋기만 한 일이 세상에 있겠어?"

고스기는 자신이 자랑해 마지않는, 뒤로 깔끔하게 빗어 넘긴 스타일의 머리를 손가락 끝으로 더듬어 확인하며 말했다.

"어딘가 함정이 있겠지."

그 함정이 뭔지 잘 알면서도 나는 짐짓 모른 체했다.

"그렇지? 얼핏 들으면 돈을 벌 것 같지만 세상이 그렇게 만만하진 않다 이 말씀이야."

"너도 권유받았어?"

"그건 아니고 선배한테 들은 얘기야. 회사에서 누군가 그런 얘기를 하고 다니나 봐. 누군지는 모르지만 회사에 알려지면 무사하지 못할 텐데 말이지."

"그렇구나."

장단을 맞춰 주던 나는 위기감을 느꼈다. 이렇게 소문이 퍼졌으니 조만간 윗사람들의 귀에도 들어갈 것이다. 소문의 장본인이 후지타로 판명되면 회사에서는 본인을 불러 확인할 텐데, 후지타가 끝까지 부인하면 몰라도 혹시 자백한다면 어떻게 될까. 그가 잘리는 거야 상관없지만 틀림없이 내 이름도 튀어나올 터였다.

그런저런 생각을 하고 있는데 기숙사 안내 방송이 흘러나왔다. 고스기를 호출하는 내용이었다. 그에게 전화가 걸려 온 것 같았다.

"나오코일 거야."

고스기가 기쁜 표정을 지으며 일어섰다. 전화는 각 복도의 입구에 설치되어 있었다.

잠시 후 돌아온 그는 내 얼굴을 보자마자 물었다.

"이봐, 다지마. 이번 토요일에 시간 있어?"

"별일은 없는데……."

"그럼 나랑 나가자. 나오코가 친구들을 데려온다니까 같이 한잔해. 미팅을 하자 이 말이야."

"아, 난 됐어."

"왜? 재미있을 텐데."

"나 그런 거 잘 못해. 무슨 얘기를 해야 할지도 모르겠고."

내 말이 재미있다는 듯 고스기는 입을 크게 벌리고 웃었다.

"이런 순진한 놈, 그래 가지고서야 어디 여자가 생기겠어? 그러니까 내가 소개해 준다는 거야. 걱정 마. 대화하기 어려우면 그냥 입 닥치고 듣기만 해도 돼."

"그렇긴 하지만, 역시 나는 관두는 편이……."

"뭐, 억지로 가자는 건 아니야. 하지만 다지마가 싫다면 누굴 데려가야 할지 모르겠네. 여자들이 나오코의 동창생이라니까 나이는 우리랑 같을 테고, 이왕이면 이쪽도 나이를 맞추는 게 나을 텐데."

"동창생이라고? 고등학교?"

"그래. 어, 표정을 보니까 흥미가 생긴 모양인데."

"아니, 그런 게 아니라……."

나는 고개를 숙이고 잠시 생각하다가 고스기를 보았다.

"상대가 나오코의 동창생이라면 한번 가 볼까?"

"진작 그렇게 나올 것이지. 이제 몇 명만 더 구하면 되겠다."

고스기가 기운차게 일어나 방을 나갔다. 다른 멤버들도 기숙사 동료들 중에서 구할 생각인 것 같았다.

토요일에는 비가 왔다. 신주쿠에 있는 카페에서 여자들과 만났다. 4 대 4 미팅이었다. 우리는 긴 테이블을 사이에 두고 앉아 각자 자기소개를 했다. 우리 쪽은 모두 같은 회사의 기숙사생들이었지만 저쪽은 제각각이었다.

집안일을 돕고 있다는 가나에라는 여자는 그다지 미인은 아니지만 넷 중 제일 화려하고 화장이 짙었다. 그녀는 나오코와 고등학교 1학년 때 같은 반이었다고 했다. 즉 에지리 요코와도 한반이었던 것이다.

나는 요코의 죽음에 대해 기어코 진상을 밝히고야 말겠다고 생각해 왔다. 그래서 미팅에도 참가하기로 결정한 것이다.

카페를 나온 우리 일행은 걸어서 몇 분 정도 거리의 맥줏집으로 갔다. 넓은 술집 안에는 우리 또래의 젊은이들이 여기저기 무리 지어 앉아 있었다. 우리 팀은 네모난 테이블에 남녀가 번갈아

가며 앉았다. 나는 가나에 옆에 앉고 싶었지만 다른 두 녀석이 먼저 그녀의 양쪽 자리를 차지해 버렸다. 그중 한 명은 가나에에게 마음이 있는 듯했다.

하는 수 없이 나는 다른 여자와 얘기를 나누면서 가나에와 대화할 기회를 엿보았다. 이따금 그녀와 눈이 마주쳤는데 나는 그게 우연인 줄 알았지만 곧 그게 아니라는 사실을 알게 되었다. 내가 화장실에 가서 볼일을 본 후 자리로 돌아오려고 통로를 걸어가는데 맞은편에서 가나에가 다가왔다. 어둠 속이었지만 그녀가 생글생글 웃고 있다는 것을 분명히 알 수 있었다. 나도 미소를 지어 보였다.

"가즈유키…… 맞지?"

그녀 입에서 내 이름이 튀어나와 깜짝 놀랐다. 내가 이름을 말한 건 카페에서 자기소개를 했을 때뿐이었다.

"내 이름을 기억해?"

"응, 기억이 나네."

가나에가 의미심장하게 눈을 몇 번 깜박였다. 그리고 "오늘, 재밌어?"라고 물었다.

"뭐, 비교적."

"그래? 별로 그래 보이지 않던데."

"어, 그런가?"

내가 고개를 갸우뚱거리자 그녀는 쿡쿡 웃어 댔다.

"있잖아, 이따가 어떻게 할 거야?"

"글쎄, 나는 고스기를 따라온 거라서 그 녀석이 하자는 대로 하려고."

"가즈유키는 뭘 하고 싶은데?"

그녀가 약간 조바심 나는 표정으로 물었다.

"나는 뭐 딱히……."

그러고서 나는 목덜미를 긁적였다.

"그럼 말이야, 우리 둘이 어디 갈래? 나, 가즈유키랑 좀 더 얘기를 나누고 싶은데."

나중에 생각해 보니 그때 그녀는 내게 매우 적극적이었다. 하지만 여자와 제대로 사귀어 본 적이 없었던 나는 원래 미팅이란 이런 식으로 흘러가나 보다고 생각했다.

가나에와 단둘이 되는 건 나로서도 대환영이었다. 그래서 그 즉시 좋다고 대답했다.

잠시 후 미팅이 끝나고 술집을 나온 일행이 역까지 걸어가는 도중에 가나에가 먼저 그 자리를 떴다. 그녀는 일행과 헤어지면서 내게 눈짓을 했다.

나는 난감했다. 다른 녀석들에게 함께 기숙사에 돌아가지 않는 이유를 뭐라고 해야 할지 떠오르지 않았다. 다행히 한 녀석이 남자들끼리 한잔하러 가자고 제안했고 나는 적당히 구실을 들어 먼저 기숙사에 들어가겠다면서 그들과 헤어졌다.

약속 장소인 카페로 가니 가나에가 구석 자리에 앉아 기다리고 있었다. 그녀가 맥주를 마시고 있어서 조금 놀랐다.

"또 마셔?"

"응, 술이 좀 부족해서 말이지."

나만 커피를 마시기도 뭐해 하는 수 없이 맥주를 주문했다.

가나에는 내 신상에 관해 꼬치꼬치 캐물었다. 일에 대한 질문에 대답하는 건 어렵지 않았지만 취미나 쉬는 날 뭘 하는지를 물었을 때는 별로 할 말이 없었다. 내게 취미라고 할 만한 것이 아무것도 없다는 사실을 깨달은 것도, 그래서 부끄럽다고 느낀 것도 그때가 처음이었다.

"나오코랑 고등학교 1학년 때 같은 반이었다며? 그럼 에지리 요코 기억나?"

가나에의 눈이 커졌다.

"요코를 알아?"

"같이 아르바이트했었어."

"아아."

그녀의 눈매가 조금 달라졌다. 나와 요코의 관계를 의심하는 것 같았다.

"그 애, 임신한 것 때문에 자살했지?"

"그런 소문이 있었어."

"상대 남자가 누구였는지 알아?"

"몰라. 다들 멋대로 지껄였을 뿐이지 확실한 증거는 없었어."

"요코랑 친했어?"

"웬만큼. 하지만 2학기 중간에 죽는 바람에……. 근데 왜 요코에 대해서 묻지?"

"그 애 엄마가 나를 의심했었거든. 내가 애아빠가 아닐까 하고."

"뭐?"

가나에가 내 얼굴을 가만히 응시했다. 흥미가 이는 듯했다.

"요코는 어떤 애였어?"

"어떤 애냐니?"

"그러니까, 남자랑 거리낌 없이 사귀는 성격이었어? 사귄다는 건, 그러니까…… 뭐라고 해야 하나……."

"쉽게 남자랑 잤냐 이 말이지?"

가나에가 희미하게 미소를 지었다. 싫은 화제는 아닌 모양이었다.

말하자면 그런 거지, 라고 나는 대답했다.

"글쎄, 얌전해 보이긴 했는데, 의외로 그렇지 않았을지도 모르지."

"왜 그렇게 생각하지?"

"여자란 말이야, 겉으로만 봐서는 알 수 없거든. 잘 놀게 생긴 애가 의외로 얌전하기도 하고, 얌전해 보이는 애가 엄청 헤프기도 하니까."

자기 자신에 대한 변명인가 싶기도 했다. 가나에는 한눈에 보기에도 '잘 놀게 생긴' 부류였다.

"자살하기 직전에 학교 계단을 오르내렸다고 들었어. 그러고 나서 누군가와 공중전화로 통화를 했다는 얘기도. 전화하면서 울었다던데?"

그러자 가나에가 한숨을 내쉬었다.

"뭐야, 그런 것까지 알아? 아아, 나오코한테 들었구나."

"그거, 헛소문 아니지?"

"그래, 사실일 거야. 난 그 얘기를 듣고 '어머, 요코에게 그런 면이?' 하고 놀랐어. 얌전해 보였는데 의외라는 건 그 때문이야."

"무슨 뜻이지?"

"계단을 이용해 유산하는 방법 말이야, 그 당시에 화제가 됐거든. 일종의 유행이랄까."

"유행이라고? 설마."

내가 황당하다는 표정을 짓자 가나에는 재미있다는 듯이 깔깔대고 웃었다. 그러자 그녀의 하얀 치아가 드러나 보였다.

"유행이라는 표현은 좀 그렇고, 뭐랄까…… 이런 방법도 있다더라, 하는 식으로 소문이 퍼졌지. 그런데 그런 짓까지 했을 때는 분명 정상적인 상황은 아니었을 거야."

"정상적인 상황이 아니라면?"

"애인의 아이를 임신한 게 아니라는 얘기지. 좋아하지 않는 남자와의 사이에 생긴 아이니까 그런 시도를 했을 거야. 좋아하는 남자의 아이라면 그런 잔인한 방법은 선택할 수 없지 않을까?"

가나에의 말을 듣고서야 나는 퍼뜩 깨달았다. 그녀의 말에 일리가 있었다.

"에지리 요코의 배 속에 있던 아이가 사귀는 남자의 아이가 아니었단 말이야?"

"나는 그렇게 생각해. 애인의 아이였다면 병원에서 지우지 않았을까? 돈 문제가 아니었을 거야."

만일 그렇다면 구라모치 오사무의 말에 신빙성이 있었다. 정말이지 믿고 싶지 않은 일이었다.

나는 미지근해진 맥주를 벌컥벌컥 들이켰다.

"요코 얘기는 이걸로 충분하지? 더는 하고 싶지 않아."

"딱 하나만 더. 실제로 그런 유산 방법이 종종 사용됐단 말이지?"

그러자 그녀는 어깨를 들썩하고서 고개를 저었다.

"그건 나도 잘 몰라. 그런 방법을 시도해 본 사람도 요코 외에는 모르고. 그리고 요코마저 유산하기 전에 죽었잖아. 나중에 들으니까 유산이 그렇게 쉽게 되는 건 아니라고 하더라."

그렇다면 분방한 생활을 하는 여자들 사이에서 퍼졌던 일종의 속설이란 말인가.

"저 말이지, 우리 다른 데 가자. 내가 잘 아는 술집이 있어, 밤늦게까지 하는."

"지금 말이야?"

"별로 늦지도 않았는데, 뭘."

나는 시계를 봤다. 전철이 끊기기 직전이었다. 하지만 집에 가야 한다고 하면 바보 취급을 당할 것 같았다. 가나에의 얘기를 듣는 동안 나 자신이 지금까지 얼마나 세상을 건전하게 살아왔는지 깨달았다.

"그럼 가 보지, 뭐."

나는 그렇게 대답했다.

인생에는 다양한 기념일이 있다. 최초의 기념일은 탄생일이
다. 그다음으로는 초등학교에 입학한 날 정도를 꼽을 수 있을 것
이다. 물론 사람에 따라 다르다. 맨 처음 자전거 탄 날을 또렷이
기억하는 사람도 있고, 난생처음으로 시험에서 백 점 받은 날을
기념일로 삼는 사람도 있을지 모른다.

하지만 대다수의 사람이 결코 잊지 못하는 날이 있다. 처음으
로 섹스를 한 날이다. 날짜까지 기억하지는 못하더라도 그때의
일을 깡그리 잊는 사람은 별로 없지 않을까 싶다.

가나에를 만난 날이 내게는 그날이었다. 그녀에게 이끌려 간
술집에서 우리는 코가 비뚤어지도록 술을 퍼마셨다. 하나같이
처음 마셔 본 술이고 하나같이 맛있었다. 칵테일이었다는 것만
기억할 뿐 자세한 이름은 기억나지 않는다. 몇 잔을 마셨는지도
확실치 않다. 기억나는 것이라고는 미인이 아니었던 가나에가
무척 예뻐 보였다는 것뿐이다.

술집을 나온 우리는 길가에 선 채 키스를 했다. 누가 보건 말
건 신경 쓰지 않았다.

둘 중 한 사람이 먼저 말을 꺼냈는지 아니면 그저 자연스럽게
그렇게 흘러갔는지 모르지만 어찌 됐건 그로부터 30분 뒤 우리

는 러브호텔에 있었다. 공중에 붕 뜬 기분으로 나는 가나에를 안았다. 머릿속이 멍했지만 한편으로 '이제부터 드디어 섹스를 하는구나'라는 비교적 명료한 느낌도 있었다.

첫 섹스치고는 잘한 편이라고 생각한다. 아마도 그녀가 능숙했기 때문일 것이다.

다음 날 정오를 넘겨 기숙사로 돌아왔다. 숙취로 머리가 아팠는데도 어쩐지 들떠 있었다. 인생의 큰 장벽을 넘어선 기분이었다. 그것이 장벽도 무엇도 아니며, 다만 모든 일에는 최초가 있게 마련이라는 사실을 깨달은 것은 그로부터 얼마간 시간이 흐른 후였다.

기숙사에 와 보니 고스기는 방에 없었다. 나는 방바닥에서 뒹굴뒹굴하며 첫 경험을 떠올리고 또 떠올렸다. 방금 헤어졌는데도 가나에가 보고 싶었다. 그녀의 부드러운 육체와 그 감촉을 떠올리기만 하면 금세 발기가 됐다.

연인이 생겼다고 생각했다. 물론 착각이었다. 그녀를 좋아하는 감정 또한 순간적인 열정에 지나지 않았다. 하지만 당시의 나는 그런 사실을 깨달을 정도로 어른스럽지 않았고 첫 섹스는 감당하기 힘들 정도로 매력적이었다.

17

가나에는 한자로 香苗라고 쓰고 성은 쓰무라였다. 아버지는 평범한 샐러리맨이며, 그녀가 진학도 취직도 하지 않는 이유는 다른 꿈이 있기 때문이라고 했다.

"연극을 하고 싶었어. 그래서 극단에 들어갔는데 단장이 무책임해서 일을 제대로 할 생각이 없더라고. 그저 적당히 즐기면 그만이라는 주의인 거야. 그대로 있다가는 죽도 밥도 안 될 것 같아서 냉큼 나와 버렸어."

지금은 진로를 모색 중이라고 했다. 배우가 되겠다는 꿈을 완전히 접은 건 아니지만 한편으로 자신에게 맞는 직업이 따로 있을지 모른다는 마음도 있어서 당분간은 차분히 미래를 생각할 작정이라는 것이다.

첫 체험 이후 매주 가나에를 만났다. 우리는 영화를 보거나 볼링을 치곤 했다. 지극히 일반적인 데이트였다. 토요일에 야근을 하면 일요일 아침에야 기숙사에 돌아왔지만 그럴 때도 두세 시간 눈을 붙이고 뛰쳐나갔다. 열병이라고밖에는 달리 설명할 길이 없었다.

그런 내 상태를 고스기가 눈치채지 못할 리 없었다. 어느 날 밤 텔레비전을 보고 있는데 그가 먼저 말을 꺼냈다.

"다지마 너, 그 여자랑 사귀냐?"

"그 여자라니?"

"딴청은. 미팅에 나왔던 여자애 말이야. 가나에라고 했던가."

"아아."

나는 짐짓 시큰둥하게 반응했다.

"만나는 거 맞지?"

"으응, 그렇다고 할 수 있지."

그러고서 내 입가가 살짝 벌어졌다. 고스기가 나를 놀릴 것이라고 예상했기 때문이다. 그때까지 나는 그런 일로 놀림을 받은 적이 한 번도 없었다. 쑥스러운 한편으로 그런 기분을 맛보고 싶기도 했다.

그러나 고스기는 나를 놀리지 않았다. 대신 그답지 않게 심각한 표정으로 말했다.

"저기 말이지, 나오코가 그러는데 그 여자랑은 사귀지 않는 게 좋을 것 같다더라."

그러고서 고스기는 의아한 표정으로 자신을 바라보는 내 눈길을 피했다.

"왜?"

"자세한 건 나도 몰라. 다만 나오코 말로는 그 애가 남자 후리는 데 선수래. 그러니까 조심하는 게 좋다고……."

"후리다니, 그게 무슨 말이야?"

고스기는 잘 빗어 넘긴 앞머리를 만지작거렸다.

"그 애가 남자를 만나는 이유는 돈 안 들이고 놀거나 맛있는 걸 먹기 위해서라는 거야. 극단적으로 말하자면 아주 싫은 남자만 아니라면 상대가 누구든 상관없다는 얘기지. 한마디로 노는 여자라 이 말이야."

"나오코가 그래?"

고스기를 노려보며 물었다.

"나오코를 원망할 일이 아니야. 나오코는 가나에가 어떤 여자인지 잘 아니까 네가 걱정돼서 알려 준 거야."

"나 같은 놈이랑 놀아 봐야 그 여자가 건질 게 뭐가 있겠어?"

"그럼 심심풀이겠지. 일부러 순진한 남자를 유혹해서 정신 못 차리게 하는 게 취미라더라."

나는 어금니를 꽉 깨물었다. 내가 조금만 더 난폭한 성격이었다면 고스기에게 덤벼들었을 것이다.

"그렇게 나쁜 여자 아니야."

그렇게만 말하고 나는 자리를 박차고 나왔다.

그러던 어느 날 구라모치에게서 전화가 왔다. 중요한 얘기가 있는데 지금 나올 수 있느냐는 것이었다. 밤 9시를 지나고 있을 때였다. 내가 머뭇거리자 구라모치는 꼭 해야 할 말이 있다면서 이렇게 덧붙였다.

"지금 내 얘기를 듣지 않으면 돌이킬 수 없는 일이 벌어질 거야."

말투도 매우 진지했다.

결국 역 앞 카페에서 만나기로 했다. 나는 자전거를 타고 나갔다.

"끝났어."

자리에 앉자마자 구라모치가 말을 꺼냈다.

"뭐가?"

내가 묻자 구라모치는 얼굴을 내게 바짝 들이대고 조그만 소리로 말했다.

"호즈미 말이야."

"아아……."

나는 신음 같은 소리를 흘렸을 뿐 아무 말도 하지 못했다.

"간부들이 오늘 자취를 감췄어. 사무실은 아직 그대로 있지만 내일은 아무것도 모르는 임시 고용 사원들만 출근할 거야. 매스컴에서도 냄새를 맡았을 테니 좀 시끄러워질 테고. 물론 그래 봐야 아무것도 안 나오겠지만. 호즈미의 계략은 철저히 법의 망을 피하도록 짜여 있으니까 말이지. 결국 그저 중소기업 하나가 망한 일로 끝날 거야."

커피 잔을 입으로 가져가며 구라모치는 재미있다는 듯이 웃었다.

"피해자들은 어떻게 되는데?"

"피해자라니? 피해자가 어디 있어?"

구라모치가 마치 그 질문을 기다리기라도 한 것처럼 대뜸 되물었다.

"회원 말이야, 세미나 때 가입한 사람들."

"무슨 소리야. 회원들은 스스로 호즈미 인터내셔널과 일하고 싶다고 나선 사람들이잖아. 이른바 조직의 일부란 말이야. 그런데 어떻게 피해자일 수 있겠어?"

"하지만 돈을 냈잖아. 그것도 40만 엔씩이나."

"그건 보석 값이지. 품질이 다소 조악할지는 몰라도 매매 계약까지 체결했으니 말이야. 잡동사니 같은 보석을 산 것을 두고 피해라고 주장한다면 그 잡동사니 같은 걸 또 남에게 판 자신들은 어떻고? 그렇게 보면 자신들도 가해자인걸."

히죽거리는 그의 얼굴을 나는 멍하니 바라봤다. 과연 그랬다. 그들은 피해자이자 동시에 가해자였다.

"어쨌든 피해를 봤다면서 시끄럽게 굴 사람이 있을 텐데."

나는 후지타를 떠올렸다.

"그래서 이렇게 너를 보자고 한 거야."

구라모치가 진지한 얼굴을 하며 목소리를 한층 낮췄다.

"우리는 피해자도 아니지만 가해자도 아니야. 그런데 그렇게 생각하지 않는 사람도 있을 거야. 그런 사람들 눈에 띄면 귀찮아진단 말이야."

"그러니까 도망가자고?"

그럴 수는 없다고 나는 생각했다.

하지만 구라모치는 고개를 저었다.

"도망갈 필요는 없어. 우리가 선택할 길은 하나야."

그리고 그는 둘째 손가락을 곧추세웠다.

구라모치와 만나고 나서 며칠 뒤, 언론에서 호즈미 인터내셔널의 도산을 보도했다. 구라모치의 말과는 달리 신문과 텔레비전에서는 '피해'라는 표현을 사용했다.

경찰 수사가 시작됐지만 관계자들의 소재지는 파악되지 않았고, 사무실에 남은 사원들은 구라모치의 말대로 아무 영문을 몰랐다.

다시 며칠이 지나자 공장에 이상한 소문이 돌기 시작했다. 공장 직원들 중에도 호즈미 사건의 피해자가 상당수 있다는 것이었다. 피해자들이 제 입으로 떠들고 다닐 리는 없고 회원 가입을 권유받은 사람들 중 누군가 발설한 듯했다.

사건과 함께 후지타도 자취를 감췄는데, 반장은 그 일에 대해 우리에게 아무런 설명을 하지 않았다. 후지타 대신 내가 생산 라인을 책임지게 되었다.

"2과의 사와무라 있잖아, 그 녀석이 경찰에 끌려갔대."

휴식 시간에 트럼프 게임을 하면서 반원 하나가 말했다.

"왜?"

다른 반원이 반문했다.

"자세한 건 모르겠지만 술집에서 난동을 부렸나 봐. 그 녀석, 얼마 전에 그 보석 다단계 판매 조직에 가입했다고 하던데."

"요즘 떠들썩한 그 사건 말이야? 세상에, 그 녀석도 피해자였구먼."

"그런데 그 녀석이 술에 취해서 자기를 다단계에 끌어들인 놈

297

을 두들겨 팼대. 앞으로 어떻게 해야 할지 둘이서 의논하다가 말이야."

"흥, 별 시시한 일로 다 끌려갔군그래."

"싸움질해서 잡혀간 건 그래도 괜찮은데, 문제는 그 다단계 사업에 손을 댄 거야. 회사에서 알면 그냥 넘어가지 않을 거야."

"그렇겠지."

얘기를 듣던 나는 심장 박동이 빨라지는 것을 느꼈다. 사와무라에게 얻어맞은 사람이 누구일까. 후지타 아닐까.

인사과 사람이 나를 찾아온 건 그로부터 2, 3일이 지나서였다. 공장 한편에 마련된 응접실에서 처음 보는 두 사람과 마주 앉았다. 한 사람은 서른 살 정도의 몸집이 작은 남자로 시종일관 어딘지 모르게 기분 나쁜 미소를 띠고 있었다. 다른 한 사람은 그보다 조금 젊고 표정에 변화가 거의 없었다.

작은 남자가 "긴장할 필요 없어요."라고 운을 떼었다.

"다지마 씨에 관해 조금 신경 쓰이는 정보가 들어와서 말이죠. 일단 확인해 보려고 왔습니다."

그리고 웃음기를 거두지 않은 채 물었다.

"호즈미 인터내셔널이라는 회사를 압니까?"

마침내 올 것이 왔구나 싶었다. 나는 경계 태세를 취했다.

"보석을 회원 판매하는 회사 아닙니까?"

"잘 아는군요."

"신문에서 봤어요. 지금 우리 회사에서도 소문이 돌고 있고요."

"무슨 소문 말입니까?"

"사원들 중에도 걸려든 사람이 있다고요."

"흠……."

작은 남자는 고개를 살짝 끄덕이더니 책상 위에 팔을 괴고 손깍지를 끼었다. 그리고 그 위에 턱을 얹었다.

"우리가 입수한 정보로는 다지마 씨도 거기 회원이라고 하던데요."

"제가요? 아니, 그렇지 않습니다."

나는 고개를 저었다.

"누가 그따위 말을 하던가요?"

작은 남자는 대답 없이 나를 뚫어져라 바라봤다. 내 말의 진위를 파악하려는 눈초리였다.

"그 회사가 개최한 세미나에서 다지마 씨를 봤다는 사람이 있어요."

그 말에 나는 정보원이 후지타라고 확신했다. 그가 이미 인사과에서 조사를 받았다면 더 발뺌해 봐야 소용없었다.

"혹시 후지타 씨가 얘기했나요?"

"후지타라니. 어느 부서의?"

작은 남자는 눈썹 하나 꿈틀거리지 않고 딱 잡아뗐다.

"저와 같은 작업반의 후지타 말입니다. 지금은 쉬고 있지만요. 그 사람한테 들으셨죠?"

"왜 그렇게 생각하나요?"

"솔직히 말씀드리죠. 세미나에는 갔습니다. 딱히 관심이 있어서가 아니라 아는 사람이 하도 끈질기게 권유하는 바람에 귀찮아서 말이죠. 그때 후지타를 만났습니다. 우연히요."

세미나에 간 사실 자체를 부인할 필요는 없지만 그 회사가 심어 놓은 비밀 권유원이었다는 사실은 끝까지 숨기라는 게 구라모치가 해 준 조언이었다.

"그때 다지마 씨도 가입하지 않았나요?"

"아니요. 권유받았지만 거절했습니다."

인사과 남자들이 서로 눈을 마주쳤다.

"정말입니까? 감춰 봤자 결국은 다 들통나게 돼 있어요."

작은 남자가 말했다.

"거짓말이 아닙니다. 조사해 보시면 알 겁니다."

작은 남자가 계속 내 눈을 응시했다. 눈을 보면 진실을 알 수 있다고 생각하는 모양이었다. 나도 그의 눈을 마주 봤다.

"후지타는 당신이 가입 절차를 밟았다고 하던데요."

작은 남자가 마침내 후지타의 이름을 꺼냈다.

"그렇게 보였을지도 모르지만 저를 세미나에 데리고 간 사람과 얘기를 나눴을 뿐입니다. 그 사람이 끈질기게 권유했지만 단호하게 거절했어요. 도대체 제가 40만 엔이라는 거금을 어디서 마련하겠습니까."

"거기서 돈을 빌려준다고 하던데요."

"빚은 지고 싶지 않았습니다. 게다가 어쩐지 수상하다는 생각이 들었어요."

작은 남자가 살짝 고개를 끄덕했다. 입가의 미소는 여전했지만 뭔가를 골똘히 생각하는 표정이었다. 나와 후지타 둘 중 어느쪽의 말을 믿어야 할지 망설이는 눈치였다.

후지타가 회사를 그만뒀다는 사실이 알려진 건 그로부터 약 일주일 후였다. 스스로 사표를 제출한 것으로 되어 있긴 하지만 사실인지 아닌지는 알 수 없었다. 그가 보석 다단계에 손을 댔고 사원 몇 명을 거기에 끌어들였다는 것은 주지의 사실이었고, 아르바이트가 금지된 우리 회사에서는 그것만으로도 충분히 징계의 사유가 되었다. 더구나 후지타의 경우 동료들까지 끌어들였으므로 인사과로서도 간과할 수 없었을 것이다.

거기에, 역시 소문에 불과했지만 후지타가 파혼당했다는 얘기도 있었다. 그가 그런 일에 손을 댄 이유는 결혼 자금을 마련하기 위해서였으니 정말 아이러니한 결말이 아닐 수 없다.

그 후로도 한동안 회사에서 후지타에 관한 소문이 끊이지 않았다. 누군가 밖에서 정보를 들여오면 그 정보는 휴식 시간에 회사 전체로 퍼져 나갔다. 일용직 노동자가 됐다는 등, 본격적으로 다단계 판매에 뛰어들었다는 등, 어디까지 믿어야 할지 모를 얘기들뿐이었다.

하지만 사건은 거기서 끝나지 않았다.

한 달 정도 지나자 따뜻한 날이 이어졌다. 회사 사람들은 벌써부터 벚꽃놀이 계획을 세우고 있었고, 나는 새 업무에 익숙해져 동료들과 담소를 나눌 여유도 생겼다. 후지타는 사람들의 화제에서 점차 사라져 갔다.

그날은 잔업을 두 시간 정도 했고, 옷을 갈아입고 회사를 나왔을 때는 저녁 8시 반이 가까웠다. 나는 자전거를 타고 기숙사로 향했다. 기숙사 식당은 밤 10시까지 운영했다.

도중에 슈퍼에 들러 군것질거리와 캔 맥주를 사서 자전거 바구니에 실었다. 저녁 식사 후 기숙사 방에서 느긋하게 맥주를 마시는 것이 하루의 즐거움이었다.

자전거 거치대는 기숙사 뒤편에 있었다. 어두컴컴한 데다 바로 옆에 쓰레기 수거장이 있어서 악취가 나는 곳으로 나는 늘 숨을 참아 가며 자전거를 지정된 장소에 세우곤 했다.

그날도 자전거를 끌고 그곳으로 가던 나는 거치대가 보이자 숨을 크게 들이쉬었다. 그때였다. 쓰레기 수거장의 그늘진 곳에서 갑자기 시커먼 사람 그림자가 튀어나왔다, 라기보다는 낮게 미끄러져 나오는 느낌이었다.

소스라치게 놀라며 그 자리에 멈춰 선 내게 그림자가 말을 걸었다.

"이봐."

나는 그만 얼어붙고 말았다. 멀리 있는 가로등 불빛에 상대의 얼굴이 비쳤기 때문이다. 후지타였다. 그는 검은 점퍼 차림에 얼굴에는 수염이 덥수룩했다.

"너 이 자식, 네가 나를 속여?"

후지타가 증오심이 들끓는 목소리로 말했다.

나는 잠시 어리둥절했다. 그가 왜 여기 있는지, 왜 내 앞에 나타났는지 이해가 되지 않았다.

"속이다니…… 그게 무슨 소립니까?"

겨우 그 말밖에 나오지 않았다.

어둠 속에서도 후지타의 얼굴이 일그러지는 것이 느껴졌다.

"내가 모를 줄 알아? 네가 수작을 부려서 나를 그 사기극에 끌어들인 거잖아!"

그제야 사태가 이해됐다. 내가 세미나에서 연기를 했다는 사실을 그가 알게 된 것이다. 하지만 어떻게 알았을까. 누구에게 들었을까. 의문이 꼬리에 꼬리를 물어 나는 잠시 혼란에 빠졌다.

"그런 짓 한 적 없는데요."

가까스로 그렇게 말했다. 어서 누군가 나타나 주기를 바랐다.

"웃기고 있네. 다 알고 왔어. 너 때문에 내가 무슨 꼴을 당했는지 알아? 회사에서 잘리고 파혼까지 당한 데다 돈도 몽땅 날렸어. 내가 회원으로 가입시킨 놈들은 매일같이 찾아와서 닦달을 해 대고. 어떻게 할 거야, 엉?"

"그래서 제가 회사에서는 작업하지 말라고……."

"입 닥쳐!"

후지타가 소리쳤다.

"인사과 녀석들이 그러는데 너는 회원이 아니라면서 뻔뻔스럽게 빠져나갔다며? 그래서 너는 징계도 안 받고 나만 잘리고 말이야. 게다가 내 자리에 앉기까지 했다더군. 제기랄, 내가 그 꼴을 그냥 보고만 있을 것 같아?"

그가 뭔가를 끄집어냈다. 칼이었다. 온몸이 떨려 왔다.

"어, 뭐, 뭐 하는 거야!"

꼴사나운 소리가 튀어나왔다. 동시에 나는 자전거를 손에서 놓았다. 자전거가 꽈당 하고 쓰러지면서 바구니에 들어 있던 캔맥주와 군것질거리가 바닥에 나뒹굴었다. 후지타가 그것들을 발로 짓이기자 봉지가 터지는 소리와 함께 과자 나부랭이가 바닥에 흩어졌다.

도망가야 한다고 생각했다. 그러나 다리가 말을 듣지 않았다. 그의 눈동자가 증오심으로 부풀어 오른 듯이 보였고, 목에서 관자놀이에 걸쳐 툭 튀어나온 혈관 때문에 그의 얼굴이 한층 무시무시하게 보였다. 그가 거친 숨을 몰아쉴 때마다 비린내 나는 입김이 내 얼굴에 덮쳐 왔다.

그의 일그러진 입술에서 말인지 신음인지 알 수 없는 소리가 새어 나왔다. 그리고 후지타가 움직이는 것과 동시에 공중에서 칼이 번쩍 빛났다. 그제야 내 발이 움직이기 시작했다. 나는 뒤돌아서 도망치기 시작했다.

그러나 이내 무언가에 발이 걸렸다. 그것이 쓰러진 자전거 핸들임을 알았을 때는 이미 앞으로 고꾸라져 무릎과 턱을 바닥에 세게 찧은 후였다.

허둥거리며 일어나려 했지만 그러기 전에 후지타가 먼저 나를 덮쳤다. 균형을 잃고 바닥에 나뒹구는 순간 왼쪽 어깨에 둔한 통증을 느꼈다. 고개를 돌려 보니 후지타의 칼이 깊이 꽂혀 있었다.

　"아아악!"

　나는 비명을 질렀다. 불에 덴 것같이 격렬한 통증이 몸으로 퍼져 나갔다. 몇 초 뒤에는 몸 왼쪽 전체가 통증에 휩싸였다.

　칼을 빼낸 후지타가 나를 또 찌르려 했다. 납득하기 어렵겠지만 나는 죽음 그 자체보다 죽음에 이르는 고통이 두려웠다.

　그런데 내가 죽음을 각오한 순간 어찌 된 일인지 후지타가 공격을 멈추고 갑자기 뒤돌아서 뛰기 시작했다. 그는 자전거 거치대를 지나 어둠 속으로 사라졌다.

　이어서 누군가 내 쪽으로 달려오는 모습이 얼핏 보였다. 그러나 소리는 전혀 들리지 않았다. 청각이 마비된 느낌이었다.

　잠시 후 바닥에 쓰러져 있는 나를 내려다보는 얼굴이 눈에 들어왔다. 나한테 뭐라고 외치고 있었다.

　"……차려!"

　갑자기 소리가 들렸다.

　"이봐, 괜찮아?"

　나는 고개를 끄덕였다. 몸 반쪽이 뜨겁고 저렸다.

　누군가 내 머리를 들어 일으켰다. 눈앞에 고스기의 얼굴이 있었다. 다른 사람들도 있는 듯했다.

"다지마, 정신 차려!"

고스기가 나를 내려다보며 외쳤다. 나는 고개를 끄덕이려고 했지만 머리가 생각대로 움직이지 않았다.

그때 어디선가 자동차 급브레이크를 밟는 소리가 들렸다.

전치 1개월의 진단이 나왔다. 팔을 못 쓰게 되는 일은 없을 것이라는 말에 안심했다. 기숙사 동료들이 이상한 낌새를 채고 달려오지 않았다면 틀림없이 나는 후지타의 칼에 찔려 죽었을 것이다. 후지타는 기숙사 담을 넘어 도망쳤는데, 편도 3차선 국도를 무단으로 횡단하다가 트럭에 치여 즉사했다고 했다. 나는 병원 침대에 누운 채 형사에게 사건의 전말을 진술했다.

"영문을 모르겠습니다."

나는 일단 오리발을 내밀었다.

"후지타가 저를 호즈미 인터내셔널 회원이라고 생각한 모양입니다. 그래서 자신만 잘리고 저는 무사하자 불만이 컸던 것 같습니다."

"그래서 그 앙갚음을 하려고 찔렀다 이 말입니까?"

나이가 좀 들어 보이는 형사가 물었다.

"그런 것 같아요. 다른 이유는 전혀 생각이 나지 않습니다."

피의자가 사망했기 때문인지 형사에게서 아무런 의욕이 느껴지지 않았다. 건성으로 내 얘기를 죽 듣더니 서둘러 돌아가 버렸다. 그 후 사건이 어떻게 처리됐는지는 알 수 없다.

상처는 시간이 흐르면서 점점 옅어졌다. 그러나 옅어지지 않는 것이 있었다.

후지타는 분명 나를 죽이려고 했다. 살의가 그의 몸을 에워싸고 있었다.

상처와 통증은 사라졌어도 나를 꼼짝 못하게 했던 그 살의와 증오의 기억만은 영원히 사라지지 않을 듯했다.

18

전치 1개월의 진단이 나왔지만 병원에 있었던 기간은 일주일뿐이었다. 퇴원 후에는 이틀만 회사를 쉬고 그다음 주 월요일부터 출근했다.

회사 사람들이 나를 대하는 태도는 냉담 그 자체였다. 누구도 나와 눈을 맞추려 하지 않았고 내가 대화에 끼어들려고 하면 다들 어색한 표정으로 흩어졌다. 그런 사태를 예상하긴 했지만 실제로 당하니 충격이었다.

내가 후지타에게 원한을 샀다는 점에 그들은 주목했다. 내게 그런 양면성이 있었다는 사실에 놀라워했고, 나를 멀리하는 것이 상책이라고 생각하는 듯했다.

나는 다시 자재를 운반하는 일로 보내졌다.

어느 날 점심시간을 30분쯤 앞두고 반장이 나를 불렀다. 물벼락이라도 맞은 듯이 불퉁한 얼굴로 다가온 반장은 같이 갈 곳이 있다고 했다.

그에게 이끌려 간 곳은 생산 라인에서 조금 떨어진 휴게실이었다. 안으로 들어가니 흰 작업복을 입은 과장이 소파에 앉아 담배를 피우고 있었다. 그 과장과는 얘기를 나눈 적이 없었다.

반장의 권유로 과장 맞은편에 앉았다. 반장도 내 옆에 와서 앉았다.

"다지마 군?"

과장이 안경 너머로 내 명찰을 봤다.

"고생이 많았다면서? 상처는 다 나았나?"

"네, 뭐."

나는 애매하게 대답했다. 무슨 일인지 몰라 살짝 불안했다.

"사건 후에 내게 경찰이 찾아왔었어. 어찌나 집요하게 이것저것 물어 대던지, 원. 반장한테도 왔었지?"

반장이 말없이 고개를 끄덕였다.

"폐를 끼쳐 죄송합니다."

나는 일단 사과했다.

"뭐, 그건 괜찮아. 그보다 문제는 앞으로인데, 자네는 어떻게 할 생각인가?"

나는 무슨 뜻인지 몰라 과장의 얼굴을 올려다봤다.

"어찌 됐건 가해자는 후지타, 찔린 건 자네 아닌가. 한 직장 동료들 사이에서 그런 불미스러운 일이 벌어졌으니……. 생산 라인은 팀워크가 중요하잖아. 팀 내부에서 다툼이 있으면 일에 집중하기 힘들다 이 말이야."

과장이 무슨 말을 하려는지 알 것 같았다.

"저보고 다른 부서로 가라는 말씀입니까?"

과장은 고개를 끄덕이지 않았다. 대신 손가락으로 안경 가운데 부분을 밀어 올려 위치를 바로잡았다.

"그래, 뭐, 그것도 하나의 방법일 수 있겠지."

과장이 입속에서 우물거리듯이 말했다.

"하지만 말이야, 사건이 회사 전체에 알려진 마당에 자네를 받으려는 부서가 있겠냐 이 말이지."

그제야 과장의 진의가 파악됐다. 나는 눈을 부릅떴다.

"저보고 회사를 그만두라는 말씀인가요?"

"아니, 아니."

과장은 손을 내저었다.

"그만두라는 건 아니야. 다만 앞으로도 자네가 고생이 많을 것 같고, 게다가 자네는 아직 젊으니 새롭게 출발하는 방법도 있지 않을까 해서……, 아, 이건 어디까지나 자네를 생각해서 하는 말일세."

그 말이 그 말 아니냐고 따지고 싶었지만 입 밖으로 내지는 않았다.

나는 옆에 앉은 반장을 봤다. 그는 작업모를 벗어 챙 부분을 손으로 만지작거리고 있었다. 모자챙이 감색인 것이 그가 반장이라는 표시였다.

그들의 고민은 이해할 수 있었다. 후지타가 회사를 그만뒀다고는 해도 한 직장 사람들 사이에서 살인 미수 사건이 발생했다면 회사로서는 가만있을 수 없을 것이다. 내게 이런 압박을 가하는 것은 이 사람들의 뜻이 아니라 회사의 지시일지도 몰랐다.

하지만 나는 그 지시를 따를 수 없었다. 의지할 사람도 없는 처지에 기숙사에서 쫓겨나면 갈 곳이 없다. 재취업도 쉽지 않을 것이다. 이 회사에 붙어 있는 것만이 살길이라고 생각했다.

"그만둘 수 없습니다."

나는 딱 잘라 말했다.

"과장님이 그러시는 것도 이해는 가지만, 회사를 그만두면 먹고살 길이 막막합니다. 그리고 무엇보다 저는 이번 사건의 피해자입니다. 제가 나쁜 짓을 한 것도 아닌데……."

일단 내게는 잘못이 없다고 주장했다. 과장은 노골적으로 못마땅한 표정을 지었지만 반론하지 않았다.

"알았어. 그럼 앞으로의 일은 다시 생각해 보기로 하지."

과장이 자리에서 일어서며 반장에게 눈짓을 했다. 반장은 작업모를 도로 눌러썼다.

이것으로 문제가 다 해결됐다고는 보지 않았다. 과장이 무슨 생각을 할지 신경이 쓰였다. 말없이 앞에서 걸어가는 반장의 뒷모습을 바라보며 발밑이 꿀렁거리는 느낌을 받았다.

그러고서 얼마간은 아무 일도 없었다. 회사에서는 말을 거는 사람도 없었지만 시비를 거는 사람도 없었다. 그래도 불안한 하루하루였다.

그런 데다 신경 쓰이는 것이 하나 더 있었다. 가나에의 일이었다.

내가 입원했을 때 그녀는 한 번도 문병을 오지 않았다. 고스기와 나오코가 문병을 올 때 가나에한테도 연락을 했다고 하니 그녀도 내가 다친 사실을 알았을 것이다.

내가 한 번 전화를 하기도 했다. 그러나 그녀의 어머니가 전화를 받아 가나에가 집에 없다고 쌀쌀맞게 대답했고, 전화가 왔었다고 전해 달라고 했지만 과연 그녀가 전해 들었을지는 알 수 없었다.

퇴원 후에도 가나에한테서 연락이 없자 나는 점점 불안해졌다. 어느 날 밤 고스기에게 가나에가 어떻게 지내는지 나오코에게 물어봐 달라고 부탁했다.

"연락이 없어?"

고스기가 내게 물었다. 나는 그렇다고 대답했다. 몹시 민망했다.

"나오코에게 부탁하는 건 어렵지 않은데 말이야……."

"그런데, 뭐?"

"아니, 하여튼 알았어. 소식이 있으면 알려 줄게."

나는 고맙다고 대답했다.

얼마 후 작업 시간에 다시 반장의 호출을 받았다. 이번에는 휴게실이 아니라 사무실로 가라고 했다. 불길한 예감이 들었다.

사무실에 들어선 순간 그 예감이 적중했다는 것을 알았다. 전에 만난 적이 있는 인사과 사람 둘이 한쪽에 앉아 기다리고 있었다. 작은 남자 쪽에서 나를 알아보고 가볍게 손을 들었다.

"몸은 괜찮아요?"

"네."

"다행이군요."

작은 남자는 짧게 대답하고 곧바로 손에 들고 있던 파일을 내려다봤다.

"조속히 사건을 정리해야 해서 다지마 씨 얘기를 들으려고 불렀어요."

"네에⋯⋯."

"무엇보다 이해되지 않는 건,"

작은 남자가 파일에서 얼굴을 들고 나를 보았다.

"살해 동기예요. 왜 후지타가 다지마 씨를 죽이려고 했을까요?"

"그건 경찰에서 말했는데요."

"그렇더군요. 이유는 모르겠지만 후지타가 다지마 씨를 보석 판매 조직의 회원으로 잘못 알았고, 그래서 다지마 씨만 징계를 받지 않고 무사한 데 화가 난 것 같다고 했다면서요?"

"그렇습니다."

"그런데 후지타는 왜 그런 착각을 했을까요?"

"그것도 전에 설명한 적이 있지만, 제가 세미나에 간 건 사실이고, 거기서 저를 본 후지타가 저를 회원으로……."

"잘못 알았다 이 말이군요."

작은 남자가 내 말을 중간에서 끊었다.

"하지만 말이죠, 누구든 그 정도의 일로 사람을 죽이려 들지는 않아요."

"글쎄요, 어떨지……."

나는 시선을 바닥으로 떨어뜨렸다. 작은 남자의 따가운 시선이 여전히 느껴졌다.

"실은 지난번에 다지마 씨와 얘기를 나눈 후 후지타를 한 번더 만났어요."

남자의 음성이 더 무겁게 변했다. 나는 고개를 들었다. 그의얼굴에서 지금까지 보이던 웃음기가 사라져 있었다.

"후지타는 다지마 씨가 틀림없이 호즈미 인터내셔널의 회원이라고 단언했습니다."

"사실이 아닙니다. 저는 가입한 적이 없습니다."

"하지만 그는 자신의 눈앞에서 다지마 씨가 가입하는 모습을보고 자신도 가입할 마음이 생겼다고 하더군요. 그가 거짓말하는 걸로는 보이지 않았어요."

후지타를 만나는 자리에 동석했었는지, 작은 남자의 옆에 있던 남자도 살살 고개를 끄덕였다.

"후지타는 저를 싫어했습니다. 그런데 저를 따라 했을 리 있겠습니까?"

"다지마 씨만 잘되는 꼴을 볼 수 없었다고 하던데요."

"거짓말입니다."

나는 고개를 저었다.

"저는 가입하지 않았어요."

작은 남자는 의자 등받이에 체중을 실으며 팔짱을 끼었다. 그러나 시선만은 계속 내 얼굴에 머물러 있었다. 뭔가를 관찰하는 눈초리였다.

"물론 다지마 씨가 회원이었다는 증거는 어디에도 없어요. 그래서 후지타보다 다지마 씨 말을 믿기로 했던 거고 말이죠. 그런데 그 사건이 일어난 거예요. 게다가 그 이후 이상한 정보가 들어왔어요."

심장이 빨리 뛰기 시작했다. 불길한 느낌이 들었다. 막연한 직감만은 아니었다. 사실 후지타의 말이 내내 마음에 걸렸었다.

'네가 수작을 부려서 나를 그 사기극에 끌어들인 거잖아!'

후지타가 그걸 어떻게 알았을까. 병원 침대에 누워 있는 동안에도 내내 그 생각이 머리를 떠나지 않았었다.

"다지마 씨가 호즈미 인터내셔널의 회원은 아니지만 그 회사에 고용되어 아르바이트를 했다는 것이 그 정보의 골자입니다."

작은 남자가 말했다.

"누굽니까, 그런 허무맹랑한 얘기를 한 사람이?"

"누가 했는지는 중요치 않아요. 그보다 다지마 씨가 알아야 할 것은 우리가 터무니없는 정보를 넙죽 받아들일 정도로 어리석

314

지 않다는 점입니다. 정보가 들어오면 먼저 확인부터 하죠. 후지타가 하는 얘기를 무작정 믿지 않았던 것처럼 말입니다."

"그럼 그 정보도 확인해 보셨나요?"

"아하!"

작은 남자가 그 말이 반가운 듯 미소를 지으며 상체를 일으켰다.

"신경이 쓰이나 보죠?"

"그야……."

"이상하군요. 다지마 씨는 그 정보가 허무맹랑하다고 했으니 무시할 만도 한데 말이죠."

남자의 입술 끝에 교활한 미소가 묻어 있었다. 나는 말문이 막혔다.

"그 아르바이트 말인데요, 정말 그럴듯하더군요. 있을 법한 얘기예요. 게다가 흥미롭고 말이죠. 세미나에 참석했지만 입회를 결심하지 못한 사람들의 등을 떼미는 역할이잖아요. 가입하는 척하면서 실제로는 가입하지 않는다……. 왜냐하면 본인은 호즈미의 실체를 아니까요. 알면서도 사람들을 끌어들인 거예요. 생각해 보면 그건 회원으로서 주위 사람들에게 가입을 권유하는 것보다 훨씬 질이 나쁩니다. 확신범이니까요."

거기까지 말한 뒤 작은 남자는 눈을 치뜨고 나를 봤다.

"어때요, 내 추리가 그럴듯하지 않습니까? 후지타는 다지마 씨가 가입하는 걸 분명히 봤다고 했어요. 그런데 다지마 씨는 가입하지 않았다고 했고 실제로 가입했다는 증거도 없었어요. 하지만 다지마 씨가 그런 역할을 했다고 가정하면 앞뒤가 딱 들어 맞더군요."

겨드랑이 밑으로 식은땀이 흐르고 입안이 바싹 말라 왔다. 머릿속에서는 대체 누가 그런 정보를 흘렸을까 하는 의문이 맴돌았다.

"저는 그런 짓 한 적 없습니다."

"그럼 잘못된 정보다 이 말입니까?"

나는 절대로 이 남자의 눈길을 피해서는 안 된다고 스스로 다짐하며 "네."라고 대답했다.

"만일 증거나 증인이 나오면 어쩔 셈이죠? 그럴 경우 회사에 거짓말을 했다는 사실까지 더해져 징계 수위가 한층 높아질 텐데, 그래도 괜찮습니까?"

눈을 치켜뜨고 나를 올려다보는 작은 남자의 얼굴에서 뭐라 형언하기 힘든 악의가 느껴졌다. 나는 도망갈 곳 없는 막다른 골목으로 서서히 몰리고 있었다. 하지만 이제 와서 물러설 수는 없었다.

"상관없습니다."

내 대답에 작은 남자는 "좋아요." 하고 말했다. 그리고 "그 말, 잊지 말기 바랍니다."라고 덧붙였다.

자리에서 일어서는 그의 얼굴에는 승부를 결정지었다는 자신감이 넘쳐흐르고 있었다.

그 주말, 나는 구라모치 오사무를 만나기로 했다. 이번에는 내 쪽에서 그를 불러냈다. 우리는 언젠가 만났던 역 앞 찻집에 마주 앉았다. 구라모치는 짙은 감색 재킷에 넥타이를 맨 차림이 일류 기업의 영업 사원처럼 보였다.

그에게 인사과 사람들로부터 조사받은 얘기를 했다. 커피를 마시며 듣던 구라모치가 내 말이 끝나자 깊이 한숨을 쉬었다.

"그러니까 요는, 네가 가입 권유 아르바이트를 한 사실이 증명 되면 회사에서 너를 해고할 거다, 이 말이지?"

"그럴 거야. 지난번 사건 이후로 회사에서 나를 눈엣가시로 여 기고 있으니까. 어떻게든 내보내려고 혈안이야."

"하긴 회사로서는 그런 성가신 사건을 일으킨 직원이 달갑지 않겠지."

그리고 구라모치는 발을 반대 방향으로 꼬았다.

"그런데 왜 나를 만나자고 한 거야?"

"내가 아르바이트한 사실을 회사에서 어떻게 알았는지 모르겠 어. 그 사람들 말을 들어 보면 확실한 증거를 잡은 것 같던데 말 이야."

"우리가 한 일에 대해서는 호즈미 본사에도 기록이 남지 않았 을 거야. 일반 회원들은 바람잡이가 있다는 사실조차 모를 테고."

그리고 구라모치는 어깨를 으쓱하더니 말했다.

"회사에서 어떻게 알았는지 알아봤자 소용없잖아."

"소용이 없다니?"

"그렇잖아, 회사에서 증거를 잡았다면 안 나가려고 바둥거려 봐야 무슨 소용이 있겠어."

나는 손바닥으로 테이블을 내리쳤다. 옆 자리 여자가 놀라서 우리 쪽을 봤다.

"네가 꼬드겨서 그 일에 발을 담근 거잖아!"

"그렇다고 이제 와서 나보고 어쩌라는 거야? 책임지라는 거야? 네가 잊은 것 같아서 말해 주는데, 그때 네 임무는 세미나에서 질문하는 게 전부였어. 그런데 네가 후지타라는 놈을 함정에 빠뜨리려고 가입하는 척했잖아. 애초에 발단은 그거야. 네가 뿌린 씨앗 때문에 벌어진 일이란 말이야."

할 말이 없었다. 맞는 얘기였다. 만약 그때 내가 그러지 않았다면 후지타는 호즈미 인터내셔널에 가입하지 않았을지도 모른다. 아니 설사 가입했더라도 내게 앙심을 품는 일은 없었을 것이다.

"있잖아,"

구라모치가 목소리를 낮추었다.

"짚이는 거 없어?"

"짚이다니, 뭐가?"

"누구한테 얘기한 적 없냔 말이야, 그 아르바이트에 대해서."

'당연하지'라고 말하려다가 잠깐 멈칫했다. 그리고 나는 "얘기한 적 없어."라고 대답했다. 그 순간의 멈칫거림을 구라모치는 놓치지 않았다. 그가 턱을 살짝 당기고 눈을 위로 뜨며 내게 물었다.

"정말이야?"

"응."

"거짓말."

구라모치가 피식거리며 담뱃갑을 꺼냈다. 그리고 담배를 한 개비 뽑아 담뱃갑 위에 대고 톡톡 두드렸다.

"얘기한 적 있지? 얼굴에 쓰여 있는걸, 뭐."

"……믿을 만한 사람이야."

내 대답에 구라모치는 쓴웃음을 지으며 시선을 옆으로 돌리더니 살래살래 고개를 흔들었다.

"몇 명?"

"한 명뿐이야."

"여자?"

구라모치가 새끼손가락을 세워 보였다.

내가 입을 다물고 있자 그는 그것을 긍정의 뜻으로 받아들이는 듯했다.

"가서 그 여자한테 확인해 봐."

"그 여자가 왜 그런 걸 우리 회사에 얘기했겠어?"

"그 여자가 누군가 다른 사람에게 얘기했다 치자. 그걸 들은 사람은 또 다른 누군가에게 얘기하고……. 그러는 동안 회사 관계자의 귀에 들어가게 되지. 세상이란 그런 거야."

"그럴 리 없어."

"확인해 보라니까. 그 여자 언제 또 만나?"

"잘 모르겠어."

"그러면."

구라모치는 찻집 구석에 있는 공중전화를 가리켰다.

"지금 연락해 봐. 본인한테 직접 듣는 게 제일 확실하지."

"무슨 구실로 불러내?"

내 말에 구라모치가 몸을 흔들며 웃었다.

"애인 불러내는데 이유가 있어야 하나?"

"요즘 집에 잘 없는데……"

"그렇다고 오늘도 집에 없다는 법은 없잖아."

더는 할 말이 없었다. 나는 꾸물꾸물 자리에서 일어섰다. 가나에와 연락이 닿지 않은 지 20일도 넘었다. 이런 용건이 아니더라도 전화를 해 보려고 마음먹고 있었다. 한편으로는 또 그녀의 어머니에게 냉대만 받는 거 아닌가 싶기도 했다.

망설이다가 결국 전화를 걸었다. 아니나 다를까, 가나에 어머니가 받았다. 이번에도 가나에는 외출하고 없다고 했다. 전화해 달라고 전해 주세요, 라고 말한 뒤 나는 전화를 끊었다.

"연락이 잘 안 되는 걸까, 아니면 연락할 마음이 없는 걸까?"

내 얘기를 들은 구라모치가 말했다.

"직접 만나 보면 알 거 아니야."

"하지만 무슨 수로……"

"집이 어딘지는 알지? 지금은 외출했을지 몰라도 언젠가는 돌아오겠지."

"집 앞에서 기다리라는 거야?"

"그거야 네 자유지만,"

구라모치가 커피 값을 테이블 위에 올려놓았다.

"나라면 가서 기다릴 거야. 앉아서 끙끙 고민해 봐야 아무것도 해결되지 않을 테니까."

자, 그럼, 하고 구라모치가 자리에서 일어섰다.

그로부터 약 한 시간 뒤, 나는 공중전화 부스에 몸을 숨긴 채 어느 집을 바라보고 있었다. 가나에의 집이었다. 전에 그 앞까지 가나에를 바래다준 적이 몇 번 있었다. 조그만 정원이 있는 일본 전통 가옥이다.

이런 식으로 사람을 기다리는 게 몇 번째더라, 하고 헤아려 보았다. 아주 먼 옛날에는 구라모치의 부모님이 운영하는 두부 가게 근처에 잠복했었다. 그 몇 년 후에는 호스티스에게 빠져서 헤어날 줄 모르는 아버지를 감시했다. 그때는 아버지 역시 호스티스가 술집에서 나오기를 기다렸었다.

얼마나 그러고 있었을까. 아마도 두 시간 가까이 지난 듯했다. 사람이 나타날 때마다 긴장한 탓인지 의외로 길게 느껴지지는 않았다.

밤 10시가 지날 무렵 차 한 대가 가나에의 집 앞에 와서 섰다. 조수석에 앉은 가나에의 얼굴이 또렷이 보였다. 그런데 운전석에 앉은 남자를 보고 나는 마른침을 삼켰다. 미팅 때 같이 나갔던 멤버 중 한 명이었던 것이다. 당연히 나와 한 기숙사에 있는 녀석으로 이름은 시바야마다.

두 사람의 모습이 차 안에서 순간적으로 겹쳐졌다. 그러고 나서 조수석 문이 열리더니 가나에가 내렸다. 그녀는 나와의 데이트에서는 입은 적 없는 어른스러운 원피스 차림이었다.

자동차가 사라질 때까지 가나에는 집 앞에 서서 기다렸다. 그리고 차가 보이지 않게 되자 뒤돌아서 집 쪽으로 걸음을 옮겨 놓았다. 그녀의 등 뒤에 대고 그녀를 불렀다.

"가나에!"

뒤돌아보는 그녀의 얼굴에 두려움과 낭패의 기색이 떠올랐다.

"어떻게 된 거야?"

고개를 숙인 그녀에게 물었다.

"왜 저런 녀석과 만나는 거지?"

"그야 내 맘이지."

"나는 어쩌라고? 전화해도 받지 않고 말이야."

그러자 가나에는 부루퉁한 표정으로 입을 다물었다. 나는 다시 "가나에!" 하고 그녀를 불렀다.

"소리 좀 낮춰. 집 안에 들리잖아."

"그럼 말해 봐."

"알았어. 확실하게 말할게. 나, 다지마와 더는 만나지 않을 거야."

"왜지?"

가나에는 한숨을 내쉬며 앞머리를 쓸어 올렸다.

"미안해. 좋아하는 사람이 생겼어. 양다리를 걸칠 수는 없잖아. 그래서……."

"어떻게 그럴 수가 있어?"

"사람 마음은 변하는 거잖아. 한번 사귀면 절대로 변하면 안 되는 거야? 평생 같은 사람과 사귀어야 해?"

"그런 건 아니지만……."

"그리고,"

그녀가 나를 올려다보았다.

"다지마는 회사를 그만둬야 하는 처지 아닌가?"

나는 입을 벌린 채로 얼굴이 굳어졌다. 눈만 계속 깜빡거렸다.

"그게 무슨 말이지?"

"시바야마가 그러더라. 그렇게 위험한 아르바이트를 하다가 회사에 들키면 단칼에 잘린다고 말이야."

"시바야마에게 얘기했어?"

그러자 그녀는 아차 하는 표정으로 입술을 깨물었다. 나는 그녀의 팔을 쥐었다.

"말해 봐!"

"아파, 이거 놔."

"대답해. 시바야마에게 말한 거야?"

"아프다니까. 누가 좀 도와주세요!"

그녀가 소리를 질렀다.

다음 순간 그녀의 집 현관에 불이 들어오더니 사람 그림자가 보였다. 가나에의 팔을 놓자 그녀가 쏜살같이 현관으로 달려갔다.

"빨리, 빨리 열어!"

등 뒤로 누군가 소리치는 것을 들으며 나는 도망치기 시작했다.

기숙사에 돌아온 나는 방에 틀어박혀 고민했다. 시바야마더러 만나자고 할까도 생각해 봤지만 더 비참해지기만 할 것 같았다.

잠시 후 고스기가 돌아오자 나는 그에게 시바야마에 대해 넌지시 물어봤다.

"그 친구에 대해서는 잘 몰라. 우리보다 세 살 위일걸. 그날 미팅에는 대타로 나온 거야."

"어느 부서에서 일하지?"

"모르겠어. 그런데 왜 그 사람에 대해서 묻지?"

"아니 뭐, 그럴 일이 좀 있어."

나는 그렇게 얼버무렸다.

우리보다 세 살 위라면 후지타와 입사 동기일 것이다. 서로 아는 사이일 것이 분명했다. 그가 가나에한테 얘기를 듣고 후지타에게 전했을 가능성이 컸다. 또한 후지타가 죽은 뒤 내 얘기를 인사과에 흘린 사람도 시바야마임에 틀림없었다.

온몸에서 힘이 다 빠져나가는 느낌이었다.

나는 그만 그 자리에 주저앉고 말았다.

19

스스로 그만두는 형식으로 회사를 나가면 어떻겠느냐고 인사과에서 제안해 왔다. 그러면 많지는 않더라도 퇴직금을 줄 수 있다고 했다.

"아직 젊으니 앞날도 생각해야 하지 않겠어요? 해고되는 것과 스스로 그만두는 건 천지 차이입니다. 가령 다지마 씨가 다른 회사에 취직하려고 할 때 그 회사에서는 반드시 우리 회사에 다지마 씨에 대해 물어볼 겁니다. 그럴 경우 우리가 다지마 씨에게 불리한 얘기를 하면 안 좋지 않겠어요? 우리는 스스로 그만둔 사람을 나쁘게 얘기하지 않아요."

인사과 남자가 코를 벌름거리며 경쾌한 어조로 말했다.

면담을 시작할 때 그는 내게 서류 하나를 보여 줬다. 거기에는 누군가를 면담한 내용이 담겨 있었다. 나의 사기성 아르바이트에 관한 것이었다. 면담 대상의 이름은 가려져 있었지만 시바야마일 것이라고 나는 확신했다.

내가 그 내용을 부정하면 인사과에서는 조사를 계속할 것이고, 끝내는 가나에까지 불러 얘기를 들어 볼 것이다. 가나에가 나를 위해 거짓말을 하리라고는 기대할 수 없었다.

"일신상의 사유로 그만두는 걸로 하면 되겠죠?"

작은 남자가 나를 비스듬히 올려다보며 물었다. 이 순간을 기다렸다는 듯한 표정이었다.

"네……."

나는 고개를 끄덕였다. 만사가 귀찮았다.

그날 고스기에게 회사를 그만두게 되었다고 말했다. 칼부림 사건 이후 나에 관한 소문이 하도 많이 나돌아서인지 그는 별로 놀라지 않았다. 그나마 침통한 표정은 보여 주었다.

그에게만이라도 진실을 알려 주고 싶어서 나와 호즈미 인터내셔널의 관계, 가나에를 통해 정보가 새어 나갔다는 사실 등을 숨김없이 털어놓았다. 내 얘기를 다 듣고 난 그는 자신의 긍지인 뒤로 깔끔하게 빗어 넘긴 머리가 헝클어질 정도로 머리를 벅벅 긁었다.

"그 미팅 때문에 이런 사태가 벌어졌구나. 내가 가나에를 소개하지만 않았어도 네가 회사를 그만두는 일은 없었을 텐데."

"아니야, 마음 쓰지 마. 그런 질 나쁜 아르바이트를 한 게 잘못이지, 뭐. 그리고 너는 나한테 가나에를 만나지 않는 게 좋겠다고 조언까지 했잖아."

"그 여자, 역시 남자 후리는 데 선수였어."

"인생 공부 한번 제대로 했지, 뭐. 앞으로는 조심할 거야."

고스기는 힘없이 고개를 끄덕이며 "여자는 무서워."라고 중얼거렸다. 그 말에 나는 더할 수 없이 참담한 심정이 되었다. 내가 저지른 잘못이 지난날 아버지가 저질렀던 잘못과 별반 다르지 않다는 생각이 들었기 때문이다.

퇴사하면 일주일 내로 기숙사를 나가야 하므로 나는 살 곳을 찾는 일이 급해졌다.

친척 집으로 들어가는 건 질색이었다. 취직한 후로는 친척들과 아예 연락을 끊고 지냈다.

고스기가 출근한 뒤 나는 방에서 취업 정보지를 뒤적거렸다. 월급이 많고 적고가 문제가 아니었다. 중요한 건 기숙사가 있느냐의 여부였다. 그러나 조건을 아무리 낮춰도, 별다른 기술도 자격증도 없는 나 같은 사람을 취업 시즌도 아닌 때에 채용해 줄 만한 직장은 많지 않았다. 게다가 기숙사가 있는 곳은 더욱 한정적이었다.

갈 곳도 정해지지 않은 채 시간만 흘러 초조해지기 시작할 무렵, 가장 위험한 인물에게서 전화가 왔다. 말할 것도 없이 구라모치 오사무다. 잠깐 만나자는 것이었다.

"그 후로 어떻게 됐는지 듣고 싶기도 하고 다른 할 얘기도 있고 해서."

만날 필요 없다고 단호하게 거절했어야 했다. 이 녀석이 나를 이 지경으로 만든 장본인이라는 사실을 되새겼어야 했다. 그러나 아차 싶었을 때는 이미 그와 만날 약속을 한 후였다. 고백하자면, 누군가와 얘기를 나누고 싶었다. 심정을 토로할 수만 있다면 상대가 누구라도 좋았다. 한마디로 외로웠다.

그런 사실을 깨닫고 나는 아연했다. 그리고 자기혐오에 빠졌다. 그런데도 약속 시간이 되자 역 앞 찻집으로 나갔다.

"그 후로 어떻게 됐어?"

구라모치가 찻집 의자에 비스듬히 걸터앉아 나를 바라보며 물었다.

나는 아랫입술을 깨물며 고개를 숙였다. 그리고 잠시 후 고개를 들어 그를 노려보며 한숨을 내쉬었다.

"회사를 그만두게 됐어."

"역시……."

구라모치는 그럴 줄 알았다는 표정이었다.

"소문낸 사람, 여자 맞지?"

나는 대답하지 않았다. 구라모치가 흥, 콧방귀를 뀌었다.

"이제 어떡할 거야? 기숙사에서도 쫓겨났을 텐데."

"어떻게 되겠지, 뭐."

"갈 데는 있어?"

"찾고 있어."

"기숙사에는 언제까지 있을 수 있는데?"

"앞으로 3일 정도."

내 대답에 구라모치는 만족스러운 듯 고개를 끄덕였다. 그리고 의미심장하게 미소를 지으며 우리 쪽으로 상체를 기울였다.

"갈 데가 여의치 않으면 우리 집에 오면 어떻겠어? 얼마 전에 좀 더 넓은 곳으로 이사했거든. 동네는 그대로 네리마지만 말이야. 다음 사업을 준비할 때까지 잠시 여유를 갖고 쉬는 것도 나쁘지 않아."

능글맞게 웃는 그를 바라보며 나는 천천히 고개를 저었다.

"이제 네 유혹에는 넘어가지 않아."

"무슨 말을 그렇게 하냐."

구라모치가 쓴웃음을 지었다.

"호즈미에 데려갔다고 날 원망하는 거야? 구태여 설명할 필요도 없다고 생각하지만, 내가 너를 속였냐? 일의 내용도 호즈미의 사기 수법도 죄다 미리 말해 줬잖아. 너는 알면서도 못 이기는 척 가담한 거고. 그리고 너희 회사에 알려진 게 어디 내 잘못이야? 이런 말 하고 싶진 않지만, 칼에 찔린 것도 회사에서 쫓겨난 것도 다 네 실수 때문이야."

구라모치는 마치 외국 영화에 나오는 배우처럼 양손을 흐느적거리며 말했다.

대꾸할 말이 없었다. 그의 말이 다 옳았다. 그러나 인정하고 싶지 않았다.

"정 싫으면 강요하지 않을게. 하지만 만약 갈 데가 없으면 연락해. 3일 내로 무슨 수라도 생기면 좋겠네."

나는 시큰둥하게 고개를 끄덕였다.

"할 얘기는 그것뿐이야?"

"아니, 더 중요한 용건이 있어. 하지만 다음에 하자. 타이밍이 안 좋아."

그리고 그는 계산서를 집어 들더니 카운터로 갔다.

그때만 해도 내가 구라모치의 집으로 들어가는 일은 없을 거라고 생각했다. 저놈과 엮여서 좋았던 적이 단 한 번도 없었다고 스스로에게 몇 번이나 상기시켰다.

마침내 내일이면 기숙사를 떠나야 하는 날이 왔다. 밤에 짐을 정리하는 내게 고스기가 말을 걸었다.

"갈 데가 정해지면 꼭 알려 줘."

"그래, 알았어."

고스기의 시무룩한 표정을 보며 대답하는 순간 깊은 상실감이 엄습했다. 이 녀석과 다시 만나는 일은 없으리라는 확신에 가까운 느낌이 들었기 때문이다. 지금까지도 그랬다. 중학교 동창 기하라를 비롯해 내게 마음을 열어 준 사람과는 끝내 헤어졌다.

"짧은 동안이었지만 너랑 같이 지내서 좋았어."

"그래?"

나는 고개를 들고 그를 바라봤다.

"처음에는 아주 형편없는 놈이라고 생각했어. 그랬는데 이것 저것 가르쳐 주기도 하고 깜짝 놀랄 만큼 엉뚱한 짓도 하고, 뭐 랄까…… 그래, 자극적이었어."

"그러다가 회사에서 잘리기까지 했으니 대책 없는 놈이지."

그러자 고스기가 얼굴을 찡그리며 시선을 바닥으로 향했다.

"너는 믿을 수 있는 놈이야. 나 말이지, 좀처럼 사람을 믿지 않 거든. 그런데 너는 달랐어. 내게 거짓말을 하지 않을 녀석이야."

"글쎄, 나도 형편없는 구석이 많은데."

"같이 살아 보면 알 수 있어. 겉으로 아무리 좋은 사람인 척해 도 자신의 보금자리로 돌아오면 진짜 얼굴이 나오는 법이거든.

그런 모습을 상당 기간 봐 왔으니 웬만큼 알지."

"그럴지도 모르겠네."

그러면서 문득 깨달았다. 나도 고스기는 믿을 수 있었다. 처음에는 불량스러운 녀석이라고 생각했지만 함께 생활하는 동안 그가 외모와 달리 인간성이 좋은 녀석이란 걸 알았다.

순간 퍼뜩 스치는 것이 있었다. 구라모치 오사무에 대한 갖가지 의문을 해소하려면 그와 함께 사는 것이 가장 빠른 길이라는 생각이었다. 그가 지금까지 내게 보인 언행이 거짓이었는지 아니면 선의에서 나온 것인지를 판별하는 데는 그게 가장 좋은 방법일지도 몰랐다. 그리고 그런 생각은 점차 확신으로 변해 갔다. 그때까지는 구라모치와 살아 봤자 별 이득이 없을 거라고 여겼는데 반드시 그렇지만은 않다는 생각이 들었다.

그날 밤늦도록 고민했다. 구라모치와 함께 사는 일에 여전히 저항감이 있었기 때문이다. 하지만 결국 그의 실체를 알고 싶다는 마음이 그 저항감을 이기고 말았다.

"이 방을 쓰도록 해, 좁아서 미안하지만."

구라모치가 내준 방은 1.5평 정도의 다다미방이었다. 그는 방 두 개에 부엌이 딸린 집에 살고 있었다. 들어가자마자 부엌이 있는 건 그가 전에 살던 집과 같았고, 다른 점은 방이 한 개에서 두 개로 늘어났다는 것이었다. 물론 방이 두 개라고는 해도 네댓 평짜리 방을 장지문으로 둘로 분리한 것에 지나지 않았다. 구라모치의 말에 의하면 집이 낡은 데다 역에서 멀어 전에 살던 집보다 월세가 싸다고 한다.

"아무 걱정 말고 네 집처럼 편하게 지내. 냉장고에 든 것도 마음대로 먹고. 물론 별것 없지만 말이야."

웃으며 말한 후 그는 둘째 손가락을 세웠다.

"서로 사생활은 존중하자. 불쾌해지고 싶지 않으니까."

나도 동감이라고 대답했다.

"자, 그럼 밥이나 먹을까. 싫어하는 음식 있어?"

"아니, 없어."

"다행이네. 먹는 게 까다로우면 신경 쓰이잖아."

"너도 가리는 거 없어?"

"거의. 딱 하나 빼고는."

"그게 뭔데?"

"두부랑 비지."

그러면서 그는 입술을 일그러뜨렸다.

"어릴 때부터 하도 먹어서 말이야. 아마 다른 사람들이 평생 먹을 만큼 먹었을걸."

그의 집이 두부 가게를 했다는 사실이 떠올라 나는 고개를 끄덕거렸다.

그날 저녁에는 구라모치가 만든 야채볶음과 된장국을 먹었다. 어려운 요리는 아니었지만 그의 솜씨에 감탄했다. 오랫동안 자취를 해 온 덕분일 것이다.

"배달 음식이나 외식은 영양가를 골고루 섭취하기 어렵잖아. 돈도 많이 들고."

식사 뒤 담배를 피우며 구라모치가 말했다. 음식 솜씨가 좋고 두부와 비지를 싫어하며 담배는 세븐스타. 하나같이 몰랐던 사실이었다.

"지금은 무슨 일을 해?"

"평범한 일. 한마디로 세일즈라고 할 수 있어."

"또? 이번에는 뭘 파는데?"

"금. 골드 말이야."

"저번에는 보석이더니 이번에는 금이야?"

"그렇게 의심스러운 눈초리로 바라보지 마. 평범한 일이라고 했잖아."

"설마 또 다단계를 하는 건 아니겠지?"

그러자 구라모치가 어깨를 으쓱하며 쓴웃음을 지었다.

"그런 거 아니야. 그저 한 집 한 집 다니면서 파는 거지. 회원이 되면 수수료를 준다느니 하는 감언이설도 하지 않고."

"회사 이름이 뭔데?"

내 물음에 구라모치는 방으로 가서 자신의 명함을 가져왔다. 거기에는 '동서 상사(東西商社)'라고 회사 이름이 적혀 있었다. 소속은 판매 1과였다.

"이 회사라면 들은 적이 있어. 동서 전기 계열사지?"

"계열사인가? 관계는 있는 것 같던데."

"동서 상사라…… 거기라면 괜찮겠네."

내가 명함을 들여다보며 중얼거렸다. 동서 전기는 일본에서도 다섯 손가락 안에 드는 가전업체였다.

"이런 회사에 용케 들어갔네."

"아는 사람이 소개해 줬어. 정규직은 아니야. 세일즈맨은 대부분 임시직이거든. 실적이 안 좋으면 바로 잘려."

"힘들겠다."

"할당량이 정해져 있어서 그걸 달성하기가 힘들지만 익숙해지면 할 만해. 성과에 따라서는 특별 보너스도 나오고. 실적이 안 좋으면 잘린다고는 하지만 실상은 사람이 부족해서 젊고 의욕 있는 사람 어디 없냐고 윗사람들이 늘 묻곤 해."

거기까지 들은 나는 말을 아끼기로 했다. 그가 무슨 말을 하려는지 눈치챘기 때문이다. 호즈미 인터내셔널의 아르바이트를 권유받았을 때의 일이 떠올랐다.

"너한테 할 얘기가 있다고 했지?"

구라모치가 말했다.

"실은 바로 이 일이야. 아직 일을 못 구했다면 너를 우리 회사에 소개하려고."

"나더러 금 세일즈를 하란 말이야?"

"다단계 아니라니까."

구라모치가 히죽히죽 웃었다.

나는 잠시 고민하는 척하다가 고개를 저었다.

"고맙지만 거절할래. 당분간은 평범한 일을 할 거야."

"이게 평범한 일이라니까. 하지만 강요는 안 할게."

구라모치의 말대로 그의 일이 평범해 보이긴 했다. 그는 아침 7시에 일어나 7시 반에 평범한 양복을 입고 출근했다. 돌아오는 때는 빨라야 저녁 8시경이었다. 돌아온 후에는 발마사지를 하는 것이 그의 일과였다. 하루 종일 걸어 다녀서 발이 아프다고 했다.

나는 매일같이 일자리를 구하러 다녔다. 제대로 된 회사에 취직하고 싶었지만 그런 자리가 좀처럼 찾아지지 않아 일단 아르바이트를 하기로 했다. 처음에는 냉동식품 나르는 일을 했고, 다음에는 인쇄소에서 활자 맞추는 일, 그다음에는 빌딩 청소를 했다. 대걸레로 바닥을 밀고 다니면서 나와 같은 또래의 남자들이 당당하게 활보하는 모습을 바라본다는 건 매우 굴욕적이었다. 언제까지 이래야 하나 싶은 초조감이 늘 머릿속에 가득했다.

집안일은 구라모치와 나누어 했다. 월세는 내가 3분의 1을 부담했지만 집안일은 절반을 부담했다. 구라모치는 내 요리 솜씨가 부족해도 불평하지 않았다. 처음에는 뭔가 함정이 있는 것 아닌가 의심하던 나도 차츰 그런 상황에 익숙해져 갔다. 객관적으로 볼 때 구라모치와의 동거는 분명 이득이 되는 선택이었다.

구라모치의 수입이 얼마인지 자세히는 몰랐지만 또래의 샐러리맨보다 많이 버는 건 분명해 보였다. 때때로 특별 보너스까지 받는 걸 보면 세일즈 성적도 우수한 모양이었다.

내게는 구라모치의 인간성을 파악하는 것이 무엇보다 중요했지만 그의 실체는 좀처럼 드러나지 않았다. 아니, 그에게 숨겨진 이면이 실제로 존재하는지 어떤지조차 알 수 없었다. 그는 내게 호의적인 것 못지않게 다른 사람들에게도 배려심 있게 행동했다. 그와 함께 지내면 지낼수록 내 생각이 잘못됐고 그의 말이나 행동에는 거짓도 음모도 없었던 것 아닐까 생각하게 되었다.

어느 날 저녁을 먹는데 그가 또 일 얘기를 꺼냈다.

"언제까지나 바닥 청소나 하고 있을 수는 없잖아? 너는 아직 젊으니까 상관없다고 생각할지 모르지만 지금 실무 경험을 쌓지 않으면 갈수록 입지가 좁아지고 말아. 손해 볼 일 없을 테니 우리 회사 면접 한번 봐. 너 정도면 문제없이 채용될 거야. 내가 잘 말해 놓을게."

예전 같으면 구라모치가 그런 말을 하는 즉시 거절했을 것이다. 그러나 이때의 나는 그럴 처지가 아니었다. 면접을 보는 회사마다 떨어지는 바람에 막다른 골목에 몰린 듯한 초조감에 사로잡혀 있었다. 한편으로 구라모치에 대한 의심도 옅어져 있었다.

"하지만 세일즈는 나한테 무리야."

"해 보지도 않고 어떻게 알아? 일단 해 본 다음에 무리다 싶을 때 그만둬도 늦지 않아."

나는 입을 다문 채 고민에 빠졌다. 그러자 구라모치가 말했다.

"내가 내일 윗사람한테 말해 볼게. 면접은 언제든지 가능할 거야."

"내가 정말 할 수 있을까?"

"할 수 있다니까. 나한테 맡겨."

구라모치가 자신의 가슴을 탁탁 두드렸다.

3일 후, 나는 이케부쿠로에 있는 동서 상사 사무실에서 면접
을 보게 되었다. 구라모치가 양복과 와이셔츠를 빌려줬다. 그리
고 이발소에 데려가 전형적인 '면접 스타일'로 머리를 깎아 달
라고 부탁했다.

생김새에 어울리지 않는 헤어스타일과 몸에 맞지 않는 양복을
입은 채 나는 구라모치와 함께 동서 상사 본사로 갔다. 면접관은
야마시타라는 사람으로, 나이는 서른쯤, 윤곽이 또렷한 얼굴에
곱슬곱슬한 머리카락을 한 올도 남김 없이 뒤로 빗어 넘긴 남자
였다.

그는 이력서 같은 건 눈여겨보지도 않은 채 다짜고짜 "돈을 벌
고 싶나?"라는 질문을 던졌다.

당황한 내가 말문이 막혀 머뭇거리고 있자 그는 짜증스러운
듯이 "이봐, 돈을 벌고 싶냐 이 말이야."라고 재차 물었다.

"그야…… 벌고 싶죠."

"그럼 어떻게 해야 할까?"

이번에도 금방 대답이 나오지 않았다. 야마시타는 팔짱을 끼
고 나를 노려보았다.

"우리 회사에 들어와서 자네가 돈을 벌기 위해 할 수 있는 일
은 하나야. 금을 파는 거지. 금을 팔면 회사가 돈을 벌고 자네에

게 월급도 줄 수 있어. 자네가 할 수 있는 건 금을 파는 일뿐이야. 가능한 한 많이 팔아야 해. 그러려면 효율을 고려해야 하고 그럼 쓸데없는 일을 배제해야 하지. 쓸데없는 일은 도처에 있다네. 노력과 시간을 그런 일에 낭비해서는 안 되지. 그리고 또 하나 신경 써야 할 게 있어. 바로 쓸데없는 생각이야. 자네가 생각해야 할 것은 어떻게 하면 금을 많이 팔 수 있을까 하는 것뿐이야. 그 외의 생각은 다 쓸데없다고 해도 지나친 말이 아닐세."

"상대에 대해 생각하는 것도 쓸데없는 일입니까?"

그러자 야마시타가 고개를 힘차게 가로저었다.

"금을 팔기 위해서라면 아무리 생각해도 지나치지 않아. 하지만 금을 사지 않는 인간을 생각해 줄 필요는 없네. 그런 인간은 우리 회사와는 아무 상관이 없으니까. 그 점을 잊어서는 안 되네. 알겠나?"

야마시타의 물음에 나는 나도 모르게 구라모치를 곁눈질했다. 그가 고개를 살짝 끄덕했다. 그 모습을 보고 나는 야마시타에게 대답했다.

"알겠습니다."

"좋았어. 채용하지. 그럼 곧바로 시작하게."

"지금 바로…… 말씀입니까?"

놀란 내가 물었다.

"당연하지. 불만 있나? 방금 말했잖아, 우리 회사에서 시간과 노력을 낭비하는 건 허용되지 않는다고 말이야."

야마시타가 나간 뒤 나는 고개를 돌려 구라모치를 봤다. 그 표정이 어지간히 어정쩡했는지 구라모치가 나를 보며 쿡쿡 웃어댔다.

"내가 면접을 볼 때도 저랬어. 어쨌든 무사히 채용이 결정돼서 다행이야. 자, 그럼 슬슬 나서 볼까, 파트너?"

"파트너라고?"

"그래, 오늘부터 너랑 나는 콤비야."

그러고서 구라모치는 007가방을 팡, 두드렸다.

어리둥절한 채 회사를 나온 나는 구라모치와 함께 세이부선 전철을 타고 호야역에 가서 내렸다.

"이제부터 갈 곳은 가와모토 할머니 집이야. 가족과 떨어져 사는 노인이지. 너는 옆에서 그냥 듣고 있기만 하면 돼. 혹시 할머니가 이것저것 질문하면 알아서 적당히 대답하고. 다만 주의할 게 하나 있어. 할머니 앞에서 절대로 일 얘기를 꺼내면 안 된다는 거."

"일 얘기라니?"

"금을 사 달라는 얘기 말이야. 절대 이쪽에서 먼저 얘기를 꺼내면 안 돼."

"하지만 그러면 금을 어떻게 팔아?"

"다 방법이 있어. 그 할머니한테 통하는 방법이."

뭔가 꿍꿍이가 있다는 듯 구라모치의 입가에 미소가 떠올랐다.

가와모토 후사에 할머니의 집은 그리 크지 않은 일본 전통 가옥이었다. 구라모치가 인터폰을 누르고 신분을 밝히자 "잠깐 기다려요."라는 대답이 들렸다. 잠시 후 현관문이 열리고 우아한 백발을 파마로 단장한 노부인이 모습을 드러냈다.

"끈질기네요, 정말. 아무리 찾아와도 소용없어요."

노부인이 말했다. 그러나 말과 달리 표정은 온화했다.

"그냥 인사드리러 왔습니다. 새 파트너가 생겨서요."

"아아, 그래요?"

할머니가 내게 눈길을 돌렸다.

"다지마입니다."

나는 고개를 숙였다.

"입사한 지 얼마 안 되어 아직 명함이 없습니다. 명함이 나오면 다시 정식으로 인사드리러 오겠습니다."

"그런 식으로 어떻게든 이유를 붙여서 계속 찾아오면 언젠가는 사 줄 거라고 생각하는 거지요?"

가와모토 후사에가 구라모치를 흘겨보았다.

"그런 건 포기한 지 오랩니다."

구라모치가 손을 내저었다.

"이 댁에 들르는 건 잠시 숨을 돌리기 위해서예요. 오늘도 오이즈미 학원 쪽에 고객이 계셔서 그분을 뵙고 돌아가는 길에 들른 것뿐입니다."

"미안하네요, 좋은 고객이 되어 주지 못해서요. 전에도 말했지만, 아들이 그런 데는 절대 손대지 말라고 하도 잔소리를 해서 말이지요."

"네, 잘 압니다. 아무리 말씀드려도 이해해 주시지 않으니 아쉬운 마음은 있지만, 그렇다고 무리하실 필요는 없습니다."

그리고 구라모치는 가방을 열어 조그만 종이 봉지를 꺼냈다. 오는 길에 이케부쿠로의 백화점에서 산 것이었다.

"이거, 별것 아니지만……."

노부인의 안색이 눈에 띄게 밝아졌다.

"아아, 이거 모모야마 제과의 모나카지요? 이런 걸 받아도 되려나……."

"받으세요. 제 용돈으로 산 거니까요."

구라모치가 은밀한 이야기라도 하듯이 한 손으로 입을 가리며 말했다.

잠시 노부인과 세상 돌아가는 얘기를 나눈 후 우리는 그 집을 나왔다. 결국 금 얘기는 한마디도 꺼내지 않았다. 그래도 되느냐고 구라모치에게 물었다.

"괜찮아. 저 노인네한테는 그걸로 충분해. 너도 이 근처에 올 일이 있으면 얼굴을 비치고 한 5, 6분 얘기 나누도록 해."

"하지만 금은 안 사 줄 거 아니야. 이거, 야마시타 씨가 말한 쓸데없는 짓 같은데?"

내 말에 구라모치가 걸음을 멈추고 팔꿈치로 가볍게 내 옆구리를 찔렀다.

"괜찮다니까."

그리고 그는 빙글 웃었다.

"이거, 야마시타한테 배운 수법이야."

그 순간 어쩌면 나는 또다시 구라모치의 덫에 걸린 것일지도 모른다는 불길한 생각이 머리를 스쳤다.

20

다음 날 출근한 나는 구라모치와 함께 회의실로 가라는 지시를 받았다. 그곳에는 우리 같은 2인조가 몇 팀 와 있었다. 뭘 하는 거냐고 구라모치에게 물으니 그는 미소를 지으며 속삭였다.

"레슨."

"무슨 레슨?"

"새로 입사한 사람들에게 세일즈의 요령을 가르쳐 주는 거야. 긴장할 필요는 없어. 나도 입사하자마자 받았거든. 금방 익숙해져."

신입을 위한 레슨이라면서 왜 구라모치까지 여기 있는 걸까 생각하고 있는데 면접 때 봤던 야마시타가 들어왔다.

"다 왔나? 그럼 화술 레슨을 시작하겠다. 파트너와 서로 마주 앉도록."

나와 구라모치는 시키는 대로 의자를 움직여 마주 앉았다.

"그럼 지금부터 신입들은 선배를 고객으로 생각하고 세일즈를 시작한다. 선배는 잘못된 부분을 바로잡아 주도록. 장난을 치거나 쓸데없는 말을 하는 놈은 월급을 깎을 테니 진지하게 임하기 바란다. 그럼 시작."

야마시타의 지시와 동시에 몇몇이 말을 시작했다. 그들은 이미 이런 레슨을 몇 번 받은 것 같았다. 나처럼 처음인 사람은 요령을 몰라 당황할 수밖에 없었다.

"왜 그래, 어서 말을 해."

구라모치가 조그만 소리로 재촉했다.

"안 그러면 불호령이 떨어진단 말이야."

"무슨 말을 하라는 거야?"

"내가 고객이잖아. 그러니까 인사부터 해야지."

그런 얘기를 하고 있는데 아니나 다를까 야마시타가 우리를 보고 소리쳤다.

"이봐, 거기! 뭘 꾸물대고 있어. 빨리 시작해!"

"빨리빨리."

구라모치도 내게 서두르라고 손짓했다.

나는 헛기침을 한 번 하고 나서 입을 열었다.

"안녕하세요?"

"아, 누구시죠? 뭘 팔러 온 거라면 사절이에요."

구라모치가 대답했다. 익숙한 말투였다.

"동서 상사에서 왔습니다. 혹시 금 매매에 관심이 있으신가 하고요."

거기까지 말했을 때 구라모치가 고개를 저었다.

"그런 식으로 물어보면 관심 있다고 대답할 사람이 있겠어? 그리고 처음부터 동서 상사 직원이라고 밝힐 필요는 없어. 우선은 이렇게 말해. '뭘 팔러 온 게 아닙니다. 연금에 대해 말씀드리고 싶은 게 있어서요.'라고. 자, 해 봐."

나는 구라모치가 한 말을 앵무새처럼 따라 했다.

"연금이 어쨌다는 거예요?"

구라모치는 그새 고객 역할로 돌아가 있었다.

내가 입을 다물고 있자 그가 내 쪽으로 몸을 살짝 기울였다.

"다음 대사는 조금 길어. '요전번 국회 예산 위원회에서 법률이 개정되는 바람에, 경우에 따라서는 내년부터 연금이 감액될 수도 있다는 사실, 아십니까?' 외울 수 있지?"

"뭐, 뭐라고? 다시 한 번 말해 줘."

구라모치가 자신이 한 말을 되풀이했다. 그런데도 나는 외우지 못했고, 그가 여러 번 반복한 후에야 겨우 그 대사를 읊을 수 있었다.

"오케이. 그럼 다음 대사로 넘어가자. 상대는 보나 마나 모른다고 할 테고, 그러면 너는 이렇게 말하는 거야. '예금이 일정 액수를 넘을 경우 연금 지급액이 최대 절반으로 줄어듭니다. 번거로우시겠지만 선생님 예금 잔고를 확인해 주실 수 있겠습니까? 통장이 있으면 제일 좋고요.' 자, 해 봐."

"그게 정말이야?"

야마시타 쪽에 신경을 쓰면서 구라모치에게 물었다.

"뭐가?"

"예금이 일정 액수를 넘으면 연금이 반토막 난다는 말."

"나도 몰라."

구라모치는 야마시타에게 들키지 않으려고 입술을 거의 움직이지 않으면서 말했다.

"사실인지 아닌지는 중요치 않아. 따지지 말고 매뉴얼대로만 말하면 돼."

그래도 되나 생각하면서 나는 그가 시키는 대로 했다. 그 후로도 레슨은 계속됐다.

"무슨 얘기인지는 알겠는데, 아들하고 의논해 봐야 해요."

구라모치가 말했다.

"말씀드리기는 좀 뭐하지만, 자식이란 부모의 재산을 넘보는 존재입니다. 금을 사고팔아 재산이 늘어나면 자식이 거기에 눈을 돌려 결국 부모 자식 사이가 나빠지는 경우를 많이 봤습니다. 그러니 우선은 비밀로 하시는 게 좋을 것 같습니다."

이건 내 대사였다.

"하지만 적은 돈도 아니고…… 역시 누군가와 의논을 좀 해 봐야……."

"남에게 얘기하는 건 더욱 위험합니다. 금액이 다소 크기는 하지만, 그걸로 뭘 사는 게 아니라 저축하는 곳을 옮기는 셈 치면 되는 겁니다. 우체국에서 신용 금고로 예금을 옮길 때 다른 사람과 의논하지는 않으시잖아요? 그랬다가는 목돈을 가진 사실이 알려져 오히려 위험해질 수도 있습니다."

"하지만 계좌를 옮기는 일이 흔한 건 아니잖아요."

"그건 이율이 크게 차이 나지 않기 때문입니다. 그런데 저희 회사와 은행은 거의 3배나 차이가 나요. 은행 이자는 잘해야 연 5퍼센트지만 저희는 15퍼센트입니다. 그리고 또 하나, 저희 회사에 돈을 맡기시면 선생님이 재산이 많다는 사실을 관공서에서 알 수 없게 됩니다. 그런데도 돈을 은행에 맡겨 내년부터 연금이 반토막 나도록 하시겠어요?"

나중에 돌이켜 보건대 말도 안 되는 얘기였지만 반복해서 연습하는 사이에 나도 모르게 그런 말들이 입에서 술술 나오게 되었다. 아니, 그냥 나오기만 하는 게 아니라, 상대를 설득하기 위해 말에 열의를 담았고, 급기야는 내가 하는 말이 진실이라고 착각하는 경지에 이르렀다. 물론 세일즈맨을 그런 착각에 빠뜨리는 것 또한 레슨의 목표 중 하나였다. 레슨은 사흘간 계속됐다.

말할 것도 없이, 예금이 일정 액수를 넘으면 연금이 감액되는 법률 따위는 없었다. 정보에는 어둡지만 연금에 관한 얘기에는 눈빛이 달라질 수밖에 없는 노인의 심리를 교묘히 이용해 말을 거는 수법이었다. 동서 상사라고 처음부터 밝히지 않는 건 연금을 내세움으로써 관공서에서 나온 사람으로 착각하게 만들려는 것이다.

하지만 무엇보다 이 회사가 의심쩍은 부분은 금을 사겠다는 계약을 맺어도 실물을 주지 않는다는 점이었다. 금 대신 이자 지급을 약속하는 증서만 줬다. 그래서 '뭘 사는 게 아니라 저축하는 곳을 옮기는 셈 치면 된다'는 사전 설명이 필요한 것이었다.

그러나 그 당시 나는 의심쩍다고 느끼면서도 그런 방식이 얼마나 악질적인지는 정확히 알지 못했다. 판매 방식에 다소 무리가 있기는 하지만 실제로 은행보다 많은 이자가 노인들에게 돌아간다면 결과적으로 그들에게 도움이 되지 않겠냐고 태평하게 생각했다.

입사 일주일이 지났을 때 다시 구라모치와 함께 야마시타에게 불려 갔다. 그는 턱을 끌어당기고 치뜬 눈으로 우리를 보았다.

"도대체 어떻게 된 거야. 이번 일주일 동안 계약을 한 건도 못 땄잖아. 그런 팀은 너희들뿐이야."

"죄송합니다. 얘기가 잘되다가도 그만……."

구라모치가 변명했다.

야마시타는 귀찮다는 듯이 머리를 흔들었다.

"그런 얘기는 필요 없어. 알아? 올림픽에서 최선을 다했다고 말해 봐야 아무도 알아주지 않는단 말이야. 이기지 못하면 아무 소용 없어. 너희들은 패배자야. 부끄러운 줄 알아!"

죄송합니다, 라며 구라모치가 고개를 숙였다. 나도 그를 따라 했다.

"구라모치."

야마시타는 그렇게 부르고.나서 내게 시선을 향했다.

"역시 이 친구가 짐이 되나? 이 친구와 팀이 된 다음부터 성적이 안 좋단 말이야."

"아니요, 그렇지 않습니다. 다지마는 열심히 하고 있습니다. 제가 부족해서 그렇습니다."

구라모치의 변명에 나는 굴욕감으로 온몸이 달아올랐다. 뭔가 반론을 제기하고 싶었지만 적절한 말이 떠오르지 않았다. 아닌 게 아니라 내가 구라모치에게 짐이 되는지도 몰랐다.

야마시타가 의자에 기대며 우리 둘을 번갈아 봤다.

"어쩔 수 없지. 당분간은 캐치만 시키도록 하게. 그러다 보면 세일즈에도 익숙해지겠지."

"알겠습니다."

"캐치……가 뭐야?"

내가 구라모치를 보며 물었다.

"가서 가르쳐 줘."

야마시타가 말했다.

"삼각 뽑기 정도가 좋을 것 같군."

"삼각 뽑기 말입니까? 네, 알겠습니다."

무슨 소리인지 이해하지 못한 채 나는 구라모치를 따라 야마시타의 방을 나왔다.

"삼각 뽑기가 뭐야?"

"좀 이따 가르쳐 줄게."

우리는 사무실 공용 책상에 앉았다. 세일즈맨에게는 개인용 책상이 주어지지 않았다.

구라모치가 어디선가 색종이와 풀, 스탬프잉크, 도장 등을 가져왔다. 시험 삼아 도장을 눌러 보니 '당첨'이라는 글자가 찍혔다.

"이게 뭐야?"

"뽑기 재료야. 이렇게 만들면 돼."

구라모치는 색종이 뒷면에 당첨 도장을 찍고, 도장 찍힌 면을 안으로 들어가게 해서 삼각형 모양으로 두 번 접었다. 그리고 색종이 가장자리를 풀로 붙였다.

"한 개 완성."

그리고 그는 빙긋 웃었다.

"그래서 삼각 뽑기라고 하는구나."

"일단 이걸 백 개 정도 만들자. 내가 도장을 찍어서 종이를 접을 테니까 너는 풀로 붙여."

나는 이유도 모른 채 잠자코 뽑기를 만들었다.

단순 작업이었다. 구라모치가 넘겨주는 종이를 풀로 붙이는 게 전부였다. 아무 생각 없이 그저 손만 움직이면 되는 일이다. 세일즈맨이 할 일은 아니라고 생각했지만 만드는 동안은 그런 의문을 머릿속에 두지 않기로 했다.

그런데 뽑기를 30개 정도 만들었을 때 문득 또 의문이 생겼다.

"있잖아, 당첨이 너무 많지 않아?"

구라모치가 의표를 찔렸다는 듯이 헉, 하는 표정을 지었다. 그러나 그 표정은 서서히 웃는 얼굴로 바뀌었다.

"괜찮아."

"왜? 당첨 확률을 몇 퍼센트로 할 작정인데?"

"백 퍼센트."

"뭐라고?"

"백 퍼센트라니까. 전부 당첨이라 이 말이야. 당연하지 않아? 꽝 따위를 만들어서 무슨 의미가 있겠어."

"그럼 뽑기는 왜 하는데?"

"일단 하라는 대로만 해. 곧 알게 될 테니까."

구라모치가 다시 작업을 시작했다.

묵묵히 손을 움직이는 그를 보며 나는 기시감을 느꼈다. 언젠가 이와 비슷한 광경을 본 적이 있었다. 그러나 그게 언제인지는 생각나지 않았다.

백 퍼센트 당첨 도장이 찍혀 있는 삼각 뽑기를 다 만들자 구라모치는 커다란 서류 봉투를 가져다가 뽑기를 그 안에 담았다.

"좋아, 그럼 가 볼까?"

"어딜 가는데?"

"그야 당연히 세일즈 하러 가는 거지. 자, 가자."

동서 상사 본사는 빌딩의 5층에 있었다. 승강기를 타자 구라모치는 지하 1층 버튼을 눌렀다. 그때까지 나는 지하에 간 적이 없었다.

"지하에 뭐가 있어?"

"주차장."

구라모치가 자동차 열쇠를 보여 줬다.

"오늘은 차로 움직일 거야. 모처럼 드라이브를 즐기자고. 남자 끼리라 기분은 안 나겠지만 말이야."

"네가 운전할 거야?"

"걱정 마셔. 장롱 면허는 아니니까. 이래 봬도 베스트 드라이 버야."

그는 열여덟 살이 되자마자 운전면허를 땄다고 한다.

우리가 탈 차는 흰색 경차였다. 차에 올라타기 전에 구라모치 가 서류 한 장을 건넸다. 거기에는 30여 명의 이름과 주소, 전화 번호, 나이가 나열돼 있었다. 어떤 사람은 저축액이나 가족 구 성, 취미까지 적혀 있다.

리스트에 올라 있는 사람들에게는 두 가지 공통점이 있었다. 주소가 이케부쿠로에서 멀지 않다는 점과 65세 이상의 노인이 란 점이었다.

"맨 먼저 위에서 두 번째에 있는 미야우치 씨 집으로 가자. 위 치가 에코다였지, 아마."

운전하면서 구라모치가 말했다.

미야우치 기미에의 항목에는 다음과 같은 내용이 적혀 있었다.

'지난해 남편이 암으로 죽고 현재 혼자 살고 있음. 장남 부부 와 함께 살 계획이었지만 아들이 해외 근무를 하게 되면서 무산 됨. 귀국 시기는 미정. 저축액 약 8백만 엔. 연금 생활자.'

"이런 자료는 어떻게 뽑아낸 거야?"

"기본적으로는 전화를 걸어서 노인이 받으면 적당히 이유를 둘러대고 대화를 시작하지. 노인들은 말하기를 좋아해서 얘기를 길게 끄는 게 별로 어렵지 않아. 대화를 나누면서 가족 사항이나 저축액을 물으면 대개는 별 의심 없이 얘기해 줘."

"젊은 사람이 받으면?"

"그럴 경우는 바로 끊는 거지. 참, 한 가지 빠뜨린 게 있는데, 전화는 낮 시간에 걸어야 해. 그런 시간대에 젊은 사람이 받는 집은 우리 고객이 아니야."

"요는,"

나는 리스트를 훑어보며 말했다.

"노인 혼자 있는 집을 노리는 거군. 이 서류는 사냥감에 관한 정보이고."

구라모치는 대답하지 않았다. 정면을 바라보고 운전하는 그의 얼굴에는 웃음기가 없었다.

"속이기 쉬워서야?"

"속이다니, 누가 누구를?"

구라모치가 여전히 앞을 향한 채 물었다.

"금을 파는 게 속이는 건가?"

"그럼 왜 노인만 노리는데?"

구라모치는 잠시 침묵하다가 차를 길가에 세웠다. 그리고 안전띠를 풀더니 나를 향해 돌아앉았다.

"이봐, 다지마. 면접 때 들은 얘기 잊었어? 우리가 고민해야 할 일은 어떻게 하면 금을 많이 팔까 하는 것뿐이야. 노인을 노리는 건 그들한테 팔기가 쉽기 때문이고. 팔기 힘든 상대와 팔기 쉬운 상대가 있다면 쉬운 쪽을 택하는 게 당연하지 않아?"

"노인에게 팔기 쉬운 이유는 그들의 판단력이 떨어지기 때문이겠지?"

"그야 그렇지. 하지만 그 점을 이용하는 게 그렇게 나쁜가? 우리가 그러지 않더라도 누군가는 반드시 그 점을 이용할 거야. 별다른 도움도 주지 않으면서 돈만 뜯어내는 간병인이 그럴 수도 있고 쓸데없이 비싸기만 한 노인 요양원 운영자가 그럴 수도 있어. 또 성분을 알 수 없는 건강식품을 파는 놈들이 그럴 수도 있고. 분명한 건 판단력이 떨어지는 노인들은 결국 누군가에게는 돈을 뜯긴다는 사실이야. 어차피 누군가에게 건너갈 돈이라면 우리에게 넘기도록 하는 게 낫지 않겠어? 그게 대체 뭐가 나쁘다는 거지?"

"돈을 넘겨받는 게 아니라 빼앗는다는 느낌이 들어."

그 말에 구라모치가 어깨를 살짝 흔들며 웃었다.

"누가 들으면 큰일 날 소리를 하는군. 할아버지 할머니들은 돈을 주는 대신 금을 받는 거야. 게다가 이자까지 받잖아. 그러니 우리가 그런 소리를 들을 이유가 없어. 그리고 말이지,"

그가 내 얼굴을 뚫어져라 바라보았다.

"너, 빼앗는다느니 어쩐다느니 했는데 말이야, 네가 지금까지 단돈 1엔이라도 받아 오는 데 성공한 적 있어? 불평을 하려면 계약이라도 따온 다음에 해."

대꾸할 말이 없었다. 구라모치는 얘기가 마무리됐다고 판단했는지 다시 차를 출발시켰다.

"야마시타 씨가 말하는 걸 들으니 너, 나랑 한 팀이 되기 전에는 성적이 좋았던 모양이지?"

"나쁘진 않았어."

"나랑 같이 있어서 잘 안되는 거야?"

"그런 거 아니야. 다만 조금 조심스럽달까."

"조심스럽다니, 뭐가?"

"지난번 파트너였던 녀석은 강하게 밀어붙이는 성격이라 나도 덩달아 과감해지곤 했어. 그런데 이번에는 내가 생각해도 스스로가 너무 얌전하다고 느껴질 때가 있어."

그가 하고 싶은 말이 뭔지 알 것 같았다.

"내 앞에서는 과감하게 밀어붙이기 힘들다는 말이야?"

"그렇다고 해야 하나……."

"나한테 신경 쓰지 말고 네가 하고 싶은 대로 해. 나도 네 발목을 잡는다는 소리는 듣기 싫으니까."

"발목을 잡는다고 말한 적은 없어."

어쩌면 좋은 기회일지도 모르겠다고 나는 생각했다. 잘하면 구라모치의 본성을 엿볼 수 있을지도 몰랐다.

미야우치 기미에의 집은 에코다역에서 도보로 몇 분 정도 거리에 있었다. 그녀가 그 낡은 목조 주택에 세 들어 산 지 어언 40년이 지났다고 했다. 나이가 일흔셋이니 자녀와 살게 되지 않는 한 이곳을 떠날 수 없을 듯했다.

대문은 따로 없고 현관문이 길에 면해 있었다. 구라모치가 현관문 옆에 달린 초인종을 눌렀다. 잠시 후 앞치마 차림의 깡마른 노파가 나타났다.

"무슨 일인가요?"

"연금에 대해 말씀드릴 게 있어서 왔습니다. 미야우치 기미에 씨 맞으시죠?"

구라모치가 레슨 때 연습한 대로 대화를 시작했다.

그의 말솜씨는 능란했지만 미야우치 기미에는 겉보기와는 달리 호락호락하지 않았다. 아무리 설명을 계속해도 계약하겠다는 말을 하지 않았다. 그녀는 자신의 예금 8백만 엔을 마음의 버팀목으로 여기는지, 돈을 불리지 못하는 한이 있어도 단돈 1엔이라도 잃지는 않겠다고 결심한 사람처럼 보였다.

이번에도 계약에 실패하겠다고 생각했다. 야마시타의 얼굴이 눈앞에 어른거렸다.

"알겠습니다. 그럼 일단 팸플릿이라도 놓고 가도 괜찮겠습니까?"

"그렇게 해요."

"시간을 너무 많이 빼앗아 죄송합니다. 아 참, 그렇지!"

구라모치가 내가 들고 있던 예의 삼각 뽑기 봉투를 건네받아 노파 앞에 내밀었다.

"괜찮으시다면 하나 뽑아 보세요. 캠페인 기간이어서 '당첨'이 나올 경우 멋진 선물을 드립니다."

선물이라는 말에 미야우치 기미에의 얼굴이 처음으로 환해졌다.

"금을 사지도 않았는데 뽑아도 돼요?"

"네, 물론입니다. 캠페인 기간이니까요."

미야우치 기미에는 당첨 확률 백 퍼센트인 삼각 뽑기를 뽑은 뒤 신중하게 열었다. 그리고 '당첨'이라는 글자를 확인하고서 당혹감과 기쁨이 뒤섞인 얼굴로 우리를 바라봤다.

"아니, 이거 당첨이네요!"

그러자 구라모치가 과장스럽게 허리를 뒤로 젖혔다.

"이야! 오늘 처음으로 당첨이 나왔네. 그렇지?"

그가 내게 동의를 구했다.

나는 애매하게 미소 지으며 고개를 끄덕였다. 그의 말이 거짓은 아니었다.

"뭘 주시나요?"

"그건 저희도 모릅니다. 음, 30분 정도만 시간을 내주시겠습니까? 선물 수령처까지 안내해 드리겠습니다."

"여기서 선물을 받는 게 아니고요?"

"저희가 선물을 들고 다닐 수 없어서요. 자동차로 모시겠습니다. 오래 걸리지 않아요."

미야우치 기미에가 주저하는 기색을 보였다.

"이런 차림으로는……."

"신경 쓰시지 않아도 됩니다. 선물만 받고 곧바로 돌아오실 테 니까요. 아, 맞다. 도장만 좀 준비해 주시겠습니까. 선물 수령증 에 도장을 받아야 해요."

"막도장도 상관없나요?"

"물론입니다. 그럼 요 앞까지 차를 가져오겠습니다."

구라모치가 나가면서 내게 눈짓을 했다. 놓치지 말라는 의미 로 읽혔다.

차가 집 앞에 멈추자 미야우치 기미에도 더는 거절하기 어려 웠는지 앞치마를 벗어 두고 나왔다. 손에 도장 지갑이 쥐여 있었 다. 그녀를 뒤 좌석에 태운 뒤 나는 조수석에 앉았다. 문이 닫히 는 것과 동시에 구라모치가 가속 페달을 밟았다.

동서 상사가 입주한 건물 앞에 도착하자 구라모치는 차에서 내려 뒷문을 열었다. 건물을 올려다본 미야우치 기미에의 얼굴 에 곤혹스러운 빛이 스쳤다.

"이런 데서 선물을 받나요? 수령처라기에 작은 가게 같은 곳 인 줄 알았는데."

구라모치는 아무 대답 없이 그저 미소만 지으며 그녀의 손을 이끌고 건물로 들어갔다. 나도 두 사람을 뒤따라 들어갔다.

우리가 탄 엘리베이터가 5층에 멈춰 서자 구라모치는 그녀를 동서 상사 사무실로 안내했다. 안내 데스크에 있던 여직원이 일 어서며 "어서 오십시오."라고 인사했다.

"뽑기에서 당첨되신 분이에요."

구라모치가 소개하자 여직원은 잘 안다는 듯이 고개를 끄덕이
더니 안으로 들어갔다. 잠시 후 돌아온 여직원이 "3번 방으로 가
시죠."라고 말했다.

"아, 3번이오."

구라모치는 미야우치 기미에의 등을 떼밀듯 하며 3번 방으로
데려갔다. 조그만 테이블과 싸구려 소파가 집기의 전부인 좁은
방이었다. 복도에 그런 방이 10개쯤 나란히 있었다.

노파의 얼굴에 불안감이 감돌았다.

"간단한 일이 아니네요. 그런데 선물은……."

"담당자가 올 겁니다. 여기서 기다리십시오."

구라모치의 말투가 차가워져 있었다. 불안해하는 노파를 남겨
두고 우리는 그 방을 나왔다.

어떻게 할 작정이냐고 물으려는 참에 맞은편에서 야마시타가
걸어왔다. 부하 세 명이 그를 뒤따르고 있었다.

"캐치한 모양이더군. 이름이 미야우치 기미에, 맞지?"

야마시타가 파일을 들여다보며 말했다.

"그렇습니다. 삼각 뽑기를 사용했습니다."

"알았어."

그런 건 아무래도 상관없다는 듯 손을 흔들며 야마시타는 방
문을 열었다. 다른 세 명도 같이 들어갔다.

구라모치가 나를 봤다.

"자, 가자."

"가다니, 어디로?"

"몰라서 물어? 다음 손님을 잡으러 가는 거지."

서둘러 걸음을 옮기는 구라모치의 뒷모습을 바라보던 나는 아까 느낀 기시감의 정체가 무엇인지 깨달았다. 삼각 뽑기를 만드는 구라모치의 옆얼굴은 그때 그 얼굴이었다.

내기 오목 집에서 사기 마술용 도구를 만들던 때의 얼굴.

"이번에는 리스트의 다섯 번째 집으로 가자. 이름이 뭐였지?"

안전띠를 채우며 구라모치가 물었다.

"우에무라 시게코, 68세. 주소는 히가시 구루메."

"좀 멀군."

차가 출발했다.

나는 미야우치 기미에가 마음에 걸렸다. 그녀는 어떻게 될까. 야마시타가 노파에게 선물만 건네고 돌려보낼 리 만무했다. 아마도 계약을 하자고 심하게 몰아붙일 것이다. 인상이 험악한 남자들에게 둘러싸여 벌벌 떨면서 서류에 도장을 찍는 노파의 모습이 눈에 선했다. 자책감이 밀려들었다.

"캐치라는 게 이런 거였어?"

"방법은 여러 가지야. 그중 삼각 뽑기는 누가 생각해 냈는지는 모르지만 경험이 적은 세일즈맨이라도 할 수 있는 손쉬운 방법이지."

나는 입을 다문 채 앞 유리창 너머를 바라봤다. 구라모치와 같은 공기를 마시는 것조차 불쾌했다. 이 녀석은 역시 선한 인간이 아니다. 가슴이 얼음처럼 차갑지 않다면 저 무력한 노파를 속여 야마시타에게 데려가는 일은 하지 못했을 것이다.

우에무라 시게코의 집은 낡은 아파트 1층에 있었다. 가장자리 가 깨어진 도어폰을 눌렀지만 대답이 없었다. 구라모치가 문을 노크해도 마찬가지였다.

"집에 없나……. 운이 없네."

구라모치가 혀를 찼다.

네가 운이 없는 게 아니라 우에무라 시게코가 운이 좋은 거지, 라고 나는 생각했다.

그때였다. 옆집 문이 열리더니 한 노인이 나왔다. 머리가 거의 벗어진 70세 전후의 할아버지였다. 밝은 청색 셔츠 위에 카디건 을 걸친 할아버지는 대중목욕탕에라도 가려는지 조그만 대야와 세수수건을 들고 있었다. 구라모치는 할아버지를 처음 본 순간 혼자 사는 노인이라는 사실을 간파했다고 나중에 내게 말했다. 아무리 오래된 아파트라도 욕조가 없을 리 없고, 그럼에도 대중 목욕탕에 가는 건 자기 혼자 목욕하려고 물을 데우고 욕조를 청 소하기 귀찮기 때문이라는 것이었다. 그리고 결코 저렴하다고 할 수 없는 목욕비가 아깝지 않을 정도로 여유가 있다는 얘기라 고 했다.

만일 그때 우리가 노리던 우에무라 시게코가 집에 있었거나 할아버지가 세숫대야를 들고 있지 않았다면 그 뒤의 전개는 지 금과 완전히 달라졌을 것이다. 그 전개에는 나와 구라모치의 인생도 포함돼 있었다.

노인은 우리를 힐끗 보고는 말없이 지나갔다. 그런 그의 등에
대고 구라모치가 말을 걸었다.

"저, 실례합니다."

노인이 걸음을 멈추고 뒤돌아봤다.

"나 말이오?"

"네, 연금에 대해서 말씀을 좀 드릴까 해서요."

"무슨 얘기인고?"

눈꺼풀에 덮인 노인의 눈이 조금 커졌다.

"내년부터 연금이 줄어들 가능성이 있다는 사실을 아십니까?"

"아니, 정말이오? 그거 큰일이네."

"예금이 일정 액수를 넘는 분에게 그런 법률이 적용된답니다.
실례지만 현재 예금이 어느 정도인가요?"

"글쎄, 얼마였더라……, 통장을 봐야 알겠는걸."

"그럼 한번 보시겠습니까? 기다리겠습니다."

"그래요? 그럼 한번 볼까."

노인이 현관 자물쇠를 따고 문을 열자 구라모치는 서둘러 노
인을 따라 집 안으로 들어가면서 내게도 오라고 손짓했다. 하는
수 없이 두 사람을 따라 집 안으로 들어갔다.

10여 분 뒤, 이름이 마키바 히사오라는 노인은 삼각 뽑기가 든
봉투에 손을 넣고 있었다. 예금이 천만 엔에 달했던 그는 생전
처음 보는 세일즈맨에게 금을 살 정도로 무방비 상태는 아니었

지만 선물을 받을 수 있다는 말을 믿을 만큼 호인이기는 했다. '당첨'이라는 글자를 본 그는 어린아이처럼 좋아했다.

"이런 데 당첨된 적은 지금까지 한 번도 없었어요. 살다 보니 이런 일도 있구먼."

선물을 받으러 가자는 구라모치의 말도 그는 순순히 따랐다. 뽑기에 당첨됐다는 사실이 여간 기쁘지 않은 모양이었다.

미야우치 기미에가 그랬던 것처럼 도장을 들고 나선 할아버지와 함께 그 집에서 나오는데 아가씨 하나가 다가와 알은체를 했다.

"어머, 마키바 할아버지, 어디 가세요?"

20대 초반으로 보이는 그녀는 피부가 하얗고 눈이 큰 미인이었다. 청바지에 운동복 상의를 입고 손에는 도시락을 들고 있었다.

"아, 유키 짱! 나 말이지, 뽑기에 당첨돼서 선물을 받으러 가는 참이야."

노인이 눈을 가늘게 뜨고 웃으며 말했다.

"그래요? 잘됐네요."

유키 짱이라고 불린 여자가 다소 경계하는 눈빛으로 우리를 보며 말했다.

"할아버지, 이거 닭 꼬치예요."

"닭 꼬치? 그거 좋지. 다녀오는 길에 가지러 갈게."

"그러실래요? 그럼 잘 다녀오세요. 조심하시고요."

유키 짱의 배웅을 받으며 우리는 자동차가 있는 곳으로 걸음을 옮겼다.

"이웃집 딸이야. 어찌나 친절한지 몰라. 가끔 반찬도 갖다주고 말이지."

"미인이네요."

구라모치가 말했다.

"응, 예쁘게 컸지."

마치 가까운 가족이 칭찬을 받은 것처럼 노인은 좋아했다.

차에 타기 전에 나는 뒤를 돌아봤다. 여자가 여전히 우리를 지켜보고 있었다.

조심하시고요, 라는 그녀의 말이 귓가에 맴돌았다.